Christian Frascella

Meine Schwester ist eine Mönchsrobbe

Meine Schwester ist eine Mönchsrobbe wurde für den Deutschen Jugendliteraturpreis 2013 nominiert.

Christian Frascella, 1973 in Turin geboren, hatte verschiedene Jobs, u.a. als Militäringenieur, Fabrikarbeiter und Telefonist. Sein erster Roman, *Meine Schwester ist eine Mönchsrobbe*, wurde in Italien zum Bestseller, kam auf die Shortlist des renommierten Premio Viareggio und wurde u.a. mit dem John-Fante-Preis für das beste Debüt ausgezeichnet. Christian Frascella lebt als freier Autor in Turin.

CHRISTIAN FRASCELLA

MEINE SCHWESTER IST EINE MÖNCHSROBBE

ROMAN

AUS DEM ITALIENISCHEN
VON ANNETTE KOPETZKI

GULLIVER
von BELTZ & Gelberg

Für Carlotta

FSC
www.fsc.org
MIX
Papier aus verantwortungsvollen Quellen
FSC® C089473

www.gulliver-welten.de

Die italienische Originalausgabe erschien 2009 unter dem Titel
Mia sorella è una foca monaca bei Fazi editore srl
Neue Rechtschreibung
Covergestaltung: Christina Hucke/www.christinahucke.de
Coverabbildungen: © Shutterstock
Satz: psb, Berlin
Gesamtherstellung: Beltz Bad Langensalza GmbH,
Bad Langensalza
Printed in Germany
ISBN 978-3-407-74456-2
1 2 3 4   17 16 15 14

Und du spürst in deinen Venen
pulsieren was du bist
dann klammerst du dich
an das Leben das du hast.
LIGABUE, Leggero

1

Wir prügelten uns ausgiebig auf dem Platz hinter der Schule. Im Fernsehen hatte ich ein paar Boxkämpfe gesehen, darum schlug ich zu – versuchte es wenigstens – wie Oscar Moya, ein damals sehr beliebter Boxer, einer, der hart und ausdauernd kämpfte, ohne seinen Gegnern eine Atempause zu gönnen. Oscar beendete den Kampf fast immer vor der letzten Runde.
Riccardo interessierte sich nicht fürs Boxen, er stand auf Schwarzenegger-Filme. Sonst gab es nichts, auf das er abfuhr, außer auf Elena. Elena war die, wegen der wir uns prügelten. Aber sie wusste das gar nicht. Niemand hatte ihr gesagt: »Pass auf, die schlagen sich deinetwegen.« Beide waren wir in sie verliebt, jeder auf seine Weise. Als ich mich vor ein paar Tagen während der Pause mit ihr unterhielt, rief Schwarzy mich zu sich und sagte: »Hände weg von ihr, Wichser.« Wir hatten vorher noch nie miteinander gesprochen. Danach fingen wir an, uns andauernd Beleidigungen und Drohungen an den Kopf zu werfen. Auch ich postierte mich jedes Mal in der Nähe, wenn ich die beiden reden sah, um Blicke wie Giftpfeile auf Schwarzy abzufeuern. Elena quatschte so ziemlich mit allen, klar, dass sie gerne flirtete. Sie galt nicht als Nutte, aber etwas Nuttiges hatte sie doch an sich, wie alle schönen Mädchen an unserer Schule.
Nach einer endlosen Reihe von Provokationen waren Schwarzy und ich an dem Tag schließlich aufeinander losgegangen. Eine Menge Leute hatten sich um uns herum

versammelt, es gab Beifall und Anfeuerungen sowohl für den einen als auch den anderen. Von Hausmeistern und Lehrern noch keine Spur. Während des Kampfes sah ich manchmal zu Elena hin, die uns entsetzt mit offenem Mund und weit aufgerissenen Augen beobachtete, die langen schwarzen Haare vom Herbstwind zerzaust.

Ich teilte planvoll Hiebe aus wie Oscar, und mein rechter Haken konnte verteufelt schmerzhaft sein. Aber ich bewegte nur die Arme und den Oberkörper, insgesamt blieb ich ein bisschen steif. Schwarzy, der mich um gut fünfzehn Zentimeter überragte, erwiderte meine Schläge mit Fausthieben, Ohrfeigen, Anrempeln, Kopfnüssen und vor allem Tritten. Er kämpfte nicht fair, mein Stil dagegen war sauber. Wenn es um Eleganz gegangen wäre, hätte ich bestimmt nach Punkten gesiegt. Seine Tritte schmerzten trotzdem. Ich spürte, dass meine Knie nachgaben. Ein paarmal traf ich ihn noch, dann wich er meinem kraftlos gewordenen rechten Haken aus und durchbrach meine Verteidigung, indem er mir sein Knie in den Magen stieß. Diesmal schlug ich hin, endgültig, ich lag am Boden und atmete stoßweise den Staub des Schulhofs ein.

Die Schreie der Zuschauer wurden lauter. Kein Schiedsrichter fing an zu zählen. Schwarzy stürzte sich auf mich und verpasste mir die nächste Ladung Fußtritte. Ich konnte nichts mehr sehen, der aufgewirbelte Staub war mir in die Augen geraten. Einer, der meine bedrohliche Lage erkannte, schaffte es, Schwarzy von mir loszureißen. Ich richtete mich auf und versuchte, mir mit dem Handrücken die Augen zu säubern.

Auch Schwarzy war schweißgebadet und erschöpft, aber auf Hochtouren: »Ist das jetzt klar mit uns, he?«, brüllte er. »Ist das jetzt klar?«

Man half mir beim Aufstehen. Ich hatte eine Menge Schürfwunden, blutete aber nicht. Alles andere an mir war nur noch körperlicher Schmerz und Schande. »Leck mich!«, rief ich Schwarzy zu. Die konnten mich mal, er und Oscar Moya. Dieser Scheißboxer.
Schwarzy versuchte, sich loszureißen, während er mich mit dreckigen Schimpfworten überschüttete. Ein Junge aus der Fünften hielt ihn an den Schultern fest. »Lass ihn in Ruhe«, sagte er. »Siehst du nicht, dass du ihn fertiggemacht hast?« Schwarzy nickte grinsend. Er warf Elena einen bedeutungsvollen Blick zu. Sie stand noch immer wie angewurzelt da, denselben Ausdruck wie vorhin im Gesicht, die Schulbücher unter den Arm gepresst.
Sie musterte mich von Kopf bis Fuß, und mir war, als müsste ich vor Scham im Boden versinken. Dann schüttelte sie den Kopf und ging weg. Auch Schwarzy zog Leine, im Weggehen machte er sich mit den Idioten von seiner Clique über mich lustig. Ich sah noch, dass er meinen berühmten rechten Haken nachahmte wie die Bewegung eines Behinderten.
»Wie geht's dir?«, fragten die Umstehenden.
»Pah!«, antwortete ich. All mein Blut schien mir ins Gesicht zu schießen. Man hatte mich geschlagen und gedemütigt.
Ich hob meinen Rucksack auf und verließ den Schulhof. Alle wichen mir aus. Ich ging bis zu einer Bushaltestelle, die nichts mit meinem Schulweg zu tun hatte. Dort war wenigstens keine Menschenseele. Ich setzte mich auf die Bank und zog mein völlig zerdrücktes Päckchen Camel aus der Jeanstasche. Eine Zigarette war noch in brauchbarem Zustand, ich zündete sie an. Scheiße. Alles wegen einer Nutte. Eine, die beim Reden immer so zickig piepste.

Und wenn sie lachte, klang es wie Bellen. Mager wie ein Strich in der Landschaft. Wenn sie über ihre Eltern redete, sagte sie »mein Papa und meine Mama«. Und recht bedacht, wahrscheinlich war sie nicht mal mehr Jungfrau. Sie hätte mit diesem Geziere aufhören müssen. Und es sich sofort besorgen lassen, von mir und von Schwarzy. Von mir ein bisschen öfter vielleicht.
Der Bus kam. Eins habe ich im Leben gelernt: Kaum hat man sich eine Fluppe angesteckt, kommt der Bus. Immer.

Ich fuhr kreuz und quer durch die Stadt und musste dreimal umsteigen, bis ich zu Hause war, während normalerweise eine einfache Fahrt genügte. Alles bloß, um niemandem aus meiner Schule zu begegnen. So war es allerdings auch nicht viel besser: Mein Anblick erregte allgemeine Aufmerksamkeit. Immerhin kannte ich diese Leute nicht, und sie hatten mich nicht auf dem Schulhof liegen sehen, während mir diese Bestie Tritte verpasste.
Ich wohnte in einem zweistöckigen Häuschen, das den Eltern meines Vaters gehört hatte. Es war das hässlichste Haus in der Umgebung, vielleicht das hässlichste im ganzen Ort. Alte Außenmauern in einem abgeblätterten Gelb, durchlöcherte Fliegengitter vor den Fenstern und die Brüstung des Balkons im ersten Stock völlig verrostet. Wer sich darauf stützte, konnte seine Kleider hinterher nur noch in einen Karton schmeißen und ans Rote Kreuz schicken. Wenn die sie überhaupt nahmen. Auf der Wiese rings um unsere Residenz wucherte das Unkraut meterhoch, ein undurchdringliches Gestrüpp, bis auf die Stelle, wo mein Vater seine Hängematte hatte.
Darin fläzte er sich fast ständig, neben sich einen Achterpack Bierdosen, die er eine nach der anderen innerhalb

von zwei, drei Stunden leertrank. Er war so was wie ein Alkoholiker oder jedenfalls auf dem besten Weg dorthin. Gelegentlich arbeitete er als Maurer, sagen wir, an drei von sieben Tagen, wenn er Anrufe von Baustellen bekam. Natürlich ohne Unfallschutz, Krankenversicherung und den ganzen Scheiß. Der Scheck, den er von der Arbeitslosenhilfe bezog, war erbärmlich. Er hatte noch ein paar andere hochqualifizierte Jobs, wie um vier Uhr morgens Obstkisten am Großmarkt abladen oder die Einkaufswagen am Supermarkt zusammenschieben, wo sein Bruder, mein Onkel Cosimo, als Wächter arbeitete.

Vor zwei Jahren war meine Mutter mit einem Tankwart abgehauen, einem Typen, der dreizehn Jahre jünger war als sie. Für meine Schwester Francesca war das ein harter Schlag gewesen. So hart, dass sie fast nicht mehr aus dem Haus gehen wollte, außer bei besonderen Gelegenheiten wie Weihnachten und Ostern und an manchen Sonntagen, wenn sie in die Kirche ging, um zu Jesus oder sonst wem zu beten, damit er die Seele ihrer Mutter rettete. Man stelle sich bloß mal diese erbärmliche Szene vor: Francesca, die voller Inbrunst und reuiger Zerknirschung Jesus anfleht, er möge Erbarmen mit unserer Mutter haben, während die ihre Tage damit zubringt, sich von dem jungen Zapfsäulenheini volltanken zu lassen. Eine Geschichte, die sich ganz gut für einen Pulp-Film geeignet hätte, aber die Zeit der Pulp-Filme war damals noch nicht gekommen.

Ich ging ins Haus, ließ den Rucksack fallen und fand meinen Vater ausnahmsweise nicht in der Horizontalen. Er stand auf eine Stuhllehne gestützt und hatte den nachdenklichen Blick eines Menschen, der etwas tun wollte, sich aber nicht mehr genau erinnert, was.

Er war um die vierzig, ziemlich ungepflegt, aber mit durchaus eigenem Stil. Obwohl er praktisch Alkoholiker war und einen Gutteil seines Daseins in der Hängematte verbrachte, hatte er kein Gramm Fett am Bauch, einen ziemlich athletischen Körper und war kein Hohlkopf. In dem Sinn, dass er wohl oder übel noch immer nachdachte. Das Leben hatte ihm ein paar Arschtritte verpasst, zugegeben, aber sein Arsch war sehr viel härter, als man erwartet hätte.
Er runzelte die Stirn, als er mich bemerkte. »Was hast du denn angestellt?« Seine heisere Stimme stieg nie eine Oktave höher, auch dann nicht, wenn er betrunken war.
»Ich habe eine kleine Diskussion auf dem Schulhof gehabt.« Mein Ton war neutral, als wären das zerrissene Hemd, die schmutzigen Jeans, die Schürfwunden und blauen Flecke normale Konsequenzen einer Meinungsverschiedenheit anlässlich, sagen wir, einer darwinschen These über das Aussterben der Brontosaurier.
»Man hat dich geschlagen«, resümierte er knapp.
»Hm, ja. Aber es war eine Angelegenheit, wegen der nicht so viel Aufhebens gemacht wurde, wie es scheint.«
»Jedenfalls hast du dich geprügelt.«
»Scheiße, ja«, platzte ich los. »Sieht man das nicht?«
Er fixierte mich einen Augenblick lang, unschlüssig, ob er mir die restlichen Tritte verpassen sollte, die Schwarzy nicht mehr auf meinem Rücken hatte abladen können, oder mir befehlen sollte, ihm aus den Augen zu gehen. Dann sagte er: »Du bist ein Sechzehnjähriger mit einem Haufen Probleme, ist dir das klar? Du könntest ein bisschen Disziplin gebrauchen.«
Oha, hört mal, wer da Moral predigt! Entnervt verdrehte ich die Augen zur Decke. »In die Fremdenlegion eintreten,

zum Beispiel? Oder Buddhist werden? Was meinst du mit Disziplin, Chef?« Ich nannte ihn immer Chef. Daran war er gewöhnt.
»Nein«, lachte er. Wenn er so lachte, war die Hütte am Brennen. »Zum Beispiel, sofort den Rasen mähen.«
»Scheiße!«, rief ich aus. »Den Rasen mähen? Das ist ja eine Strafe wie aus einer amerikanischen Fernsehserie, Chef! Wie ohne Abendbrot ins Bett gehen. Ich bitte dich. So eine peinliche Kacke sollten wir lieber vermeiden.«
Er durchbohrte mich mit Blicken, die ich wie feine Stecknadelstiche im Schädel spürte. Langsam zog er sich den Gürtel aus der Hose. Die ovale Gürtelschnalle aus ziemlich schwerem Metall trug das Reliefbild eines Indianerhäuptlings, der, dem Gesichtsausdruck nach zu urteilen, sein Volk gerade zum Angriff aufhetzte. »Wäre dir ein bisschen Disziplin nach Art der Italo-Navajos lieber?«
»So was Niederträchtiges hätte ich nicht von dir erwartet«, sagte ich. »Du bist mein Vater, verflucht. Guck doch, wie die mich zugerichtet haben.«
Er legte den Gürtel auf den Tisch. »Du könntest auch«, fuhr er fort, »die Schule verlassen, wo du dich offenbar nicht gerade mit Ruhm bekleckerst, weder über den Büchern noch auf dem Schulhof, und dann jeden Morgen in aller Herrgottsfrühe aufstehen, um auf den Großmarkt zu gehen und dich in die Welt der Arbeit reinzuknien. Ich kenne einen in der Fischabteilung, der zufällig gerade einen Gehilfen sucht. Wäre das nicht eine nützliche Erfahrung für dich, zwölf Stunden am Tag Forellen ausnehmen, einschließlich Samstag und Sonntag?«
»Wo ist der Rasenmäher, Chef?«

Zwanzig Minuten später war ich schon auf der kleinen Wiese und fuhrwerkte mit dem ramponiertesten Rasenmäher der Geschichte herum. Ich stürzte mich auf das Unkraut mit dem Ingrimm des Dilettanten, der sich so schnell wie möglich aus einer Situation totaler Paranoia befreien will. Zuerst nahm ich mir die leichteren Stellen vor, wo man sich besser bewegen konnte.

Der kleine Weg zum Haus war praktisch verschwunden. Es gab nur dieses verdammte Unkraut und keine Spur von Pflastersteinen mehr. Dann waren die Abschnitte entlang der Gartenmauer dran, und dort begann ich zu fluchen und zu schwitzen wie noch nie in meinem Leben. Das hier war eine regelrechte Savanne. Ich hätte mich nicht gewundert, wenn ein wütender kleiner Tiger unter dem Gebüsch hervorgekommen wäre. Aber da waren keine Tiger. Es war ein gottverlassenes Stück Erde, wo noch nicht mal mehr die Katzen aus der Nachbarschaft zum Pissen hingingen. Der Scheißrasenmäher soff nach jedem halben Meter ab. Mein Vater lag in der Hängematte auf der anderen Seite des Gartens. Er trank und beobachtete mich. Manchmal sah ich zu ihm hin.

»Ja, dir geht's gut, oder!«, schrie ich zu ihm hinüber.

»Los, beweg dich, Schlägertyp.«

So ein Arsch. An der Gartenmauer fand ich drei Bierdosen, wer weiß, warum die da gelandet waren. Meistens häufte er sie in der Nähe seiner Lagerstatt auf. Ich warf eine nach der anderen in Richtung Hängematte. »Und die hier?«, brüllte ich.

Er ließ einen Arm zu Boden sinken und griff nach einer der Dosen. Untersuchte sie aufmerksam. »Du hast ein historisches Stück gefunden«, rief er zurück. »Das Verfallsdatum war vor etwa zwei Jahren.«

»Ungefähr die Zeit, in der du aufgehört hast, diesen beschissenen Rasen zu mähen, vermute ich.«
»Wie bitte?«
»Nichts.«
Ich hörte eine Stimme von oben. »He!« Über einem Fensterbrett erschien ein Kopf. Meine Schwester Francesca, leichenblass, die Haare wirr im Gesicht. Ein furchtbarer Anblick. Sie sah aus wie ein Gespenst oder eine dieser Verrückten, die in Schauerromanen in geheimen Burgverliesen eingesperrt werden. »Was machst du denn da?«, fragte sie.
Ich zeigte auf den abgesoffenen Rasenmäher. »Ich spiele Karten, siehst du das nicht?«
»Warum mähst du den Rasen?«
»Warum springst du nicht aus dem Fenster?«
»Lass deine Schwester in Ruhe«, drohte mein Vater. »An die Arbeit.« Und er tippte vielsagend auf die Gürtelschnalle.
Ich versuchte, den Rasenmäher wieder in Gang zu setzen.
»Ciao, Papa«, sagte Francesca.
»Ciao, Schätzchen.«
»Hast du gegessen? Soll ich dir was kochen?« Die heilige Franziska aus der Grabnische. Zum Kotzen.
»Nein, danke.«
»Ich hab Hunger«, sagte ich.
»Du sollst arbeiten, hab ich gesagt!« Mit einem unglaublich langen Schluck erledigte er die nächste Dose.
»Trink nicht so viel, Papa«, ermahnte ihn die Heilige. Und zu mir: »Und du mäh weiter.«
»Halt den Mund«, sagte ich, »sonst komm ich mit diesem Ding rauf und schere dir deinen Damenbart und die Haare.«

Ihr Kopf verschwand. Und der Scheißrasenmäher setzte sich wieder in Bewegung. Während ich mich durch die Savanne schlug, überlegte ich, dass es keine Gerechtigkeit auf der Welt gab. Zusammengeschlagen von einem Gehirnamputierten, der auf so was wie *Terminator* abfuhr; gedemütigt wegen einer Schlampe; von einem arbeitsscheuen Alkoholiker-Vater bedroht; Bruder einer durchgedrehten Klausurnonne, Sohn einer Mutter, die mit einem jungen Pumpenschwengel geflüchtet ist; potentieller Fische-Aufschlitzer; außerdem müde, verdreckt und zerbeult. Nee, Gerechtigkeit gab es wirklich nicht. Mein Leben lief nicht in die richtige Richtung.
Ich sagte es laut: »Mein Leben läuft nicht in die richtige Richtung.«
Mein Vater brach in schallendes Gelächter aus, schaukelte in seiner Hängematte und trank.

Ich brauchte etwa vier Stunden, bis ich unter Keuchen und Fluchen den Bezirk um die Hängematte erreichte, den letzten Teil der Arbeit. »Entlaubung auf der Zielgeraden«, rief ich. »Aber Psychostress bereits über dem erträglichen Limit.«
Ein wenig unsicher auf den Beinen – der Achterpack war seit geraumer Zeit geschafft, und er war fast eingeschlafen – stieg mein Vater aus der Hängematte und ließ seinen Blick über die Wiese schweifen. Das gemähte Gras lag in kleinen, unregelmäßigen Haufen herum. »Saumäßig schlechte Arbeit«, sagte er mit leiser Stimme.
»Ich hab mir den Arsch aufgerissen, Chef, bedenke das bitte.«
Er nahm mir den Lenker des Rasenmähers aus der Hand. »Verschwinde, ich mach weiter. Und wasch dich. Und

beim nächsten Mal lässt du dich nicht fast totschlagen, du Trottel.«
Noch bevor ich im Haus war, beugte er sich schon über den Rasenmäher, um sich mit Armen und Beinen in Richtung Gartenmauer vorzuarbeiten. Ich sah sofort, dass er viel schneller war als ich. Was mich ziemlich deprimierte.
Bis zum späten Abend schuftete er mit dem Rechen, kehrte alles Gras zu einem einzigen Haufen zusammen und verweigerte das Abendessen trotz Francescas Protesten. Ich brachte ihm ein paar Biere, die er entgegennahm, ohne mich eines Wortes zu würdigen. Seine muskulösen Arme waren verschwitzt, die Hände schwielig, ein Büschel grauer Haare klebte ihm in der Stirn.
Später, meine Schwester sah fern, beobachtete ich ihn vom Fenster aus. Von Zeit zu Zeit hielt er beim Rechen plötzlich inne, wandte sich ohne erkennbaren Grund dem noch blassen Viertelmond am Himmel zu und neigte den Kopf erst zur einen, dann zur anderen Seite, als versuchte er, irgendein seltsames Detail zu erspähen.

Nach einer unruhigen Nacht wachte ich am nächsten Morgen mit Schmerzen am ganzen Körper auf. Als würden Kolben gegen jeden einzelnen Muskel und jedes Gelenk hämmern.
Ich schaffte es, mich im Bett aufzusetzen. Durch das Fliegengitter vor dem Fenster fiel das schwache Licht des frühen Morgens. Scheiße. Ich tastete nach den Zigaretten auf dem Nachttisch und zündete mir eine an. Die Vorstellung, dass ich in einer Stunde in der Schule erscheinen musste, war unerträglich.
Wenn der Kampf mit Schwarzy wenigstens unentschieden

ausgegangen wäre, hätte ich es sogar auf mich genommen, in diesem jämmerlichen körperlichen Zustand in die Klasse zu gehen. Aber ich war zusammengeschlagen worden, und die Schande der Niederlage plus diverse Verletzungen, das war zu viel für einen Sechzehnjährigen.
Als die Kippe ausgedrückt war, blieb ich eine Weile sitzen, um dem Klopfen meines Herzens zuzuhören. Ich schmiedete einen Plan, wie ich am besten schwänzen könnte. Die Unterschrift meines Vaters im Heft mit den Fehlzeiten fälschen. Dann aus dem Haus gehen und irgendwo rumlaufen ...
Doch ein Tag würde nicht genügen. Zwei auch nicht. Nicht einmal drei. Vielleicht wäre nicht mal ein Monat genug. Nein, mein Ruf als Verprügelter würde mich bis ins Grab begleiten. Er würde sogar meinen Tod überleben, um noch bei den Kindeskindern der Typen, die bei dem Massaker dabei gewesen waren, spöttisches Gelächter hervorzurufen. Denn die Geschichte würde von Generation zu Generation überliefert werden wie ein Schlaflied oder ein Abzählreim oder irgendein anderer unvergänglicher, nie rostender Scheiß. »Höre, mein Sohn«, würde eines Tages ein Mensch zu seinem Rotzbengel sagen, »mein Großvater hat meinem Vater einmal die Geschichte von einer Prügelei auf einem Schulhof erzählt, und jetzt erzähle ich sie dir, damit du sie eines Tages deinen Kindern weitererzählen kannst, die sie dann ihrerseits ...« Und so weiter. Für immer und ewig in den Dreck gezogen. In saecula saeculorum. Amen.
Ich ging aufs Klo. Dann zog ich mich an und ging nach unten. Hunger hatte ich keinen. Die Anspannung und der Schmerz schnürten mir den Magen zu.
Ich fand eine Nachricht vom Chef. Er war arbeiten gegan-

gen, wohin, schrieb er nicht. Ich nahm den Rucksack, ging wieder nach oben. Klopfte an die Tür zum Zimmer meiner Schwester. Sie antwortete nicht, ich öffnete die Tür trotzdem einen Spaltbreit. Eine Wolke Räucherstäbchengestank füllte meine Nasenlöcher. Verflucht, wie hatte das bloß passieren können, dass sie so durchgedreht war?
»Der Chef ist arbeiten gegangen«, sagte ich, ohne Rücksicht darauf, ob ich sie weckte. »Und ich gehe jetzt. Also bist du allein.« Ich wartete einen Augenblick. Dann hörte ich ein Rascheln. »Hast du kapiert, Mönchsrobbe? Du bist allein.«
Aus dem Dunkeln kam ihre schlaftrunkene Stimme: »Wir sind alle allein.«
»Geh doch zur Hölle.« Ich knallte die Tür zu.

Rasch mischte ich mich unter die Menschenmenge auf dem Schulhof und versuchte dabei, den Blick möglichst zu Boden zu richten. Ich hoffte, unbeobachtet an den Leuten vorbeizukommen, die redeten, schrien, drängelten, lachten und flirteten. Endlich in einer Ecke angelangt, ging ich in Deckung und zündete mir eine Zigarette an.
Das Klicken meines Feuerzeugs hallte durch den Hof wie von Lautsprechern übertragen.
Die allermeisten Schüler hörten sofort mit ihrer jeweiligen Beschäftigung auf und drehten sich in meine Richtung. Na, toll. Mühsam zog ich den Rauch ein.
Doch ich merkte, dass ich bereit war. Nur zu, ihr Schweine, dachte ich. Ich bin zu eurem Vergnügen hier. Also gut. Jeder eine Runde. Es kann losgehen.
Nichts.
Nur diese Blicke und dann ein Raunen, das von Mund zu Mund lief, fast schlimmer, als wenn ein ganzer Schnellzug

aus Gelächter donnernd auf mich zugerast käme. Mir gingen die Nerven durch.
»Was wollt ihr?«, brüllte ich. »Was gibt's da zu gucken?«
Da passierte etwas Merkwürdiges: Alle senkten die Augen und kehrten zu ihren Beschäftigungen zurück, doch irgendwie mechanisch, wie eine Herde Schafe, die vom Schäfer beschimpft und geschlagen wurde.
Das begriff ich nicht.
Nach einer Weile kamen drei aus meiner Klasse auf mich zu. Mit gesenktem Kopf sagte einer: »Weißt du, dass er im Krankenhaus ist?«
»Wer?«
»Schwarzy. Ein paar Stunden nach eurer Schlägerei ist er ohnmächtig geworden. Man hat ihn in die Notaufnahme gebracht. Schädelbruch.«
Meine Fresse!

Wie hatte ich bloß daran zweifeln können? Recht bedacht, hatte ich ihn regelrecht massakriert. Mein ausdauernder rechter Haken war phänomenal gewesen. Filmreif. Bam! Bam! Ba-bam! Großartige Leistung. Ein bisschen steif im Rumpf vielleicht, aber unerbittlich beim Angriff. Ein gewaltiger Arm, der mit der Wucht eines Baseballschlägers auf dieses Arschgesicht niedergegangen war. Dutzende Male, hunderte vielleicht, ich erinnerte mich nicht mehr. Übermächtig wie ein Mammut und präzise wie ein Chirurg hatte ich zugeschlagen. Eine perfekte Arbeit. Oscar Moya! Was für ein toller Boxer! Wie viel hatte er mir beigebracht! Wie viele Geheimnisse hatte ich ihm, ohne es zu merken, beim Anschauen der Boxkämpfe im Fernsehen entlockt. Wir waren uns sehr ähnlich. Klar. Derselbe Killerinstinkt hinter einem unscheinbaren, gewöhnlichen Gesicht. Dass ich gegen Schluss am Boden gelegen hatte, war nur ein Trick gewesen, damit der arme Schwarzy Luft schnappen konnte. Ich hatte ihn schon zu sehr beschämt. Wenn ich mich recht erinnerte, war es mein eigener Entschluss gewesen, mich einen Augenblick hinzulegen, wahrscheinlich schon im Wissen um den Schädelbruch. Ich hatte ihm erlaubt, mir noch zwei, drei kleine Tritte zu verpassen, weil er mir leidtat. Ein Teil meines Hirns hatte sowieso schon kapiert, dass der Typ am Ende war. Wenige Sekunden später wäre ich garantiert aufgestanden und hätte ihm den Rest gegeben. Bestimmt. Aber der Feigling hatte sich ja wegziehen lassen. Höchstwahrscheinlich hatten seine Kumpane bereits erkannt, in welch katastrophaler Verfassung er war – der Schädelbruch stand ihm ja schon in den Augen, dem irren Blick eines Besiegten –, und hatten ihn meinem Zugriff entzogen. Großzügig von mir, ihn nicht zu verfolgen. Auch Oscar wütete nie gegen seine torkelnden Gegner. Niemand anderes als er hatte mir beigebracht, dass es darauf ankommt, den Rivalen zu bezwingen und dann rechtzeitig aufzuhören, um übertriebene Gewaltanwendung zu vermeiden. Wie gut, dass ich diese wichtige Regel beherzigt hatte. Sonst hätte ich einen wie Schwarzy womöglich umgebracht.

Als ich beim Schellen der Glocke die Schule betrat, war meine Gangart aggressiv, absichtlich rempelte ich so viele Leute wie möglich an. Die drehten sich wütend um, erkannten in mir sofort »The Killer« und baten um Entschuldigung. Dann suchten sie schnell das Weite. Ich war in Hochstimmung.

Bevor ich in meine Klasse ging, stieß ich auf Elena. Sie redete gerade mit ein paar Freundinnen. Bei meinem Anblick verstummte sie mitten im Satz, riss die Augen auf, und etwas Wunderbares geschah: Ihr fielen die Bücher aus der Hand. Eifrig kniete ich nieder, um sie aufzuheben. Mit einem sardonischen Grinsen auf den Lippen und einer hochgezogenen Braue gab ich sie ihr zurück.

»Danke«, flüsterte sie. »Wie ... wie geht's dir?«

»Nun«, sagte ich, »bei mir läuft es besser als bei anderen.« Dann fügte ich ernst, fast bestürzt hinzu: »Ich mache mir Sorgen wegen Schwarzys Zustand. Mit dem hier muss ich wohl übertrieben haben.« Und ich mimte einen Haken, der sausend die Luft zwischen uns beiden zerschnitt, um meine Faust dann sanft auf ihre Schulter sinken zu lassen. »Verstehst du, was ich meine?«

»Oh!«, riefen ihre Freundinnen aus. Dann fragte eine: »Aber warum habt ihr euch eigentlich geprügelt?«

Ich zuckte gelangweilt die Achseln. »Wegen einer kleinen Nutte, weißt du, das kann schon mal vorkommen.«

Sie lachten, Elena nicht.

Ich ließ sie stehen und ging ins Klassenzimmer. Alle wichen zurück, um mich durchzulassen.

Die Luft zwischen mir und meinen Klassenkameraden war bis zum Bersten voll mit nervöser Anspannung. Allein der Gedanke, mich zu berühren, musste ihnen schon einen elektrischen Schlag versetzen. Ich ließ mich geräuschvoll in meiner Bank in der letzten Reihe nieder, einsam wie immer. Von hier aus warf ich Blicke in die Runde. Keiner wagte, mir in die Augen zu schauen. Ich war allein wie ein Gott, ein zweifelhafter, gefährlicher Gott, der aus der banalsten Laune heraus Blitze auf die gewöhnlichen Sterblichen spucken konnte. Und ich war schön wie Eros, mächtig und todbringend wie Mars. Die Jungen beneideten und fürchteten mich. Die Mädchen wollten mich, sie

sehnten sich danach, meinen marmornen Speer in ihren feuchten Tiefen zu spüren, auf und ab, ich in ihnen, ein wilder, unermüdlicher Liebhaber, der niemals Ruhe gibt. Und all das dank dieses kleinen Arschlochs Schwarzy.
Die Mathematiklehrerin kam herein. Eine schöne Frau um die vierzig. Fleischige Lippen. Bevor sie sich setzte, suchte sie mit Blicken nach mir, fand mich und betrachtete mich eine Weile. Ich begriff, dass ich sie hätte haben können, wenn ich nur gewollt hätte. Ich über ihr, während mein Becken zustieß und ich in ihre Lippen biss, bis sie bluteten, dann fuhr ich mit meiner Zunge über ihre ...
»Geh rauf zum Direktor«, sagte sie zu mir.
»Wie bitte?«
»Geh rauf zum Direktor!«, wiederholte sie mit drohender Betonung.
Unsere Vereinigung war verschoben. »Was will der Direktor von mir?«
»Beweg dich!«, kreischte sie.
»Okay, okay«. Ich erhob mich sehr langsam und ging nach vorn. Von nahem gesehen war sie bloß eine alte Jungfer mit Hängetitten. Ekelhaft!

Der Direktor Ferreri war ein kleiner Mann von etwa fünfundsechzig Jahren mit einem ordentlichen Buckel auf dem Rücken, einem dichten Schopf kurzgeschnittener, weißer Haare, lebhaften Augen und winzigen Fingern. Er hatte eine vage Ähnlichkeit mit der Zeichentrickfigur Mister Magoo, diesem halbblinden Alten, der alles in seiner Umgebung zertrümmert, ohne je einen Kratzer abzubekommen. Ferreri aber konnte sehr gut sehen und das ohne Brille.

Auf einem Wandregal hinter ihm standen Bücher von Bobbio und De Felice demokratisch nebeneinander aufgereiht. Die von Bobbio aber wirkten sehr neu, wie soll ich das erklären: Es schien, als kämen sie viel seltener an die frische Luft als die anderen, ja, das war es.
Der Direktor sagte: »Bleib stehen. Ich habe nicht viel Zeit. Aber ich möchte wenigstens deine Version hören.«
Sofort fingen alle blauen Flecke und Abschürfungen wieder an zu schmerzen. Mir war hundeelend. Ein Schwindelgefühl packte mich. Meine Stimme klang heiser.
Ich erklärte, dass Schwarzy mich ohne jeden Grund verprügelt hatte. Er habe mich in eine Art Hinterhalt gelockt, um mir Boxhiebe und Tritte zu verpassen und mich zu bespucken. »Dieser Junge hat schon immer was gegen mich gehabt, seit wir uns zum ersten Mal gesehen haben.«
»Aber warum denn?«
»Ich habe nicht die leiseste Ahnung, Herr Direktor. Ich kann Ihnen nur sagen, dass ich gestern in der Pause gehört habe, wie Riccardo von mir sprach. Er sagte, er würde mich blutig schlagen, weil ich ihm unsympathisch sei. Und er schloss eine Art Wette ab, mit wem, habe ich nicht gesehen, wie viele Minuten er brauchen würde, um mich im Schulhof auf den Boden zu schicken.« Das war natürlich gelogen. »Und nach Schulschluss hat er mich dann grausam verprügelt.«
»Grausam?«
»Grausam, Herr Direktor.«
»Und warum stehst du dann hier vor mir, und er liegt mit einem Schädelbasisbruch im Krankenhaus?«
Ich zuckte mit den Achseln, meine ganze Ahnungslosigkeit demonstrierend. »Ich schwöre Ihnen, dass ich es nicht weiß, Signore. Fragen Sie, wen Sie wollen. Als Riccardo

weggegangen ist, hat er gelacht, während ich halbtot am Boden lag. Mehr weiß ich nicht.«

Der Direktor betrachtete mich. Ich hob mein T-Shirt und zeigte ihm die blauen Flecken an Bauch und Rücken. »Sehen Sie?«, fragte ich.

»Ich sehe.« Er machte eine lange Pause. Dann seufzte er und fing wieder an: »Ich weiß nicht, wer der Schuldige ist, aber diese Schule und die Eltern des Jungen fordern eine harte, exemplarische Strafe. Um zukünftige Hitzköpfe von derlei Unsinn abzuhalten und um der Gerechtigkeit willen, denn er liegt im Krankenhaus und du nicht, bin ich gezwungen, dich für drei Tage von der Schule zu verweisen.«

»Was?«

Er reichte mir ein Blatt Papier. »Gib das deinen Eltern.«

Ich überflog das Papier. »Hier steht, dass ich der Angreifer bin. Ich!«, und wieder hob ich das T-Shirt. »Ich, der doch nur nach Hause gehen wollte. Ich, der es eilig hatte, weil ich meinem Vater versprochen hatte, den Rasen zu mähen. Ich!«

»Das ist die einzig mögliche Lösung, junger Mann.« Er zog die Schultern hoch und ließ sie wieder fallen.

»Nein«, entgegnete ich, »das ist die bequemste Lösung und auch die falscheste.«

»Jetzt hör mir mal zu!«, donnerte er. »Die Eltern des Jungen möchten dich nicht anzeigen, weil du minderjährig bist. Was mich betrifft, hätte ich an ihrer Stelle anders gehandelt. Ich habe mit deinen Lehrern gesprochen. Ich weiß, dass du eine taube Nuss bist. Und taube Nüsse pflege ich auszureißen!«

Dabei wäre er nicht mal in der Lage gewesen, Erdbeeren zu pflücken, dieser jämmerliche Alte!

»Geh jetzt zurück in die Klasse. Dein Schulverweis beginnt morgen.«
Ich ging zur Tür. Öffnete sie. Dann drehte ich mich um, weil ich noch etwas sagen wollte, aber mir fiel nichts ein.

In der Klasse erklärte die Schlampe mit den Hängetitten gerade etwas sehr Interessantes über das x, das y und das z, als einer meiner Mitschüler sich umdrehte, um mich zu fragen: »Was wollte der Direktor?«
Ich zuckte die Achseln. »Nichts Besonderes«, antwortete ich. »Offenbar geht es um ein Stipendium, und ich gehöre zu den Kandidaten. Ich muss drei Tage wegbleiben, in der Zeit werde ich von einigen Koryphäen an einem geheimen, streng bewachten Ort geprüft. Der Gewinner des Stipendiums soll schon bald für die Regierung arbeiten. Darum ist natürlich alles top secret. Zur Tarnung wird herumerzählt, dass ich von der Schule verwiesen wurde.« Ich zeigte auf die Lehrerin. »Nicht mal diese blöde Kuh weiß davon.«
»Viel Glück!«, sagte er ganz ernst.
Ich fasste mir an die Eier. »Aber kein Wort. Verstanden?«
»Verstanden.«
Ich fasste mir noch mal an die Eier.

Natürlich war ich am nächsten Morgen gegen vier auf dem Großmarkt und lud Kisten mit Obst und Gemüse ab.
Der Direktor hatte meinen Vater telefonisch benachrichtigt. Mein Vater hatte die vom Großmarkt telefonisch benachrichtigt. »Lass ihn hart arbeiten«, hatte er dem Aufseher der Kistenträger gesagt. Dann hatte er mich ein paar Sekunden lang scharf angesehen.

Drei Tage arbeitete ich in der Kälte, ohne zu jammern. Am dritten Tag fing es sogar an zu regnen. Die Haut an meinen Händen riss auf, ich blutete, ich hielt durch, das Blut trocknete, irgendwann war die Arbeit beendet.

An dem Abend teilte ich meinem Alten mit, dass ich nicht mehr in die Schule zurückkehren würde.

Er sagte nichts.

Manchmal dachte ich noch an die Schule zurück, vor allem an die Gewalt an jenem Nachmittag auf dem Schulhof und an Elenas schönes, dummes Gesicht. Dann hörte ich damit auf. Ich hatte zu viel zu tun. Auch die Welt hatte zu tun. Damals wurde die Berliner Mauer abgerissen. Eines Abends sah ich im Fernsehen, wie begeisterte junge Leute sich Ziegelsteine und Schutt von Hand zu Hand reichten. Die zeigten sie als Trophäen ihrer Freiheit. Ich schlief beim Zuschauen auf der Couch ein. Später hob mein Vater mich hoch und trug mich in mein Zimmer. Aus dem Halbschlaf habe ich eine vage Erinnerung: Er streicht mir über die Haare, lächelt traurig, geht aus dem Zimmer.

Das war 1989.

2

Ungefähr acht Monate nach meinem Abgang von der Schule fing der Chef plötzlich an, sich sehr ungewöhnlich zu benehmen.
Er lief mit einem merkwürdigen Glitzern in den Augen im Haus herum und war noch zerstreuter als gewöhnlich. Er trank weniger und arbeitete viel. Seine Ruhepausen in der Hängematte hatten sich drastisch verringert. Und vor allem lächelte er andauernd. Das war in der zweiten Julihälfte. Vielleicht war ihm die Hitze zu Kopf gestiegen. Vielleicht war er kurz davor, verrückt zu werden. Vielleicht waren mein Leben und das der Mönchsrobbe in Gefahr. Täglich berichteten die Fernsehnachrichten über Bluttaten in Familien. Mütter und/oder Väter, die in einem Anfall von Raserei ihre Kinder umbrachten, füllten die Nachrichtenseiten. Von Freunden und Nachbarn wurden diese abartigen Eltern immer als *ganz normale Menschen* bezeichnet. Normal, einen Scheiß, dachte ich. Besonders das Foto eines Kindsmörders aus der Region Marken versetzte mich in Aufregung. Denn der Mann auf diesem Bild hatte ein ganz ähnliches Grinsen wie das, was der Chef in jenen verfluchten Tagen im Gesicht trug.
Eines Abends, er war nicht da, die Mönchsrobbe und ich saßen beim Abendessen vor dem Fernseher, verkündete ich: »Meine Liebe, ich glaube, wir beide sind erledigt!«
Francesca, die ganz in Schwarz, mit ungekämmten Haaren neben mir an einem Brötchen knabberte wie eine Feld-

maus, sah mich an, hob eine Augenbraue und fragte, was ich damit meinte.

»Was ich meine?«, rief ich. »Hast du denn gar nichts bemerkt?«

»Nein.« Sie blickte sich ein wenig beunruhigt um, als könnte aus einer Zimmerecke plötzlich etwas Böses hervorkommen. »Was soll ich bemerkt haben?«

»Tja, meine Liebe«, fuhr ich fort, »unsere Tage sind gezählt. Glaub mir.«

»Warum?«

»Denk nur immer daran, dass ich dich gewarnt habe. Mehr sage ich dir nicht.«

Sie knabberte weiter an dem Brötchen. »Ist das wieder eine von deinen bescheuerten Touren?«

Ich zündete mir eine Zigarette an, machte auf geheimnisvoll.

Sie sofort: »Pa will nicht, dass im Haus geraucht wird«, und versuchte, mir über den Tisch hinweg die Zigarette aus dem Mund zu reißen.

»Hände weg, Robbe! Sonst brech ich sie dir! Garantiert!«

Ich stand auf. Musste ich als guter Bruder dieses Unglückswesen nun davor warnen, dass der Tod in der Maske eines Maurers, Kistenträgers und von seiner Frau verlassenen ehemaligen Fast-Alkoholikers in unserem Haus umging oder nicht? »Ich sage dir nur eins«, entschied ich mich schließlich. »Pass auf den Chef auf. Beobachte ihn genau und sag mir dann Bescheid.«

»Warum denn? Was ist mit ihm?«, fragte sie leicht besorgt.

»Beobachte ihn genau und sag mir dann Bescheid. Und tu mir einen Gefallen: Lern endlich, richtig in das Scheißbrot reinzubeißen, bevor du krepierst!«

Sie schüttelte genervt den Kopf und knabberte weiter. Nichts zu machen. Aber das ist das Schicksal der Idioten. Sie merken nichts und leben ihr Leben mit der stumpfsinnigen Glückseligkeit von Schweinen im Gehege, bis zum blutigen Moment, in dem ein Gewehrschuss oder ein schädelzertrümmernder Axthieb sie eines Besseren belehrt. Wenn sie dann sterben müssen, erinnern sie sich im letzten Sekundenbruchteil ihres hirnlosen Herumlungerns in der Welt an die Ermahnungen, die sie mal gehört haben. Und alles fügt sich für sie zusammen, aber nun ist es zu spät. Amen.

Eines Tages waren wir beide zu Hause, der Chef und ich. Die Robbe war in der Kirche, vielleicht weil sie um Vergebung bitten musste, dass sie so geworden war, wie sie war.

Ich beobachtete ihn scharf. Er saß reglos auf dem von Zigarettenglut durchlöcherten Sofa. Ich saß reglos auf dem von Zigarettenglut durchlöcherten Sessel. Wir waren also quitt. Abgesehen davon, dass ich kein geisteskranker, potentieller Mörder war. Der Fernseher lief und bewegte sich ebenfalls nicht, man sah vier beschissene Politiker, die sich wegen der Berliner Mauer in die Haare kriegten.

Um die Lage zu sondieren, fragte ich: »Was denkst du eigentlich über diese Geschichte mit dem Mauerfall?«

Er schien erst in diesem Moment aufzuwachen. »Ich weiß nicht, was ich darüber denken soll«, antwortete er, seine Stimme war nicht so heiser wie sonst. Er war zerstreut. Okay, das war er immer, aber jetzt mehr denn je.

Ich zeigte auf den Fernseher. »Was springt für uns dabei raus, Chef? Als Bewohner der westlichen Welt, meine ich. Na? Was bedeutet das für uns?«

»Es kann vieles bedeuten«, sagte er, »ebenso wie es überhaupt nichts bedeuten kann.«
»Was ist denn das für eine Scheißantwort?«
Er warf mir einen seiner üblichen Schlagbohrerblicke zu. Oder war dieser anders? Ich hätte es nicht sagen können. Ich verstand diesen Mann nicht mehr. Naja, wahrscheinlich habe ich ihn nie verstanden. Oder vielleicht nur ein paar Mal. Aber jetzt wurde es schlimmer.
»Jetzt musst du für meine Bildung sorgen, Chef«, sagte ich. »Da ich den geliebten Schulunterricht deinetwegen verlassen habe. In der Schule hätte man mir das beantworten können. Lehrer sind gebildete Menschen, weißt du? Die verdienen sich ihr Gehalt. Sie kennen sämtliche Daten von Katastrophen und bringen sie dir so bei, dass du sie auswendig kennst. Wenn also so was wie dieser Mauerfall passiert, kann man sagen, das ist 1793 oder 1858, so um den Dreh, schon einmal vorgekommen, und man weiß auch, wie es damals gelaufen ist. Das alles ist – wie sagt man? – eine historische Wiederkehr. Oder nicht?«
Er zuckte die Achseln. »Wahrscheinlich.« Blickte auf die Uhr, dann zum Telefon. Mein improvisiertes Plädoyer für das Schulwesen schien ihn nicht besonders beeindruckt zu haben. Er war mit etwas anderem beschäftigt. Ehrlich gesagt, ich bezweifelte jetzt, dass er mich töten wollte. Ich war eine jämmerliche kleine Fliege, die ihn hilflos umkreiste. Eine von der Art, die man eher verscheucht als zerquetscht. Nein, er würde mich nicht kaltmachen. Ich würde unter den Lebenden bleiben. Niemand würde mich aus dem Weg räumen. Das enttäuschte mich tief. Warum wollte mich niemand umbringen? Wenigstens ein bisschen, natürlich nicht ganz und gar. War ich wirklich so wenig lästig? Hasste mich denn niemand? Wie unendlich

traurig. Womöglich eines natürlichen Todes sterben zu müssen. Vergreist, verblödet und sabbernd in einem Altersheim im ehrwürdigen Alter von vierundachtzig Jahren den Schwestern auf den Hintern stieren und dabei keinen mehr hochkriegen. Verwandtenbesuche immer sonntags alle acht Monate. Wie geht's dir, Großpapa? *Chut, anke.* Wie ist das Leben hier drin? *Chön, anke.* Wie traurig, dich hier so zu sehen, Großpapa, hätte man dich doch bloß in zartem Alter umgebracht, dann wärst du jetzt nicht hier. *U has Recht, stell mein Fuß auf en Chauerstoffchlauch, bitte.*
Während ich in grauenhaften Gedanken versunken war, klingelte das Telefon. Der Chef sprang vom Sofa auf wie ein athletischer Frosch. »Hau ab!«, befahl er.
»Warum?«
»Sofort! Und mach den Fernseher aus!«
Ich sah ihn über mehrfaches Klingeln hinweg bestürzt an. Dann erhob ich mich gehorsam und zog mir sehr langsam die Jacke an, während seine Blicke mich durchbohrten. Ich machte die Haustür auf. »Wer zum Teufel ist das?«, fragte ich noch einmal.
»VERSCHWINDE!« Ich ging raus.

He, was war da los? Der Mann hatte also Geheimnisse. Nichts dagegen einzuwenden. Jeder muss wenigstens ein paar haben. Ich hatte auch Geheimnisse. Welche und wie viele hätte ich in dem Moment nicht sagen können. Aber ich hatte bestimmt welche. Ich legte ein Ohr an die Tür und konzentrierte mich wie James Bond, wenn er so tut, als höre er nicht zu, aber alles mitkriegt. Man hörte nichts. James Bond war ein Idiot. Aber er vögelte ziemlich viel. In jedem Film legte er mindestens zwei flach. Durch diesen Gedanken an Bonds Frauen begriff ich auf einmal, was los war: Mein Chef hatte eine Beziehung. Sein überdrehtes Verhalten, das ich für Mordgier gehalten hatte, zeugte in Wirklichkeit vom Wahn eines Verliebten. Der Chef hatte eine Frau. Oder er hoffte, sie zu kriegen. Jedenfalls schien er auf dem richtigen Weg zu sein. Es gab ein weibliches Wesen, das bereit war, sich von meinem Alten vögeln zu lassen. Aber was für eine Art Frau war das? Ich steckte mir eine Kippe an und schlug den Weg zur Kirche ein. Vielleicht konnte die Mönchsrobbe mich auf den neusten Stand bringen. Möglich, dass sie über alles auf dem Laufenden war und darum jetzt in der Kirche zu Gott betete, damit er den Chef bei seinen geilen Plänen unterstützte. Die Kirche war ein riesiger, kürzlich errichteter Bau, bestimmt der prächtigste im ganzen Ort. Bei uns gab es nicht einmal eine Bar, die diesen Namen wirklich verdiente, oder einen Treffpunkt für Jugendliche, die sich, sagen wir, miteinander zusammentun wollten. Kein Kino. Kein Theater. Gar nichts. Bloß einen kleinen Platz mit tristen Vorstadtbänken, wo meine Altersgenossen, schockiert und verwirrt von der Vorherrschaft des Vatikans und von ihren fleischlichen Gelüsten, Joints rollten und Dosenbier in sich hinein kippten. Unterwegs traf ich niemanden, den ich kannte. Ich stieg die Stufen hinauf, die zum Eingang führten, und drückte das schwere Portal auf. Das Innere war erfüllt vom leisen, gequälten Brummen eines Menschen mit Verstopfung; an den Wänden auf gigantischen, bedrohlichen Gemälden die Stationen des Kreuzwegs: Christus trägt das Kreuz; Christus am Kreuz; Christus lässt sich von Maria Magdalena die Füße waschen; Christus ist sauer auf seinen Vater, der ihn vergessen hat; Christus wird von der Lanze des schändlichen römischen Soldaten durchbohrt; der tote Christus, und vom Himmel

hagelt es Pfeile auf die gottlosen Mörder; der auferstandene Christus; Christus und die Apostel, hartnäckige LSD-Konsumenten, die er mit Spott und Gleichnissen überhäuft, Ende.
Außerdem im Mittelschiff Schemel mit optionalen Kniebänkchen, Stühle, Rosenkränze und Gebetbücher, ein pompöser Altar und hinten ein kolossales Kreuz aus glänzendem Holz, überall Weihwasserbecken, Multicolor-Fenster, die nach allen Seiten Lichtstrahlen sabberten, oscarreife Lichteffekte mit meiner knieenden Schwester in der Mitte, wie das Inbild eines festlich herausgeputzten Christentums, das doch in Wirklichkeit ausgelaugt und heruntergekommen war.
Ich ging zu ihr. »Was machst du?«, fragte ich.
Sie sah mich an, wie man einen Scheißhaufen auf dem Fensterbrett ansieht und sich wundert, wie er dorthin gekommen ist.
»Nun?«, fragte ich.
»Sprich leise«, ermahnte sie mich.
»Hier drin ist doch kein Schwein.«
Sie zeigte auf Christus am Kreuz. »Etwas Respekt bitte.«
Ich betrachtete ihn. Er hatte nicht die geringste Wirkung auf mich. »Ich muss mit dir reden«, sagte ich.
»Was willst du hier?«
»Bist du taub? Ich habe gesagt, ich muss mir dir reden.«
Sie war durcheinander. Wie sie dort kniete, mit ihren wirren Haaren, tat sie mir leid. »Worüber?«
»Über den Chef.«
»Was ist passiert?«
»Ich will wissen, ob der Alte eine Zunge gefunden hat, die er ablutschen kann.«
»Ich verstehe dich nicht. Hau ab!«

Allmählich reichte es mir. »Weißt du, ob der Chef eine Frau hat?«
Ihr leichenblasses Gesicht wurde noch bleicher.
Sie bekreuzigte sich und stand auf. »Wer hat dir das gesagt?«
Volltreffer! »Ich war schon durch die Tür, da winselte er noch am Telefon. Eigentlich hat er mich rausgeschmissen, damit er am Telefon winseln kann. Warum?«
»Lass uns rausgehen«, sagte sie.
Sie kniete nieder und bekreuzigte sich wieder. An der Tür tat sie es noch einmal.
»Wenn du so weitermachst, kriegst du noch blaue Flecken an der Stirn«, warnte ich sie.
Wir gingen hinaus. Die Luft wurde entschieden angenehmer. Weihrauch benebelt, wie Sex. Auf den Stufen stand ein farbloser Typ, tadellos gekleidet. »Ciao«, sagte er zur Robbe.
Ihre Leichenblässe schlug um in ein Tomatenrot. »Ciao«, hauchte sie und rannte, so schnell sie konnte, die Stufen hinunter.
Ich blieb einen Augenblick stehen, um ihn mir anzusehen. Er hatte eine Adlernase und große grüne Augen hinter den dicken Brillengläsern. Bestimmt war er älter als ich, auch wenn ich nicht erkennen konnte, wie viel. Unter meinem Blick wurde er puterrot.
»Mich begrüßt du nicht?«, fragte ich.
»Natürlich«, stammelte er. »Wie ... wie geht's?« Er sah in Richtung Francesca, die schon mit Laufschritten über den Kirchplatz hinaus war. Dann verschwand auch er eilig in die andere Richtung.
»Sehr gut«, sagte ich mir. Ich lief hinter ihr her, bis ich an ihrer Seite war. »Wer war das?«

»Weiß ich nicht.«
»Ist das dein Verehrer?«
Sie blieb abrupt stehen. »Darf man erfahren, worauf du heute Abend eigentlich hinauswillst?«
Ich steckte mir eine Zigarette an. »Ich will Klarheit.«
»Ich kenne ihn nicht«, und sie ging weiter. Ich blieb ihr auf den Fersen.
»Du und der Chef, ihr verheimlicht mir was. Aber ich bin schlau. Ich habe alles verstanden. Der Alte hat einen Flirt und du auch.«
»Ich hab dir schon gesagt, dass ich ihn nicht kenne.«
»Du lügst! Wer ist die Frau des Chefs?«
Sie antwortete nicht. Ich packte sie an einem Arm und verdrehte ihn. Ein Paar mittleren Alters sah uns und ging kopfschüttelnd weiter. Francesca schrie auf.
»Also?«, drängte ich. Ich kam mir vor wie der Bösewicht in einem Film noir. Das gefiel mir. Ich hielt ihren Arm weiter verdreht.
»Hör auf!«
»Sag mir die Namen!«
»Nein!«
»Ich brech dir diesen Scheißarm!«
Sie nuschelte unzusammenhängende Sätze, in denen das Wort »Gott« vorkam. Dann ergab sie sich. »Virginia«, sagte sie.
»Gut. Und deiner?«
»Ich hab noch nie mit ihm geredet!«
»Aber?«
»Nichts aber! Ich weiß nur, dass er Mauro heißt!«
Ich ließ sie los.
Sie massierte sich den Arm. »Du kotzt mich an«, sagte sie im Weggehen. Diesmal folgte ich ihr nicht.

Virginia und Mauro. Sehr gut. Das Geheimnis begann sich zu lüften. Meine Mitbewohner waren in Herzensangelegenheiten verwickelt. Sie flirteten! Das passte mir nicht. Es passte mir ganz und gar nicht. Ich zog an der Zigarette wie Humphrey Bogart. Ein paar Mal. Dann fing ich an zu husten.

»Chef«, sagte ich beim Reinkommen. »Was ist das für eine Geschichte ...?«
»Still!«, unterbrach er mich. Dann: »Sonntag haben wir einen Gast zum Mittagessen da.« Seine Augen leuchteten.
»Nämlich?«, Ich staunte.
Francesca erschien an der Küchentür. »Oh«, rief sie aus. Sie senkte den Blick. Schwer zu erkennen, ob sie sich über die Nachricht freute oder nicht.
»Sonntag haben wir einen Gast«, wiederholte mein Vater, wem er das sagte, war unklar. Er ließ sich in den Sessel fallen, sein Gesichtsausdruck verriet, dass er ein von Weibern eingewickelter Mann war. Widerlich.
»Und wer ist das?« Ich ließ nicht locker.
»Eine ... Person, die ich kennengelernt habe und seit einiger Zeit sehe.«
Wie erbärmlich! »Ist es ein Mann, eine Frau oder ein Affe?«, fragte ich.
»Hör auf mit diesen drittklassigen Blödeleien!«, knurrte er, wieder ganz Macho.
»Ich wollte nur wissen, welche Art Zweibeiner am Sonntag über die heilige Schwelle unseres Heims treten wird, Chef.«
»Eine Freundin.«
Meine Schwester deutete ein Lächeln an, sah mein Grinsen und wurde ernst.

»Gut«, sagte ich. Dann zur Nonne gewandt: »Du gehst in die Küche, Mädchen, hier müssen Männer sich intime Geheimnisse anvertrauen.«

»Sei nett zu deiner Schwester«, drohte der Chef, »sonst steh ich auf und blase dir die wenigen Lichter aus, die du im Hirn hast.« Dann lächelte er die Robbe an: »Machst du mir einen Kaffee, Schätzchen?«

»Natürlich, Papa«, antwortete sie etwas zögerlich und ging zurück in die Küche.

Ich und dieser unbegreifliche Mann, der mir Chromosomen und Nachnamen vererbt hatte, starrten uns eine Weile an.

Dann sagte er, jedes Wort sorgfältig betonend und auf jede Silbe einen bedrohlichen Akzent legend: »Am Sonntag wirst du dich gründlich waschen, anständig anziehen, meine Freundin empfangen, wie es sich gehört, nur sprechen, wenn du gefragt wirst, essen, ohne jeden Bissen einzusaugen, wie du es sonst tust, nicht vom Tisch aufstehen, bevor sie es getan hat, und jede Art Gesichtsausdruck vermeiden, der die guten Sitten verletzt.«

»In Ordnung. Aber darf ich wenigstens leise furzen, wenn ich absolut nicht mehr kann?

»Andernfalls«, fuhr er fort, ohne auf mich einzugehen, »wirst du die Morgenröte an deinem achtzehnten Geburtstag niemals erleben.«

Es war ihm ernst. Die Liebe hatte ihn zum Despoten gemacht. Insgeheim schwor ich mir, dass ich mich nie verlieben würde. Niemals. Ich wollte mich nicht so erniedrigen wie er und meinen Mitmenschen bedrohen, weil ich völlig zu Unrecht befürchtete, unangemessenes Verhalten der Verwandtschaft könnte meine juckende Gier nach Paarung gefährden. Und ich wollte nicht wie meine Mutter enden, die mit einem unreifen Pumpenschwengel von Esso abgehauen war, um sich noch jung und attraktiv vorzukommen.

»Ich kann sehr galant sein, wenn ich Lust habe. Merk dir das.«

»Ich hoffe es für dich«, schloss er.

Die Robbe kam mit einer Tasse dampfenden Kaffees auf einem Tablett zurück. Bestimmt hatte sie alles gehört, die blöde Kuh, denn sie glotzte mich mit einem zufriedenen Lächeln an, als hätte der Alte Klartext mit mir geredet. Beide ahnten ja nicht, wie sehr mir dergleichen Schwachsinn am Arsch vorbeigehen konnte.

Dann gab es ein paar Regentage. Wenn ich in meinem Zimmer aus dem Fenster guckte, erschien mir die Welt zu einem einzigen Ausdruck der Trostlosigkeit erstarrt. Auf den Straßen keine Menschenseele: Alle saßen eingeschlossen in ihren Häusern wie Verrückte in einer überheizten Irrenanstalt.

Die Berliner Mauer existierte nicht mehr, und ich fand es widersinnig, dass die Medien sich abmühten, ständig über etwas zu reden, was für immer verschwunden war. Eine konkrete Folge gab es jedenfalls, meiner Meinung nach: Jetzt konnten die aus Ostdeutschland mit denen aus Westdeutschland vögeln, und die Kinder dieser fickenden Teutonen würden bloß Deutsche sein und Schluss, ohne sich noch nach Himmelsrichtungen zu unterscheiden. Es ist die Geilheit der Völker, die die Geographie verändert.

Eine gute Methode, sich auf das Eintreten der Frau des Chefs in unser Leben vorzubereiten, wäre gewesen, keinen Gedanken daran zu verschwenden, Neugierde und Warten zu vermeiden und sich erst dann mit dieser Begegnung zu beschäftigen, wenn sie wirklich stattfand. Doch der Chef bürdete uns unzählige Arbeiten und Stressmomente auf, so dass ich mir das Kommen dieses Scheißsonntags schon so sehr wünschte, als läge der Sinn meines ganzen Zeitalters im Gelingen dieses einen Tages. Der Kistenschlepper ging völlig auf in der Vorbereitung des Ereignisses, er half der Mönchsrobbe beim Saubermachen, stieg sogar auf die Leiter, um die Spinnweben aus den Zimmerecken zu kratzen, putzte Fenster, staubte Möbel ab, rückte Bilder gerade, wechselte die Gardinen, kurzum, er versuchte, dem alten, feuchten Gemäuer, das nur in den Zeiten meiner Mutter, der Verschollenen, einen gewissen Glanz gehabt hatte, ein Lifting zu verpassen. Meine Schwester putzte das Klo mit einer so übertriebenen fachlichen Kompetenz – fegen, feudeln, wischen, auskratzen – dass, darauf hätte ich schwören können, kein anderes Badezimmer der Welt heller strahlen konnte. Es war, als würde in unserem äußerst bescheidenen Kackhaus die Sonne aufgehen, scheinen und untergehen.

Mir fiel die Aufgabe zu, mich um die Einkäufe zu kümmern. Seit Jahrhunderten hatte ich keinen Fuß mehr in den kleinen Supermarkt an der Ecke gesetzt, darum erinnerte ich mich nach der feinfühligen Einschüchterung durch den Chef (»He du! Beweg deinen Arsch und mach dich nützlich! Wird's bald? Mach hin, geh einkaufen!«) und mit der Liste bewaffnet, die mir die Schmuddelige, meine Schwester, gekritzelt hatte – Pasta, Fleisch, Eier, Aufschnitt, Kartoffeln, Salat, Obst, Wasser, Wein und aller möglicher anderer Scheiß – vor der Haustür nur noch mit Mühe, welche Richtung ich einschlagen musste, um zu dem Laden zu kommen.

Wenn ich heute daran zurückdenke, erscheint mir das alles so paradox: Ein Junge geht kiloweise Lebensmittel einkaufen für ein sonntägliches Mittagessen, das ihm scheißegal ist, raucht und flucht den ganzen Weg über, bis er zu einer beliebigen Uhrzeit einen beliebigen Laden in einem beliebigen Ort betritt. Und damit ändert sich sein Leben, wenigstens so, wie er es bis zu diesem Moment vage verstanden hatte, von Grund auf. Damit das klar ist: Ich geriet beim Betreten des Supermarkts nicht mitten in einen Raubüberfall, und keiner verschoss sein ganzes Magazin auf mich, kein Kunde bekam einen Schlaganfall, und wir wurden auch nicht von einem Richter-Skala-mäßigen Erdbeben überrascht. Im Gegenteil, von überall her schlug mir die schläfrige Atmosphäre eines stinknormalen Alltags entgegen, Hausfrauen setzten ihre Brillen auf, um den Preis jedes einzelnen Produkts zu lesen, oder betasteten mit ihren arthritischen Fingern Zwiebeln und Bananen. Aus mehreren Lautsprechern tropfte einem die deprimierende Musik von Radio Italia – »nur italienische Musiiiik!« – in die schon vom hektischen Tippen der Kassiererin, dem Piepen der Barcodes und dem Klingeln der Kassen leidgeprüften Ohren.
Als ich dann mit meinem Einkaufswagen um Schachteln und Menschen herumdribbelte und mich zur Wursttheke begab, um dort eine Nummer zu ziehen, die mich ganz sicher zu einer endlosen Wartezeit zwingen würde, stieß ich gegen den Wagen eines Gruft-Opis, der aber nichts sagte und wegging, ohne auf mich zu achten. Ich tat dasselbe, aber da holte mich eine weibliche Stimme ein, die aus dem Feinkostbereich kam.
»He!«, kreischte die Stimme. Ich drehte mich um, um zu sehen, wem sie gehörte und ob sie mich meinte.

»He!«, wiederholte das Mädchen.
Sie hatte einen olivfarbenen Teint, eine Himmelfahrtsnase und große, grüne Augen. Sie trug ein Häubchen, einen Arbeitskittel und Plastikhandschuhe und bediente hinter der Feinkosttheke gerade eine wasserstoffblonde Frau. Ein widerspenstiges Büschel schwarzer Haare malte ihr ein langes, seidiges Komma auf die Wange. Sie mochte ungefähr so alt sein wie ich, und ich hatte sie noch nie gesehen, hier drin nicht und woanders auch nicht.
Wir blickten uns an. »Redest du mit mir?«, fragte ich.
»Was glaubst du, wo du hier bist?« Sie hatte die leicht kratzige Stimme einer Raucherin. Auch die Wasserstoffblondine drehte sich zu mir um.
»Warum?«, fragte ich das Mädchen.
Sie zeigte auf den Alten, den ich angestoßen hatte. »Du hast ihn nicht mal um Entschuldigung gebeten.«
»Er hat's ja nicht mal gemerkt.«
»Und das rechtfertigt dich?«
Ich dachte einen Augenblick darüber nach. Dann: »Was geht dich das eigentlich an?«
Die Wasserstoffblondine schüttelte missbilligend ihre Mähne.
»Es geht mich was an, weil ich hier arbeite«, knurrte das Mädchen, »und ein ›Entschuldigung‹ kostet nichts.«
»Hör mal, Feinkosterin«, sagte ich, »lass mich in Ruhe und wickel deine Ziegenmilchfrischkäse ein, statt Leuten auf die Eier zu gehen, denn heute ist wirklich nicht mein Tag.«
»Der Ziegenmilchfrischkäse ist alle«, erwiderte sie, »Feinkosterin kannst du deine Schwester nennen, und dein Tag und deine Eier sind mir scheißegal.«
Die Wasserstoffblonde fing an zu lachen und mit ihr die

anderen alten Hexen, die unterdessen näher gekommen waren, um die Diskussion zu verfolgen. Eine Diskussion, die ich nicht als Besiegter beenden durfte.

Darum sagte ich in gelassenem, ausreichend bestimmtem Ton: »Hör mal, Mädchen, höchstwahrscheinlich sind schon zu viele Stunden vergangen, seit du mit der Arbeit angefangen hast. Vielleicht bist du müde. Vielleicht hast du deine Tage. Vielleicht bist du gestern Abend mit einem ausgegangen, der an Ejaculatio praecox leidet. Es ist dein mieses Leben, ich kann nichts daran ändern, okay? Such nicht nach Sündenböcken für deine Niederlagen.«

»Oooh!«, riefen die Hexen im Chor.

Ich grinste wie Harrison Ford in *Die Waffen der Frauen.*

Das Mädchen musterte mich ein paar Sekunden. Gleich würde sie in Tränen ausbrechen. Fast hatte ich Mitleid mit ihr, wie mit allen Menschen, die es wagten, sich gegen mich zu stellen, und damit nicht mehr erreichten, als sich gründlich zu blamieren. Dann zog sie sich die Plastikhandschuhe aus. Sie blickte die Hexen an. Kam langsam hinter der Theke hervor und stellte sich vor mich hin. Sie hatte nicht den geringsten Ausdruck im Gesicht.

Es war ein Blitz: Sie holte zu einem Schlag mit dem Handrücken aus, der mich völlig unvorbereitet traf, erst spürte ich ihre Fingerknöchel in meinem Gesicht, dann folgte der Schmerz und mit dem Schmerz eine Art Angriff der Gravitationskräfte – ich spürte, wie mein Körper sich schlaff um eine Mitte drehte, einmal ganz herum, und genau in dem Moment, als die Drehung beendet war und ich wieder in ihre teuflischen grünen Augen blickte, gaben meine Beine nach.

Dann stürzte ich der Länge nach auf einen Stoß Toastbrotbeutel.

Ein paar Minuten lang war ich ohnmächtig. Als ich die Augen aufschlug, lag ich auf dem Rücken und starrte an eine gräuliche Decke aus Rigips. Man hatte mich in einem aseptischen Büro auf Kartons gebettet. Ich sah mich um. Ein beschlipster Mann ohne Jackett saß auf einem Sessel, und neben ihm stand dieses bösartige Wesen, die Feinkosterin.

Der beschlipste Mann sagte in strengem Ton: »Wie konntest du nur, Chiara? Einen Kunden ohrfeigen ... Himmelherrgott, ist dir klar, was du angerichtet hast? Vor der ganzen Kundschaft! Scheiße, was sollen die Leute von unserem Laden denken? Dass wir unzivilisierte Arschlöcher sind, dass wir im Umgang mit Menschen versagen ...«

»Er hat mich beleidigt!«

Sie stand mit dem Rücken zu mir, ich konnte ihren Gesichtsausdruck nicht sehen. Hatte sowieso keine Lust, sie zu sehen.

»Er hat obszöne Anspielungen auf mein Privatleben gemacht«, fuhr sie fort, »er hat sich erlaubt, ...«

»Verdammte Scheiße, hör auf! Mir platzt schon der Kopf. Du hast einen Kunden geschlagen, darum geht es. Was soll ich deiner Meinung nach jetzt tun?«

»So einen würde ich nicht mal Kunden nennen.«

»Es bleibt dabei, dass du ihn geschlagen hast und dass er ohnmächtig geworden ist. Und das alles ist vor einem Haufen Leute passiert. Tja, ich kann mir selbst nicht erklären, wie ein offensichtlich gesunder Mensch ohnmächtig werden kann, nachdem er von ... von einem Mädchen geohrfeigt wurde. Andererseits laufen ja ziemlich viele Schlappschwänze herum ... Auf jeden Fall handelt es sich um eine unangenehme Sache.«

Der Typ schien doch wahrhaftig nicht zu wissen, wie er

sich aus dieser Situation herauswinden sollte – aber ich war der Schlappschwanz! Blöder Sack. Wirklich wahr, dass unsere Führungsschicht hoffnungslos degenerierte! Einem solchen Schwachkopf die Leitung eines Minimarkts anzuvertrauen!
Ich setzte mich aufrecht hin. Der Beschlipste sah mich erschrocken an. Das Mädchen folgte dem Blick ihres Chefs. Unsere Augen trafen sich.
»Wie geht es dir?«, fragte er, den Hintern aus dem Sessel hebend.
»Ich habe gerade eine komplizierte Lungenentzündung überstanden«, sagte ich, mein Tonfall lag zwischen genervt und leidend, »darum habe ich nicht genügend Antikörper und bin schwach. Dies ist schon das dritte Mal in vier Tagen, dass ich ohne Grund ohnmächtig werde.«
Ich meinte, ein Grinsen auf den Lippen des Mädchens zu erkennen.
Ich blickte mich um, als wüsste ich nicht, wo ich mich befand.
Der Typ sagte: »Wir haben Sie mit dem Elektrokarren hergebracht.« Er zeigte ihn mir. »Wie geht es Ihnen jetzt?«
»Gut.«
»Dem Himmel sei Dank!«, mischte sich die blöde Schlampe ein. »Wir haben uns solche Sorgen gemacht!«
»Chiara!«, brüllte der Beschlipste.
»Ist schon okay«, sagte ich. »Es gibt Leute auf dieser Welt, die nicht wissen, was gute Erziehung ist. Aber egal.« Ich musste schleunigst aus diesem Loch raus, um diese Augen loszuwerden.
Ausschließlich an die Superführungskraft gewandt, sagte ich: »Ich möchte, dass die Sache keine Folgen hat. Für niemanden.«

»Es wäre ... Ihr gutes Recht«, stotterte der nicht besonders überzeugt.
»Ich weiß«, sagte ich. »Aber ich bin großzügig und verzichte darauf, Rechtsmittel einzulegen.« Ich stand auf. Während ich den Einkaufszettel aus der Tasche kramte, schwankte ich kaum. »Als Entschädigung verlange ich lediglich, dass mir diese Sachen nach Hause geliefert werden, ohne Mehrkosten.« Ich nannte meine Adresse.
»Vielleicht auch noch etwas Aufschnitt vom Arsch?«, fragte das Mädchen.
»Chiara!«, brüllte der Mann wieder. »Hörst du endlich auf?« Und zu mir: »Ich bitte Sie, das Mädchen zu entschuldigen ... wissen Sie, das ist diese Jahreszeit ... wir sind alle ... nervöser als sonst. Geben Sie mir die Liste, ich werde dafür sorgen, dass Ihnen der Einkauf nach Hause geliefert wird.«
Die Feinkosterin und ich starrten uns feindselig an.
»Danke«, sagte ich schließlich zum Beschlipsten. Wenn es hier einen Schlappschwanz gibt, dann ist das dein Sohn, dachte ich.
Eilig ging ich nach draußen.

Scheiße, ich war ohnmächtig geworden! Ohnmächtig! Ich! Wie war das möglich? Einer, der was einstecken konnte! Ein Schlägertyp, der Hackfleisch aus einem Riesen wie Riccardo, genannt Schwarzy, gemacht und ihn wer weiß wie viele Tage oder Jahre seines beschissenen Lebens in einen komatösen Zustand versetzt hatte. Nein, es war unmöglich. Wahrscheinlich war ich wirklich krank. Ich trug den Keim zu irgendwas in mir, eine Krankheit, einen Virus, der mir die Sinne betäubt, mich schlapp gemacht und niedergestreckt hatte, noch bevor die dumme Kuh mich ins

Gesicht traf. Wenn ich es recht bedachte, hatte ich schon während der Diskussion mit ihr ein Schwindelgefühl verspürt, ja, so was wie verfremdete Wahrnehmung, wahrscheinlich verursacht durch den Stress um das beschissene Mittagessen am Sonntag, das kurz bevorstand. Genau. Mein Alter war schuld, der mir das Leben vergiftete mit seiner Geilheit, mit dieser ganzen Schinderei, die er mir despotisch aufgebürdet hatte, mit dieser Hektik, die er im Haus verbreitete, und je mehr das Haus von der Mönchsrobbe auf Hochglanz gebracht wurde, desto mehr wuchs die Anspannung in der Luft wie eine fleischfressende Pflanze, die sich an meiner strahlenden Jugend sattfressen wollte. Nervös hatte ich den Minimarkt betreten. Ich hatte – natürlich brillant – auf die absurden Attacken einer Feinkostverkäuferin geantwortet, die offensichtlich frustriert war über die Fähigkeiten ihres Freundes im Bett. Aber dann war ich zusammengebrochen. Bestimmt nicht wegen der Ohrfeige – einer wie ich! – sondern wegen des Klumpens aus Ängsten, den ich nun schon seit Tagen in meinem tiefsten Inneren mit mir herumtrug. Dieses verfluchte Sonntagsmittagessen! Ja, das hatte mich fertiggemacht. Anders war die Sache nicht zu erklären.

Darüber dachte ich nach, als ich aus dem Laden heraus war und über die kürzlich asphaltierte Straße ging, die auf den kleinen Platz mitten im Ort führte. Hoffentlich begegnete mir niemand, der bei meinem Ohnmachtsanfall dabei gewesen war. Ich hätte es nicht ertragen, wenn irgendeine künstlich besorgte Hausfrau angekommen wäre, um sich zu erkundigen, wie es mir ging, und mich mit pornographischen Blicken von Kopf bis Fuß abzutasten.

Ich setzte mich auf eine Bank, den Hintern auf der Rückenlehne, und steckte mir eine Fluppe an. Auf der anderen Seite des Platzes zog sich Ritucci Valerio, neunundzwanzig Jahre, den zigsten Joint des Tages rein, auf der Erde liegend, den bleigrauen Himmel in den verblödeten Augen. Um uns herum war alles tot. Alles wandernde Leichen. Jeder schleppte sein behaartes Gemächt von einem Ort zum anderen, ohne nachzudenken, ohne auf etwas zu hoffen, langsamen Schrittes, während er darauf wartete, an einem Herzinfarkt oder durch einen Verkehrsrowdy zu krepieren oder zu Hause an Langeweile, allein gelassen unter einem bescheidenen Leichentuch, wo er sterbend sinnlose Worte ins Leere stammelte.

Ich beobachtete Ritucci Valerio, der jetzt nicht mehr auf der anderen Seite des Platzes am Boden lag, sondern in meine Richtung wankte, ein dämliches Lächeln im Gesicht, das seine Züge entstellte, die Hand zum Gruß erhoben. Ja, das war er, unser Dorftrottel. Seine Lebensgeschichte war voller Frustrationen und Entbehrungen – ein Vater, der bei der Arbeit gestorben war, eine frühzeitig ergraute Mutter, die als Küchenhilfe in den Villen des Bürgertums arbeitete, irgendeine Geschichte mit einer Frau, die nicht gut ausgegangen war, vielleicht eine gescheiterte Ehe –, macht zusammen den Abgrund eines Mannes, der sich aufgibt, Alkohol und Drogen als einzige Gesellschaft. Ein Individuum, für das ich nur noch Mitleid empfinden konnte.

Als er sich meiner Bank auf weniger als zwei Meter genähert hatte, sagte er: »Hey! Wie geht's?«

Was zum Henker wollte dieser Versager von mir?

»Hey!«, antwortete ich. »Alles okay.«

Ich roch den süßlichen Gestank des Rauches, der ihn andauernd umgab.

»Ganz allein?«, fragte er in anbiederndem Ton. Ein borstiger, ungepflegter Bart verunstaltete sein Gesicht. Zwei Tränensäcke aus blassem, feuchtem Fleisch schienen die Luft um Almosen anzubetteln. Er fragte, ob ich der sei, für den er mich hielt. Der war ich.
»Dein Vater ist schwer in Ordnung!«, rief er aus.
»Eine Klasse für sich!«, sagte ich.
»Wenn wir uns treffen, bietet er mir immer was zu trinken an ...«
»Da bist du bei mir an den Falschen geraten, mein Guter. Aber total.«
Er glotzte mich eine Weile mit schiefgelegtem Kopf an.
»Ich hab ja gar nicht gefragt.«
»Ich weiß, ich wollte das nur klarstellen ...«
»Okay, okay«, brummte er. »Von wegen einladen.« Er blickte sich nach allen Seiten um, dann holte er etwas aus seiner Jackentasche. Er kam näher und zeigte es mir.
»Willst du?«
Es war ein Klumpen Hasch, etwa so groß wie ein Würfel, schwarz, ungeschickt mit dem Papier des Bauli-Weihnachtskuchens verpackt.
»Was soll ich damit?«
»Es rauchen.«
»Ich rauche schon.«
»Scheiße!« Er grinste. »Willst du was?«
»Kein Interesse.«
Er schloss die Faust um den Würfel. »Woher weißt du, dass es dich nicht interessiert?«
»Mir reicht ein Blick auf dich.«
Er guckte an sich runter. »Wieso? Was ist mit mir?«
»Ich muss jetzt gehen.« Ich stieg von der Bank.
»Warte!«

»Ich muss gehen!« Ich schüttelte seine schweißige Hand von meiner Schulter.
Als ich ein paar Schritte von ihm entfernt war, sagte er: »Ich hab dir nichts gezeigt, klar?«
»Klar!«
Was für eine nervtötende, widerliche Null! Und mir war nicht mal die Zeit und der Platz vergönnt, in aller Ruhe eine ehrliche Zigarette zu rauchen. *Willst du?* Steck ihn dir doch sonst wo hin, deinen Würfel. Das fehlte mir gerade noch, jetzt auch noch Tüten zu rauchen, zusätzlich zu dem ganzen Stresskram, der mir im Kopf rumging. Außerdem hatte ich immer schon eine Scheißangst vor Drogen, auch vor den leichten. Allein die Vorstellung, die Kontrolle über meine Bewegungen und Worte zu verlieren, allein das Bild, wie ich vollgedröhnt durch dieses beschissene Städtchen taumele, wo jeder alles von allen weiß, widerte mich an. Wie konnte man ein Ritucci Valerio werden wie der da, sich tagtäglich dem Gespött der Menge aussetzen, und hören müssen, wie der eigene Name mit verächtlichem Unterton in den Bars, in den Friseursalons, überall, von Mund zu Mund geht? Dass jemand so wenig Eier in der Hose hatte, konnte ich mir nicht mal vorstellen. Ich hätte noch welche zu verschenken gehabt!

Ich nahm die Straße zu unserem Haus und wartete draußen auf die Lieferung des Einkaufs. Keine Lust, mich vom Chef oder der Robbe erwischen zu lassen, ich hätte zu viel erklären müssen (Streit, Ohnmacht usw.), also lehnte ich mich an eine Mauer nicht weit vom Eingang unseres königlichen Anwesens, derzeit unter Dauerwäsche stehend wegen des bevorstehenden Besuchs der Königin Virginia von Leckmich, und wartete. Sogar von hier aus meinte ich das

Desinfektionsmittel zu riechen, mit dem die Fenster und die Kloschüssel misshandelt worden waren.
Da sah ich ihn.
Er stand auf der gegenüberliegenden Straßenseite, mehr schlecht als recht hinter einem Baum versteckt, und starrte angestrengt auf mein Haus. Ein anderer hätte ihn für den Schmierensteher einer Diebesbande halten können.
Aber nein. Es war Mauro. Mauro, der durchaus nicht verschmähte Liebhaber meiner mickrigen Schwester, der mein hochelegantes – und jetzt blitzblankes – Heim aufmerksam beobachtete, mit Blicken absuchte, ja, diesen Anblick förmlich raubte. Wahrscheinlich hoffte er irgendwann, hübsch eingerahmt, den »höchst begehrenswerten« Arsch der Mönchsrobbe auftauchen zu sehen.
Ich sagte: »Hast du was verloren, mein Freund?«
Er zuckte zusammen. Machte buchstäblich einen Sprung auf der Stelle wie einer aus der Verteidigungslinie, wenn der Gegner einen Strafstoß schießt. Fehlten nur noch die Hände auf den Eiern.
»Was zum Teufel treibst du hier, bitte schön?«, fragte ich.
Er wurde blutrot. Und zitterte sogar.
Ich bin ein gnadenloser Typ, dachte ich. Ich bin schon gnadenlos geboren.
»Nun?«, drängte ich.
»Ich ...«
»Ich was?«
»Ich komme oft her.«
»Wozu?«
»Es ist wegen«, er schluckte, »wegen deiner Schwester.«
Ich trat einen Schritt vor. »Hab ich's mir doch gedacht, du spionierst ihr nach!« Böse Miene des eifersüchtig-jähzornigen Bruders. Was für ein Spaß.

»Es ist nicht so, wie du denkst!«, stammelte er.
»Nein? Und was denke ich? Sag du es mir, perverser Wichser! Oder weiß sie es sogar?«
Er schrak auf, fast fiel ihm die Brille von der Nase. »Weiß was?«
»Dass du dich hier hinstellst!«
Er schien darüber nachzudenken. »Ja ... das heißt nein! Ja und nein.«
Ich seufzte. »Ja oder nein, Arschloch?!«
Er warf einen raschen Blick auf das Haus. »Manchmal kommt es mir so vor, naja, also mir scheint, dass sie weiß, dass ich hier bin.« Er schüttelte den Kopf. »Aber sie guckt mich nicht an, darum weiß ich es nicht.«
Er tat mir leid. Sehr. Wahrscheinlich war dieser wandelnde Rohrkrepierer zu nichts zu gebrauchen, daher mein Mitleid. Sogar ihn mit dem Schwanz in der Hand zu erwischen, wäre eine magere Ausbeute gewesen. Oder nicht?
Ich sah ihn mir gründlich an.
War er ein Loser? Oder war er stinkreich und darum erpressbar? Andernfalls nützte er niemandem, nicht mal sich selbst.
»Du heißt Mauro?«, sagte ich, einen versöhnlicheren Ton anschlagend.
»J-ja. Wer hat dir das gesagt?«
»Ich habe meine Quellen und kenne diverse grausame Methoden, um Informationen zu erpressen. Das will ich schon jetzt klarstellen, mein Freund.« Ich machte eine Kunstpause. »Mauro heißt du also. Gut. Und womit beschäftigst du dich, wie verdienst du dir den täglichen Maiskolben zum Abnagen?« Verdammt, war ich gut! Die von der CIA hätten sich Notizen machen sollen. Ich konnte Kurse geben, wie man Leute zum Reden bringt, dabei Mil-

lionär werden und eine neue, fürchterliche Sorte von Inquisitoren trainieren. Der Schwachsinn im Kino war nichts dagegen.

»Ich studiere.«

»Und was studierst du?«

»Politische Wissenschaften.«

»Das Diplom der Drückeberger«, sagte ich.

»Warum?«

»Das sagt man so.«

»Was sagt man?«

»Dass wer seinen Arsch für nichts hochkriegt, sich entweder aufhängt oder politische Wissenschaften belegt.«

»Und du ... was machst du?«

»Ich beobachte und denke nach.«

»Von Beruf, meine ich ...«

»Was soll der Scheiß?«, platzte ich los. »Willst du mich verhören?«

Ich machte einen aggressiven Schritt auf ihn zu. Es gibt kein Erbarmen in mir, dachte ich. Nicht mal ein Krümelchen Barmherzigkeit.

»Nein, bestimmt nicht. Entschuldige.«

Ich hatte genug von ihm. »Weißt du, was du jetzt Schönes tust? Du verschwindest, okay?« Ich zeigte ihm den Weg. »Zieh Leine.«

»Aber ...«

Die Andeutung eines weiteren Schrittes in seine Richtung genügte.

»Ja, gut«, sagte er zurückweichend. »Aber sag ihr nichts, ich bitte dich!«

»Bewegung!«

Ein letzter Blick auf die Residenz der Prinzessin Schmuddelig auf der Erbse, dann brummte er etwas in sich hinein und setzte sich in Bewegung, kerzengerade und stocksteif, als steckte ihm ein Besenstiel in der heiligsten aller Körperöffnungen.

Kurz darauf kam ein Kleintransporter, am Steuer ein Methusalem mit zutiefst verbittertem Gesichtsausdruck. Ich winkte ihn heran, und er beäugte mich misstrauisch.
»Bist du das, dem ich das Zeug anliefern soll?«, fragte er, nachdem er das Fenster heruntergekurbelt hatte.
Ich blickte mich um. Keine Chefs und Mönchsrobben in Sicht. »Ja«, sagte ich, »laden Sie alles hier ab.«
Mit jedem Blick unheilvolle Verwünschungen austeilend, stieg er aus dem Transporter. Ich kratzte mich am Sack, während dieser Stachanowist die hintere Tür aufmachte und die Einkaufstüten hervorholte, um sie mir vor die Füße zu werfen.
Als er fertig war, grub er in seiner Jeanstasche und zog einen zerknitterten Kassenzettel hervor.
Ich nahm den Zettel und zahlte.
Statt sich vom Acker zu machen, blieb er reglos stehen und fixierte mich.
Ich schnalzte mit der Zunge. »Und nun?«, fragte ich. Er wartete auf das Trinkgeld. Ich wartete auf eine Möse, einen Batzen Geld, eine Wohnung in Paris.
Kopfschüttelnd brummte er irgendwas sicher nicht besonders Wohlerzogenes über mich. Dann spuckte er aus dem Fenster auf den Boden, ließ den Motor an und kratzte die Kurve, mit knallendem Auspuff.
Ich nahm die Tüten.
Das Volk hasste mich.

Die restlichen Tage der Woche wurden von Langeweile und dem Wahnsinn meiner Mitbewohner verschluckt.
Der Sonntag kam wie ein Himmelsgeschenk, um mich von ihren Obsessionen in Sachen Sauberkeit, Geruch, Eleganz der Einrichtung, Vorzüglichkeit und Vielfalt der Speisen, gutes Benehmen im Allgemeinen und meines im Besonderen zu erlösen. Schon das Anziehen war deprimierend: Zurückgekehrt von einer Zwangsdusche, fand ich schon um neun Uhr, sorgfältig für mich auf dem Bett bereitgelegt, einen perfekt gebügelten, weinroten Anzug mit Jacke und Hose, ein Hemd in Kotzegrün, Unterhemd, Slip und wunderbarerweise nicht durchlöcherte Socken. Unter dem Bett schaute ein Paar glänzender schwarzer Schnallenschuhe hervor. Ich würde wie der Abteilungsleiter einer Bank aussehen, der es kaum erwarten kann, sich auf den heißersehnten, aber stark hämorrhoidenfördernden Sessel hinter seinem Schreibtisch zu setzen, um entschlossen nebulöse Ammenmärchen über Investmentfonds auf dem – noch nicht globalen – Markt am Ende des Jahrtausends zu verbreiten.
»Ziegelsteine, Signora, Ziegelsteine! Investieren Sie in Ziegelsteine, Signora; das rate ich Ihnen dringend, verlieren Sie den Ziegelstein nicht aus dem Blick!« Meine Fresse, das tat weh.
Wie ein zum Tode Verurteilter zog ich mich vorschriftsgemäß an. Dann überprüfte ich im Spiegel auf der Innenseite der Schranktür, wie ich mit dem Anzug aussah. Der Anblick war gar nicht übel. Mutter Natur – nicht die Verschollene mit dem Pumpenschwengel, versteht sich – hatte mich mit einem schönen Körper ausgestattet, da konnten die überbezahlten Models von Armani oder Gucci oder diverse auf dem Sektor operierende Schwuchteln nur vor

Neid erblassen. So viel stand fest. Ich richtete mich zu meiner ganzen herrlichen Größe auf und ging mit raffinierten Bewegungen aus dem Zimmer in das mit Wohlgerüchen geschwängerte Wohnzimmer meines mit Wohlgerüchen geschwängerten Hauses.
Aus dem Klo drang das Geräusch eines arbeitenden Rasierers, das konnten sowohl der buschige Bart des Chefs als auch die dicht bewaldeten Achselhöhlen der Schmuddeligen sein. Kopf oder Zahl? Ich sah die Robbe in der Küche und gab die Hellseherei auf.
Noch im nächtlichen Nonnengewand, erblickte sie mich von der Küche aus. Sie hielt einen Augenblick inne.
»Bewunderst du mich?«, fragte ich. »Bist du fasziniert?«
»Mach deine Hose zu.«
»Findest du nicht, dass der offene Hosenschlitz mir etwas irgendwie ... Authentisches verleiht?« Aber ich zog den Reißverschluss sofort zu, während sie sich lachend und die Mähne schüttelnd weiter am Herd zu schaffen machte, mich jedoch im Auge behielt.
Ich ließ meinen Blick mit demonstrativem Interesse im Zimmer umherschweifen.
Sie blieb wachsam, folgte meinen Bewegungen.
Als ich nickte, ließ sie von der Karotte ab, die sie gerade schlachtete. »Was ist los?«
In gespielter Ekstase breitete ich wie ein Guru die Arme aus. »Empfangen wir heute Maria Magdalena, Schwesterherz?«
»Hör auf.«
»Kommt sie nur zu Besuch oder bleibt sie, um auch meine heiligen Füße zu waschen?«
Keine Antwort.
Ich durfte nicht erfahren, ob Maria Magdalena meinen Goldjungen abspülen würde.

»He, junger Mann!«
Scheiße. Der Elektrorasierer hatte seinen Job beendet, ohne dass ich es gemerkt hatte.
Ich drehte mich um. Der Chef war noch im Unterhemd, trug aber schon Hose und Schuhe. Das Inbild des Süditalieners an Feiertagen. Er beäugte mich. »Was für ein erbärmlicher Anblick«, sagte er.
»Der Neid«, gab ich zurück, »hat schon Leute jedweder Art unter die Erde gebracht, Chef.«
»Mach dir den Hosenstall zu und hör auf mit dem dummen Gequatsche.« Dann ging er weg.
Scheiße. Der Reißverschluss klemmte. Ich warf der Robbe einen bösen Blick zu, weil sie lauthals lachte.
»Gehst du heute nicht in die Kirche, gottesfürchtiges kleines Schmuddelkind?«, fragte ich, während ich die Schatzkammer wieder schloss.
»Ich bin gestern Abend gegangen, in die Samstagsmesse.« Sie schälte eine Gurke.
»Fängst du etwa an, es schleifen zu lassen? Wer bringt dich vom rechten Weg ab?«
Sie errötete. »Vom wem redest du?«
»Diese voyeuristischen Politologen holen sich unsere besten Frauen. Das habe ich immer schon gesagt.«
Mir schien, als schwankte sie einen Augenblick.
»Stimmt doch, oder?«, insistierte ich mit einem hinterhältigen Lächeln à la Orson Welles als korrupter Gesetzeshüter Quinlan.
»Ich muss kochen.«
Boshaft pflichtete ich ihr bei.

Ich ging nach draußen. Meine Erscheinung war zu elegant und faszinierend, um der Welt zu verwehren, mir Bewunderung zu zollen. Die Glocken für die Zehn-Uhr-Messe läuteten. Verächtlich beobachtete ich Gruppen von armen Schweinen, Heuchlern und Angebern auf dem Weg zur Kirche, wo sie von vergreisten Priestern auf billige Weise Vergebung fordern konnten.

In der Bar bestellte ich einen Cappuccino und zerbröselte ein Vorkriegscroissant über der ersten Seite des *Corriere*. Das Herz der Welt war krank, es hatte Kammerflimmern, an manchen Stellen war es schon kollabiert oder in Asystolie übergegangen. Man erwartete, dass jemand die Stunde des planetarischen Ablebens verkündete.

Da kam ein Mädchen mit wundervollen rabenschwarzen Haaren in die Bar. Sie war ungefähr so alt wie ich und besaß ein gutes Quantum des Stils, den eine für mich bestimmte Frau haben müsste. Der Barmann begrüßte sie ungewöhnlich freundlich. Sie lächelte – ihre Lippen öffneten sich wie Blüten über einem schimmernden Gebiss, das freche Näschen zeigte himmelwärts – und bestellte einen Kaffee. Eine Weile stand sie im Profil zu mir, ein perfekter Anblick, die Tasse in der Hand, bis sie sich in meine Richtung drehte.

Pfeile schossen aus ihren Augen.

»Scheiße!«, rief ich aus, ich konnte mich nicht zurückhalten. »Du bist die verfluchte Feinkosterin!«

»Ah, der Schlappschwanz persönlich«, sagte sie, wich aber bei diesem Wort ein wenig zurück.

Der Barmann stierte uns entsetzt an. »Was ist denn hier los?«, fragte er.

Sie lächelte böse. »Nichts. Eine verkrachte Existenz.«

Der Typ lachte und lief zum Telefon, das klingelte.

Ich ging auf sie zu. Sie zeigte mir wieder ihr Profil, beobachtete mich aber aus dem Augenwinkel.

»Ich war gerade dabei, Anzeige gegen dich zu erstatten«, warf ich hin.
»Huch, da krieg ich aber Angst«, spottete sie.
»Die solltest du haben. Reichlich. Du könntest deine Stelle verlieren.«
»Ach ja?«
»Du und dein Vorgesetzter, diese Schwuchtel. Ihr werdet beide auf den Strich gehen müssen, um euch durchzuschlagen.«
Sie musterte mich. »Und so aufgedonnert gehst du zu den Bullen?« Immer dieses Grinsen. Sie nervte. »Hängt deine Glaubwürdigkeit davon ab, wie du dich anziehst?«
»Das habe ich nicht nötig.«
»Was hast du dann nötig?«
Ich runzelte die Stirn. »Wie meinst du das?«
»Warum bist du näher gekommen?«
»Um dich vor dem traurigen Schicksal zu warnen, das dich erwartet.« Ich grinste mephistophelisch. »Du hast den falschen Mann meuchlings überfallen, Süße.«
»Hm«, machte sie. »Mann, ja?«
»Mann und abermals Mann«, betonte ich.
Sie schnaubte spöttisch. Leerte ihre Tasse. Zündete sich eine Zigarette an. Alles, ohne mich zu beachten. Ihre Bewegungen waren schön. Aber auch ich war schön, auch bei mir stimmten die Gesten. Und sie gefiel mir nicht.
Ich betrachtete mich in dem Spiegel hinter den Flaschen an der Theke. Richtete mir den Hemdkragen gerade.
»Sag mal, willst du hier noch lange stehenbleiben, um dich im Spiegel anzuglotzen wie ein Idiot, oder wirst du dich früher oder später verpissen?«
»Was ist los mit dir? Verstöre ich dich sexuell?«
Sie blies mir den Rauch ins Gesicht. »Du bist wirklich ein

armer Irrer. Hast du dich auch wirklich von der Ohnmacht erholt?«

»Was für eine Ohnmacht? Wohl nicht gemerkt, dass alles nur Theater war?«

»Ha!«

»Glaubst du wirklich, dass ich wegen einer Ohrfeige ...?«

»Ach, hör auf!«, schnitt sie mir das Wort ab.

Ich überlegte, ob es angebracht war, ihr zu erzählen, wie ich Schwarzy zugerichtet hatte. Dann biss ich von dem Croissant ab, das ich noch in der Hand hielt. Es zerkrümelte auf meinem Hemd.

Sie lachte. »Du hast wirklich Stil.«

Ich wischte die Krümel weg. »Schon mal so früh am Morgen zur Hölle geschickt worden?«

»Könntest du wohl bitte abschieben?« Jetzt lag ein gewisser Überdruss in ihrer Stimme. Aber vielleicht versuchte sie ja auch nur, den animalischen Schauder zu verbergen, den ich mit Blicken, Gesten und Worten bei ihr auslöste. Als würde ich ihr mit meinen Fingernägeln vom Nacken bis zum Steißbein über den Rücken streifen, träge, zögernd, hocherotisch.

In Wirklichkeit gefiel sie mir. Fast. Vielleicht.

Ich versuchte, mich an ihren Namen zu erinnern. Er fiel mir nicht ein. »Wie heißt du noch mal?«, fragte ich.

»Was willst du?«

Ich war jetzt nah genug, um ihren Atem zu spüren, und ihr Atem roch nach Rauch. Die zwischen den vollen Lippen hängende Zigarette war sexy. Ihre Augen waren sexy. Und ich gefiel ihr, ohne fast und ohne vielleicht.

»Ich habe deinen Namen vergessen«, flüsterte ich. »Du weißt doch, dass ich dich anzeigen muss.«

Mein Kopf war leicht nach vorn geneigt, jetzt durfte sie

mein Profil bewundern. Schade, dass sie links von mir stand. Meine beste Seite, das sagen alle Mädchen, war die rechte. Obwohl ich natürlich auch von links eine blendende Erscheinung bin.

Der Barmann lachte am Telefon und schüttelte den Kopf, als hätte man ihm etwas eindeutig Dummes erzählt.

Aus dem Augenwinkel betrachtete ich ihre Schulter, flatterte mit den Lidern, hob die Augenbrauen – genauso wie Richard Gere in *American Gigolo*.

Uns trennten weniger als zwanzig Zentimeter. Wir waren zwei Tiger, die sich vor dem Koitus beschnüffelten.

Dann tat sie es: Sie gähnte. Laut und ausgiebig.

»Wie einschläfernd du bist!«, rief sie im genervten Jammerton aus.

Sie wandte mir den Rücken zu und entfernte sich ein paar Schritte von mir. Dann drehte sie sich wieder zu mir um.

»Was gibt's?«, fragte ich.

»Ich heiße Chiara. Du siehst so was von beschissen aus in diesem Anzug. Schon mal die Verlierer in Stummfilmen gesehen?« Sie lächelte.

Es war, als wollte sie mit mir reden und hoffte gleichzeitig, es nicht tun zu müssen. Und keines von beidem schien sie so hinzukriegen, wie sie wollte.

»Kino ist meine große Leidenschaft«, antwortete ich, »natürlich gleich nach den Frauen.«

»Wow!«, kam der ironische Ausruf. »Starke Antwort! Wie kommt das, hast du schon als Kind Dating-Shows gesehen?«

»Nein«, sagte ich mit Nachdruck. »Als Kind habe ich über ernstere Dinge nachgedacht. Wichtige Dinge, Chiara.«

»In der Art, wie kriege ich mein Fahrrad in die Garage, ohne das Auto zu zerkratzen?«

Sie lachte. Der Rauch streichelte ihre Haare, bevor er sich in der Luft auflöste.
»Und du?«, fragte ich. »Schon immer davon geträumt, in deinem Leben eingelegte Artischocken verpacken zu dürfen?«
Sie erstarrte. »Was geht dich das an, Arschloch?«
»Heikles Thema, Feinkosterin?«
»Hör mal ...« Ihre zarten Züge verzerrten sich. Sie tat einen Schritt nach vorn und war fast wieder dort, wo sie vorher gestanden hatte.
Sie wollte etwas sagen. Doch da öffnete sich die Tür hinter meinem Rücken mit einem Klingeln. Sie blickte über mich hinweg, und die Kanten in ihrem Gesicht glätteten sich urplötzlich durch ein Lächeln, das jedoch nicht mir galt.
»Tony!«, rief sie freudig überrascht aus.
»Ciao Chiara!«, sagte eine klare, lebhafte männliche Stimme.
Ich drehte mich um.
Es war Tony Moscalda, Tony Champion genannt, die Sportlegende unseres Städtchens. Groß, blond, blauviolette Augen, ein Gebiss wie aus der Zahnpastawerbung, die breiten Schultern eines Wettkampfschwimmers und Gewichthebers, der Brustkorb wie ein Fels, die liebenswürdige, aber leise verächtliche Art eines in allen Bereichen des Lebens unbesiegten Mannes, drei Jahre älter als ich, aus einer schwerreichen Familie, darum mit einer Harley Davidson motorisiert, Karate- und Aikido-Meister, Judolehrer und regionaler Rekordhalter im Fünfzig- und Hundertmeter-Rückenschwimmen.
Ein Terminator, wahrlich was anderes als dieser Jammerlappen Riccardo!
Er umarmte Chiara so fest, als wollte er sie mit seiner glän-

zenden Gestalt verschmelzen lassen. Chiara verschwand in dieser Umarmung wie in einem Portal, hinter dem die verzauberte Welt von Oz lag. Und es öffnete sich für jede Frau, die Tony begegnete.

Mit einem Stich im Herzen erwartete ich den Kuss, der all meine Ambitionen in Bezug auf diese Frau im Keim ersticken würde.

Doch der Kuss kam nicht. Nur ein verschwörerisches, heimliches Getuschel. Ich spitzte die Ohren, ohne eine einzige Silbe zu erhaschen.

Als Chiara aus dieser Umarmung und diesem Geflüster wieder auftauchte, war sie sichtlich erregt und bedachte Tony Champion von Kopf bis Fuß mit bewundernden Blicken. Auch Tony taxierte sie, das Raubtier, das die Beute abschätzt.

»Du siehst phantastisch aus«, sagte er.

Sie errötete, und während das Wundertier dem Barmann zur Begrüßung ein *Gimme five* gegen die Handfläche schlagen ging, wobei er mich ignorierte wie eine zerquetschte Mücke auf dem Visier seines Motorradhelms, kreuzte sie meinen Blick, als hätte sie mich nie zuvor gesehen, als wäre ich eine beschissene Vase mit Plastikblumen auf irgendeinem unpersönlichen Cafeteriatisch. Widerwillig schien sie mich aus dem schwarzen Loch des Nichts aufsteigen zu lassen, mich wiederzuerkennen und mir einen Namen zu geben, nachdem sie einige Erinnerungsfetzen aus ihrer jüngsten Vergangenheit zusammengefügt hatte. Dann reckte sie eitel ihre Ein-Meter-und-ein-paar-Zerquetschte, wie in der Sekunde, bevor sie mich im Minimarkt geschlagen hatte, und als sie ihren Blick hinüber zu Tony »The Champion« schwenkte, schien sie mich endgültig in den Mülleimer zu werfen.

Ich hatte vom ersten Augenblick an recht gehabt: Sie gefiel mir nicht, sie passte nicht zu mir, sie nervte mich bloß.
Bevor der Blonde zu ihr zurückkehren konnte, machte ich eine Art Verbeugung, die sie nicht zu bemerken schien, ließ etwas Kleingeld auf der Theke zurück, verabschiedete mich vom Barmann, der mir nicht mal antwortete, so gefesselt war er von der Sportlegende an seiner Theke, und ging hinaus.
Ich steckte mir eine Zigarette an. Wie vorhin weckte das Bimmeln der Kirchenglocke meine Aufmerksamkeit.
Die Messe war zu Ende, und die heuchlerischen Lügner und Diebe, ihre verlogenen, untreuen Gattinnen und ihre noch eine Zeitlang unverdorbene Brut schwärmten über den Kirchhof, um sich unter herzlichen Grußworten oder förmlichen Höflichkeitsgesten in alle Richtungen zu zerstreuen, ihren Gelüsten nach Essen oder Sex folgend.
Ich schlug den Weg nach Hause ein, drehte mich aber noch einmal um und spähte in die Bar. Tony sprach mit der Feinkosterin, sprach mit neuen Kunden, die ihn begrüßten, sprach mit allen, als hätte er eine Unmenge Scheiß zu erzählen und als wären alle bereit, sich das anzuhören, es gierig in sich aufzusaugen. Ihr Dasein war so mies, dass es sich mit dem Widerschein seiner Existenz als Lebensinhalt begnügte. Die Harley Davidson stand ganz in der Nähe, mächtig und glänzend in der soeben hervorgekommenen lauen Sonne.
»Wichser«, brummte ich.
Dann blickte Chiara in meine Richtung, und vielleicht, es schien mir so, ich könnte es wirklich nicht beschwören, deutete sie eine Verbeugung an.
Sie gefiel mir.

Sie gefiel mir nicht.
Sie gefiel mir.
Ich warf die Kippe weg, es war Zeit, heimzukehren.

Kaum war ich in der Tür, legte die Mönchsrobbe den Telefonhörer auf, knallrot im Gesicht.
»Na?«, machte ich.
Sie hatte sich umgezogen. Ein trostloses Kleidchen in einem verblichenen Grün verhedderte sich über ihren Brüsten und fiel wie eine Beleidigung ihrer Hüften an ihr herunter. Schuhe mit flachem Absatz.
»Nichts«, sagte sie eingeschüchtert. »Falsch verbunden.«
»Fünftens: Du sollst nicht lügen«, zitierte ich mit warnend erhobenem Zeigefinger.
»Das fünfte lautet: Du sollst nicht töten«, erwiderte sie.
»Nebensächlichkeiten.« Ich ließ meinen Blick schweifen. Der Tisch war gedeckt wie zur Zeit der desertierten Mutter. Und genau wie damals kam der Duft des fast fertigen Sonntagsmahls aus der Küche.
»Die letzten Verfeinerungen«, sagte meine Mutter dann immer, geschäftig zwischen der Küche und dem Esszimmer hin- und herlaufend. Der Chef war wahrscheinlich die Zeitung holen oder einen Aperitif trinken gegangen. Genau wie jetzt wartete alles nur auf seine Rückkehr. Und in diesen Minuten, die sich wie Stunden hinzogen, war ich glücklich.
»Papa ist Virginia abholen gegangen.«
Ich nickte. »Das dachte ich mir, Robbe, und es freut mich. Und du hast die Zeit für einen Telefon-Quickie mit dem Voyeur genutzt, stimmt's?«
»Von wem redest du eigentlich?«
»Heuchlerin!«

Misstrauisch ging sie zum Tisch, um das schon ordentlich aufgereihte Besteck neu aufzureihen.
»Ich verstehe wirklich nicht ...«
»Heuchlerin!«
Nachdem sie einen blitzblanken Teller poliert hatte, blieb sie stehen. Ihre Hände fuchtelten nervös, sie räusperte sich. Ohne die Augen zu heben, sagte sie: »Ich habe von ... von eurer Begegnung gehört.«
»Eurer?«
»Ja, du und er, draußen vor dem Haus.«
»Er?«, bohrte ich.
»Mauro ...«, kam es mit hauchdünner Stimme.
»Ach, der!«
Sie drehte sich zum Spiegel um und zupfte an ihren Haaren, als wollte sie sich ein Minimum an Nonchalance erkämpfen. Das Ergebnis war eine mittlere Katastrophe.
»Wir kennen uns ...«, erklärte sie in abgebrochenen Sätzen. »Wir sind Freunde ... seit einiger Zeit. Nichts Böses, nur dass du's weißt.« Ich sah im Spiegel, wie sie rot anlief.
Chiara fiel mir ein. »Das interessiert mich alles nicht«, servierte ich sie ab. »Ihr seid bloß bemitleidenswert.«
Sie drehte sich um und sah mich an. Die Robbenaugen waren feucht. »Wir haben uns gern!«, sagte sie. Ihre Stimme zitterte, aber es lag ein Unterton Entschlossenheit darin, der mir neu war. Vielleicht hatte sie die schon seit Wochen ausgebrütet. »Wir haben uns gern. Und auch Papa und diese Virginia haben sich gern.« Dann blickte sie mich hart an. »Du dagegen hast niemanden. Darum weißt du nicht mal, wovon ich rede.«
Das tat weh wie ein Tritt von Schwarzy.
Aber ich applaudierte dreimal spöttisch. »Kompliment«,

sagte ich, »ein wirklich bewegender Monolog ... *Wir haben uns gern*«, äffte ich sie nach.
Mühsam hielt sie ein Schimpfwort zurück. Dann hetzte sie in Richtung Küche und verschwand aus meinem Blickfeld.
Ich hörte sie mit den Töpfen kämpfen.
Wer weiß, was meine Mutter, diese Abtrünnige, zwischen den Küchendämpfen der lang vergangenen Sonntagmittagessen dachte, während wir darauf warteten, dass sie mit dem ersten Gang herauskam, wenn wir Kinder ihr den Teller hinstreckten und sie uns anlächelte und den Chef anlächelte wie nach Drehbuch, und unsere Teller sich mit ihrer Liebe füllten, oder dem, was wir für ihre Liebe hielten. Sie dachte daran, abzuhauen, genau daran dachte sie, möglichst schon am nächsten Tag, und zwar mit dem ersten, der sich die Mühe geben wollte, sie von diesem ganzen kranken, langweiligen, sinnlosen Ritual wegzubringen.
Und Monate später, Jahre später, waren meine Mitbewohner in demselben Haus, wo meine Mutter ihre Flucht geplant hatte, schon wieder bereit, sich zu *verlieben*, jemanden zu empfangen, sich reinlegen zu lassen, indem sie dasselbe Ritual erneuerten.
Arme libidinöse Arschlöcher.
Ich hörte Schritte auf dem Gartenweg, die Stimme des Chefs und die lebhaftere einer Frau. Auch die Robbe hörte sie, kam bleich an und stellte sich neben mich, das Gesicht verwüstet von blankem Entsetzen wie Janet Leigh, wenn sich in *Psycho* der Duschvorhang öffnet. Ich verschränkte seufzend die Arme.
Der Schlüssel drehte sich im Schloss, und die Tür ging auf.

»Da sind wir!«, verkündete der Chef.
Sie trat zuerst ein, mit spitzen Absätzen den Fußboden geißelnd, ein neugieriges Lächeln auf den geschickt mit Konturstift behandelten Lippen, in der Hand einen Blumenstrauß, der in weiches, durchsichtiges Plastik eingewickelt war. Blond, schlank, der Rock eine Handbreit über dem Knie.
»Ciao!«, sagte sie. »Endlich!«
Der Chef nahm ihr die Blumen aus der Hand und erklärte stolz: »Das ist Virginia.«
»Angenehm«, sagten die Robbe und ich im Chor.
Dann zeigte er auf uns und sagte unsere Namen.
Virginia beugte den Kopf. »Ganz meinerseits ...«
Sie war um die vierzig, das Make-up konnte die Falten ihres Gesichts nicht verbergen, das jedoch im Großen und Ganzen annehmbar war. Schöne Zähne. Sie verströmte ein gutes Parfüm – diese mittelalten einsamen Jungfern auf der Jagd nach Männern, die sie unter die Haube bringen können, verströmen immer ein gutes Parfüm.
Einen Augenblick lang herrschte verlegenes Schweigen.
Dann nahm die Robbe die Blumen, betrachtete sie so bewundernd wie ich den ausklappbaren Mittelteil des *Playboys*, und sagte falsch wie das Autokennzeichen von Geldräubern: »Was für eine schöne Komposition! Danke. Ich stelle sie sofort in die Vase.«
Der Chef half Virginia, sich eine leichte, aber mit komplizierter Knopfleiste versehene Jacke auszuziehen. Als er sie ihr ausgezogen hatte, schätzte ich, dass sie knapp auf Körbchengröße B kam. Der Hintern war noch oben, tüchtig.
»Gehst du ins Fitnessstudio?«, fragte ich.
Sie sah mich einen Augenblick lang unschlüssig an. »Sieht man das?«

»Hier und da«, antwortete ich.
Sie schien nicht begeistert. Musterte mich. »Und du?«
Der Chef: »Das ist ein Nichtsnutz, Vì.«
Vì? Ah, das stand für Virginia! Wie einfallsreich. Und wie romantisch.
Die Robbe kehrte mit einem Krug zurück, in dem Krug die schreiendbunten Blumen von Vì, ihre »schöne Komposition«. Sie wurden auf ein Tischchen am Eingang gestellt.
»Äh«, sagte Francesca, »warum setzen wir uns nicht?«
Wir setzten uns. Der Chef sah mich böse an, weil ich meinen Arsch auf dem Stuhl niedergelassen hatte, bevor seine Vì es tun konnte.
Befriedigt fing sie seinen Blick auf und sagte zu mir: »Sei unbesorgt. Das sind bloß Formalitäten«, aber der Ton war natürlich kalt.
»Keine Ursache«, gab ich zurück.
Die Augen meines Vaters versprühten Androhungen von Blut und Tod. Ich tat, als sähe ich es nicht.
»Nun denn«, sagte die Robbe. »Noch ein paar Minuten, und das Essen ist fertig, Virginia.« Sie sprach diesen Namen aus, als sei er das Ergebnis einer langen Meditation.
»Man riecht schon ein gutes Düftchen«, sagte der Gast und sog die Luft ein, die für mich nur nach Kloreiniger roch.
Düftchen. Leute, die *Düftchen* sagen und auch sonst überall ein *chen* anhängen, sind mir schon immer auf den Sack gegangen.
»Eine Wohltat für mein Näschen, Francesca«, sagte sie.
Kopfschüttelnd kramte ich die Zigarettenpackung aus der Hosentasche und steckte mir eine in den Mund.
»He!«, warnte der Chef.

»Was gibt's?«
Und Vì: »Entschuldigung, muss das wirklich sein? Ich kann es nicht vertragen.«
Sie lächelte, machte einen auf nett, mit ihren weißen, geraden Zähnen. Ich hätte sie ihr einschlagen können.
»Besonders bei Tisch«, erklärte mein sittsamer Vater.
Ich zog mir die Zigarette aus dem Mund.
Schweigen.
Die Robbe: »Also, ich geh mal nachgucken, ob ...«
»Ich helfe dir!«, sagte Vì.
»Nein«, wehrte die Robbe ab. »Du bist der Gast.«
»Das tue ich doch gern, Francesca.«
Heilige Scheiße!
Sie standen auf, und der Chef machte sie nach, indem er den Arsch ein wenig anhob wie die Leute in diesen spritzigen englischen Komödien. Dann setzte er sich wieder.
Ich hatte mich nicht gerührt.
Vì und Francesca gingen in die Küche wie Mutter und Tochter.
»Hatten wir beide nicht etwas vereinbart?« Der Chef flüsterte, aber sein Gesicht war von Zorn verzerrt, als brüllte er.
Meine Muskeln spannten sich. »Scheiße, was hab ich denn gemacht?«
»Dein Benehmen ist beschissen!«
Ich dachte über den Satz nach. »Weiß Vì, dass du unanständige Worte sagst?«
»Benimm dich, okay? Oder wir unterhalten uns hinterher darüber.«
»Was tuschelt ihr da?«, fragte Virginia, die dampfende Pfanne in den Händen, die sie mit den Topflappen meiner Mutter festhielt. Hinter ihr schwänzelte meine Schwester, unbegreiflicherweise schwer beeindruckt.

Wir begannen zu essen. Es wurde darüber geredet, wie sehr unser Domizil glänzte (Vì), wie elegant diese Bluse sei (Frà), dass es bald regnen würde (Chef). Ich nahm nicht teil an dieser bemerkenswerten Konversation und hob die Augen nicht vom Teller.

Eine Weile dachte ich an die Feinkosterin, dann schüttelte ich den Kopf, als wollte ich eine Fliege vertreiben.

»Ich arbeite als Personalchefin in einem wichtigen Supermarkt«, antwortete Virginia auf eine Frage der Robbe. Sie nannte den Namen des Supermarkts, und meine Schwester machte: »Oooh!«.

»Ja, ich trage eine große Verantwortung«, nahm Vì den Ball im Flug auf. »Männer denken die schrecklichsten Dinge über Frauen, die ihre Vorgesetzten sind, Francesca.«

»Das kann ich mir vorstellen.«

»Wir leben in einer Konkurrenzgesellschaft.«

Fehlte nur noch, dass sie sagte: »Wir sind nicht mehr in der Steinzeit« oder: »Inzwischen sind wir so gut wie sie, wenn nicht noch besser!«.

Mein Vater nickte kauend, von ihrem Gerede wie hypnotisiert. Und Vì gefiel das, außerdem freute sie sich über den Eindruck, den ihre emanzipierten Betrachtungen auf das abstoßende kleine Schmuddelkind, meine Schwester, machten.

Zwischen dem ersten und dem zweiten Gang entwischte mir eine Art Gähnen, das ich nur halbwegs in der Kehle ersticken konnte.

Der Chef beobachtete mich mit eisigen Blicken, er schien sich auf einer unendlich langen Liste Notizen über mein flegelhaftes Benehmen als Gastgeber und Tischgenosse zu machen.

Ich drehte das Fleisch auf dem Teller hin und her, schnitt

ein Stück ab, es war roh und fühlte sich an, als würde ich in den Arsch eines noch lebenden Kalbs beißen.
»Ich liebe halb durchgebratenes Fleisch!«, rief Vì aus.
»Ich auch«, sagte ich.
»Wirklich?«
»Ich bin süchtig danach.«
Francesca schien entzückt. »Papa hat mir gesagt, dass du es so magst.«
Virginia bedachte ihn und die brave, ergebene Tochter mit liebevollen Blicken. Dann wandte sie diesen gütigen Blick in meine Richtung, ohne jedoch einen triftigen Grund zu finden, mich in diese wie fürs Familienalbum gemachte herzergreifende Liebesszene einzuschließen. Schon bald würde die Musik aus der Reklame für Barilla-Pasta erklingen, jemand würde Kerzen auf den Tisch stellen, und alle würden sich hochzufrieden umarmen, umweht vom milden Hauch der Glückseligkeit.
»Entschuldigt mich bitte«, sagte ich und sprang auf.
Mit raschen Schritten erreichte ich das Klo und schloss mich darin ein. Der Gestank von Scheuermittel machte mich eine Zeitlang benommen. Ich öffnete das Fenster, zündete mir eine Zigarette an und spähte nach draußen. Vielleicht hatte der Liebhaber der Schmuddeligen sich ja wieder in der Umgebung postiert.
Nichts. Nur die Straße, dicke schwarze Regenwolken in der Ferne, leise Popmusik vom Ende des Wegs.
Mir war ganz schlecht vor Wut.
Vielleicht liegt es ja daran, dass sie Mittagessen wie dieses nicht ertragen, wenn Menschen auf den Dachboden steigen, das Gewehr laden, wieder nach unten gehen und die ganze Familie mit Schrotkugeln durchsieben. Ganz bestimmt aber passiert es während oder nach solch uner-

träglichen Zusammenkünften, dass einer beschließt, die Koffer zu packen, um so weit wie möglich wegzukommen von so viel grauenhafter Banalität.
Aber ich hätte nicht gewusst, wohin und mit wem.

»Alles in Ordnung?«, fragten sie mich, als ich zurückkehrte. Kaum hatte ich mich gesetzt, rochen sie den Rauch.
Virginia rümpfte ihr Näschen und kräuselte verärgert die Lippen.
Der Chef, der bei Tisch den Wein nicht mal angerührt hatte und den ich, jetzt fiel es mir plötzlich auf, seit geraumer Zeit keine Zigarette hatte rauchen sehen, schüttelte den Kopf.
Ebenso die Mönchsrobbe.
»Mit so einem Laster ist halt nicht zu spaßen ...«, sagte ich.
»Mein Nachbar ist vor knapp einem Monat an Lungenkrebs gestorben«, sagte Virginia ernster als eine Berichterstatterin aus Tel Aviv nach mehreren Bombenanschlägen auf dem Marktplatz.
»Hast du geweint?«, fragte ich frech.
Ich war darauf gefasst, dass der Chef mir einen Teller an den Kopf oder gleich ein Messer an den Hals werfen würde, doch er erstarrte nur.
»Ich kann dir sagen«, zischte sie böse, »dass die Luft in der Nachbarschaft jetzt entschieden besser geworden ist.«
»Ich verstehe.«
»Nein, ich glaube nicht, dass du verstehst.« Ihre Augen waren gläserne Druckkammern. Ich las darin beunruhigende Vorzeichen für mein Schicksal. »Es handelte sich jedenfalls um ein vom Laster dahingerafftes Menschenleben.«

Ich steckte eine Hand in die Hosentasche und fasste mir vorsorglich an die Eier. »Wie auch immer, Signora«, sagte ich, »für uns sorgt hier schon meine Schwester mit ihren fixen Ideen von Vergebung, Sünde, Christus dem Erlöser und allen anderen Dingen, die die Religion langweilig machen.« Ich zeigte auf meinen Vater. »Nehmen wir zum Beispiel den Chef. Seit Ewigkeiten setzt er keinen Fuß mehr in die Kirche und ist ungefähr so fromm wie eine Kalbshaxe. Aber da ihr euch so gerne mögt und so weiter, werde ich dir nicht erzählen, dass er praktisch Alkoholiker ist und ein Kistenschlepper, der immer geraucht hat wie ein Schlot. Ich meine: falls ihr euch wirklich gernhabt.«

Ein Teller. Ein Messer? Ein Stuhl? Weit gefehlt.

Sie legte dem Chef eine Hand auf die Schulter und sagte: »Er ist schon dabei, sich sehr zu verändern. Zum Besseren natürlich.«

»Gib lieber nicht so an. Was Schlimmeres als den Schweinestall, in dem du ihn aufgelesen hast, konntest du ihm gar nicht bieten.«

Mein seelisch ausgeglichener Vater zeigte lediglich die Miene eines Menschen, der beschlossen hat, eine Angelegenheit, bei der es um Arschtritte und Ohrfeigen gehen würde, noch aufzuschieben.

Aber das Ganze war einfach zu komisch. Von einer amüsanten Traurigkeit.

»Wir werden alles in Ordnung bringen, was hier nicht funktioniert«, erklärte sie mit diesem strahlenden falschen Lächeln, das man ihr mit der Machete hätte austreiben müssen.

Nicht mal eine Stunde in meinem Haus, und schon wollte sie gründlich aufräumen. Kranke Situationen gibt es überall. Auf der Straße, in den Machtzentralen, in der Schule, überall. Und irgendwann taucht immer jemand auf, der glaubt, die Methode zu kennen, mit der man die Welt neu programmiert. Fast immer sind das Politiker, manchmal Leute wie diese Virginia: alle mit dem Zauberstab, der aber mitnichten funktioniert und am Ende immer in den unaussprechlichen Öffnungen von Leuten wie unsereinem steckt.

Beim Kaffee stellte die Mönchsrobbe, von nun an Frà genannt, die Frage des Tages, die sie sich für das große Finale aufgespart hatte. Sie fragte: »Wie habt ihr euch eigentlich kennengelernt?«

Ohgott.

Nicht mal genug Anstand, um gewisse Peinlichkeiten zu vermeiden.

Jedenfalls war der Chef eines Tages in den Supermarkt gekommen, wo sie das höchste Tier in einer Reihe ehemals oder niemals hoher Tiere war. Er sollte meinem Onkel helfen, seinem Bruder Cosimo, der sich dort um nicht allzu komplizierte technische Dinge wie Instandhaltungen oder Handlangerarbeiten kümmerte. Ich hatte ihn auch schon saubermachen sehen, und Weihnachten half er oft beim Wachdienst, denn Ladendiebstahl wurde offenbar zu einer Art Kunst, die nur geniale Männer wie mein Onkel verhindern konnten.

Das Lager des Supermarkts war in einem verheerenden Zustand, also hatte Onkel Cosimo meinen Vater und vier Marokkaner gerufen, damit sie aufräumten. Sie brauchten drei Tage. Der Mann, der sich normalerweise um die Schwarzarbeiter kümmerte, war damals gerade krank. Und so erschien die Thatcher der Barcodes persönlich, Virginia, um die heikle Frage der Entlohnung der Ad-hoc-Arbeiter rasch zu erledigen, fünf Umschläge mit Bargeld

in der Hand und bestrebt, möglichst schnell wieder zu angemesseneren Aufgaben zurückzukehren.
Sie war in das Lager gekommen, als der Chef, der natürlich wusste, wie man sich bei der Arbeit nicht totmacht, dem Afrikanertrupp gerade Anweisungen über das Einräumen der letzten Kartons erteilte.
Mit seinem grauen Schopf und der Haltung eines in Karthago einmarschierenden römischen Heerführers, seinem rauen, aber verständlichen und vernünftigen Tonfall, sogar seinem Aussehen, das verschwitzter und abgerissener nicht hätte sein können, erschien er Virginia - ich zitiere - »wie ein Mann, der wusste, was er tat, dem das Schicksal jedoch durch persönliches Pech oder üble Nachrede anderer nicht das gegeben hatte, was ihm von Natur aus zugestanden hätte.«
Nach diesem Satz wurde der Schluck Kaffee, den ich gerade trank, in meiner Kehle zu einem harten Klumpen, und ich begann zu husten. Das Gespräch brach ab, ich musste Wasser trinken, um Entschuldigung bitten und sie anflehen, fortzufahren.
An den folgenden Tagen hatte Virginia jedes Mal, wenn im Supermarkt derartige Arbeiten nötig wurden - und wahrscheinlich auch, wenn sie nicht so nötig waren, denn wenn es juckt, dann juckt es -, durch Onkel Cosimo eiligst meinen Vater holen lassen, und die beiden hatten, sagen wir, eine Zuneigung zueinander entwickelt.
Während die Spätzünderin die nervtötende Geschichte ihrer Verkupplung erzählte, unterbrochen durch Kommentare des Chefs und jubelnde Ausrufe ungläubigen Staunens seitens der Robbe, überarbeitete ich den Ton ihrer unterschwellig brünstigen Konversationen. »Heute muss die Toilette der Beschwerdestelle gestrichen werden,

du schönes, erstaunlich entwickeltes Prachtstück von einem Mann« – »Das besorge ich im Handumdrehen, verehrungswürdiger Arsch einer vierzigjährigen Managerin« – »Vielleicht komme ich während der Kaffeepause auf einen Quickie vorbei, du wilder, sehniger Kerl« – »Ich erwarte dich mit geschwollenem Pinsel, meine überbezahlte, blonde Gewichtheberin«.

»Und darum«, schloss diese gerade in Wirklichkeit, als ich schon angefangen hatte, mir bis aufs Blut in die Zunge zu beißen, um wach zu bleiben, »sind wir jetzt hier!«

»Ach, ja!«, hauchte meine Schwester ergriffen, die sich wahrscheinlich schon an Virginias Stelle sah, wie sie ihren eigenen bedauernswerten Kindern die Geschichte ihrer arg verspäteten Jugendliebe mit Mauro erzählte, dem politisch-wissenschaftlichen Voyeur, dem einzigen unter allen Verehrern, die tagtäglich zwischen Kirche und heimischem Loch um sie herumscharwenzelten, dem sie eines Tages ihr pochendes Schmuddelherz geschenkt hatte. Ach ja!

Virginia streichelte die schwieligen Hände meines Vaters und drückte sie. Der Chef sagte nichts, ließ aber zu, dass sich das blödeste Lächeln auf seinem Gesicht breitmachte. Ich stieß einen kehligen Laut aus, um meinen Hals von all diesem ekelerregenden Honig zu befreien. »Bemerkenswert«, rief ich in verärgertem Ton aus und brach den Zauberbann.

Nun wurde Vì von Frà auf einem touristischen Rundgang durch unser Anwesen begleitet. Er begann dort, wo wir saßen, und zwitschernd wie zwei Herzensfreundinnen begaben die beiden sich in das obere Stockwerk.

Als ich sicher war, dass sie mich nicht mehr hören konnten, sagte ich: »Was für eine blöde Type, Chef!«

Er runzelte die Brauen. Mir schien, als überprüfte er die

Entfernung zwischen mir und seinen Fingerknöcheln. Doch er hielt sich zurück. Er sagte nur: »Du bist ein kleiner Junge. Und strohdumm obendrein.«
Ich lehnte mich zurück. »Was hat sie mit uns zu tun?«
»Wer?«
»So eine, Chef. Raucht nicht, trinkt nicht, flucht nicht.«
Ich machte meine Stimme brüchig, wie die von James Cagney in einem Gangsterfilm. »Wir sind Abschaum, Mann. Wir kriegen Flöhe wie die Hunde, wenn wir uns nicht ordentlich kratzen dürfen.«
Wir hörten die beiden über unseren Köpfen gehen, die Erlöserin und ihr Fan.
Er zeigte auf seine Gürtelschnalle. »Glaubst du mir, wenn ich dir sage, dass es sehr schmerzhaft für dich wird?«
»Wenigstens kommst du jetzt wieder etwas aus dir raus!«
Dann, als hätte er mich nicht gehört: »Es gibt Dinge, die du noch nicht verstehen kannst, weil du zu jung und zu dumm bist. Ich hoffe, dass du später, wenn aus dir überhaupt ein Mann wird, irgendwann mal aufwachst, denn jetzt bist du nur peinlich.«
»Ach hör auf, du hast dich doch in der Hängematte besoffen!«
»Und wenn die Situation dir nicht behagt«, fuhr er fort, »kannst du dir einen Koffer besorgen und überall dort hinziehen, wo man so dumm ist, dich aufzunehmen.«
»Das nennt sich ›Verletzung der Aufsichtspflicht gegenüber Minderjährigen, Chef‹.«
»Ich kann auch diverse Gründe anführen, um dich irgendwo einschließen zu lassen und den Schlüssel wegzuwerfen.«
Er lächelte. Zeigte wieder auf die Schnalle. »Aber die hier bleibt dir auf keinen Fall erspart, da kannst du sicher sein.«

Zeig einem abdriftenden Mann ein bisschen Schamhaar mit einer Vierzigjährigen ohne Busen drum herum, und dieser Mann glaubt, er kann als anmaßender Potenzprotz in die Welt zurückkehren.
Ich legte das Päckchen Zigaretten zwischen uns. Öffnete es und ließ einladend ein paar Zigaretten hervorschauen. Der Chef fixierte es lange. Dann streckte er, grinsend von mir beobachtet, langsam die Hand aus. Besiegt griff er nach dem Päckchen. Ich wollte gerade das Feuerzeug hervorholen, als er, den Blick auf mich gerichtet, das Päckchen in der Hand zerdrückte und Papier, Tabak, Filter und was er sonst noch in der Hand hatte, verwüstete.
»Scheiße, Mann!«, rief ich aus.
Dann ließ er alles auf den Boden fallen und hörte nicht auf, mich anzustarren, während er mit dem Fuß ein paar Kippen, die überlebt hatten, den Rest gab.
Schließlich stand er auf, verschwand für eine Sekunde und kehrte mit Besen und Schaufel zurück. Mit einem unheimlichen Grinsen fegte er alles zusammen, säuberte die Stelle und ging die Schaufel im Mülleimer ausschütten.
Er setzte sich wieder.
In diesem Moment geschah es, dass die Wände des Hauses, in dem ich immer gewohnt hatte, mir plötzlich auf allen Seiten näher erschienen, niedriger und drohender, als würde sich alles um mich herum verkleinern. Und ich spürte das ganze Missverhältnis zwischen dem, was dieser Ort immer für mich gewesen war, und dem, was er werden würde.
In ein liebevolles, aber unverständliches Schwätzchen vertieft, kamen die Robbe und die Topmanagerin die Treppe herunter, einander zärtlich an Armen und Händen berührend.

»Das Haus ist gar nicht so übel, wie du gesagt hast«, verkündete Virginia dem Chef. »Deine Tochter dagegen ist genauso, wie du sie beschrieben hast.« Sie drückte sie an sich. Die Robbe schien vor Glück zu glühen, sie sah aus wie ein Mensch, dessen Verdienste endlich anerkannt werden.

Dann fügte die Frau hinzu: »Und auch dein Sohn ist genauso, wie du ihn mir beschrieben hast.« Der Ton hinter dem falschen Lächeln war unheilschwanger.

3

Genau zu der Zeit geschah es, dass die kleine Plastikfabrik, in der ich seit den Tagen des Verweises und des darauffolgenden Abgangs von der Schule arbeitete, ein paar Aufträge nicht rechtzeitig lieferte, sich verschulden musste, um unvorhergesehene Ausgaben zu bestreiten, ihren besten Kunden verlor, sich noch eine Weile erfolglos abrackerte und dann schließen musste. Es war ein kleiner Familienbetrieb, und die Giganten der Plastikverarbeitung fegten ihn weg wie eine Fliege.

Mein alter Arbeitgeber umarmte mich, denn dort drinnen hatte ich mich immer gut benommen. Er gab mir zum letzten Mal einen Umschlag mit einem Scheck, dazu eine zusätzliche Abfindungssumme und sagte, dass er mit seiner Familie aufs Land zurückgehen werde, dass ich jung sei und die Welt den Jungen gehöre.

Sie taten mir leid, denn das waren anständige, ehrliche Leute, die mir eine Stellung gegeben hatten, als ich noch nicht mal wusste, wie man eine Stechkarte stempelt, die mich in der Mittagspause zum Essen in ihre Wohnung über der Werkstatt eingeladen und mich wie einen aus der Familie behandelt hatten.

»Ich könnte dich als Regalaufseher anstellen lassen«, schlug Virginia wenig begeistert vor, als sie ein paar Abende später kam, um uns wieder einmal auf den Senkel zu gehen.

Ich stellte mir vor, wie es sein würde, jeden Tag ihren Atem im Genick zu haben, während ich Schachteln und

Büchsen auf den Regalen stapelte, und sie nur darauf lauerte, mich beim kleinsten Fehler zu erwischen, ein höhnisches Grinsen auf den Lippen.
»Da füttere ich lieber die Schweine«, erwiderte ich.
Der Chef, der mich seit dem berüchtigten Sonntagmittagessen viele Male verdroschen hatte, hörte auf zu kauen und glotzte mich an.
»Nur ein Witz. Jedenfalls danke ich dir, Vì«, sagte ich, um die Atmosphäre zu entspannen und meinen Arsch zu schützen.
»Es war nur ein Vorschlag«, winkte sie ab.
»Als Schmarotzer zu Hause herumsitzen und den ganzen Tag fernsehen, das kannst du natürlich vergessen«, sagte mein Vater. »Streng dich an und such dir was anderes.«
»Hast du die Hängematte schon abgebaut, Chef?«
Aber es stimmte, dass ich den ganzen Tag im Haus herumlungerte, die Robbe nervte und wahrscheinlich andauernd ihre lüsternen Pläne mit Mauro, dem Voyeur, platzen ließ. Manchmal stellte ich mir die beiden bei der Paarung vor, die sie in meiner Abwesenheit vollzogen: »Darf ich, meine Liebe?« – »Aber vorsichtig, mein Politwissenschaftler« – »Meiner Schätzung zufolge beträgt mein derzeitiges Eintreten in dich so um drei, dreieinhalb Zentimeter« – »Tatsächlich beginne ich, einen kleinen Schmerz zu verspüren, mein Held« – »Schmerz, Liebste? Das liegt daran, dass ich schon in ganzer Ausdehnung begriffen bin, vielleicht … noch ein Stößchen und wir müssen anfangen, den Interruptus zu organisieren, meine Liebe …« – »Sei vorsichtig, mein starker Hengst und Regelstudienzeitüberschreiter!«
Meine Fresse. Ich stellte mir doch tatsächlich widerliche Szenen wie diese vor, und das waren keine anständigen Gedanken.

Was den Chef und die Topmanagerin betraf, so verbrachten beide inzwischen fast jede Nacht in Vis Mietwohnung, die sie so bald wie möglich loswerden wollte, um für eine »Probezeit« zu uns zu ziehen – so hatten sie es während des zigsten stumpfsinnigen Sonntagmittagessens definiert.

In diesen letzten Julitagen des Jahres 1990, als die Fußballweltmeisterschaft in Italien schon seit einiger Zeit ihr tristes Ende genommen hatte, ließen manche, die den Schock des Ausscheidens im Halbfinale durch Maradonas Argentinien noch immer nicht verwunden hatten, beharrlich die Nationalflagge, das Wahrzeichen eines zerbrochenen Traums, über dem Balkongitter hängen. Vielleicht hatten sie sie auch einfach nur dort vergessen, und so bleichten die Farben in der Sonne immer mehr aus.

An diesen Sommernachmittagen des ersten Jahres im neuen, trostlosen Jahrzehnt, spazierte ich also durch die Straßen des Ortes und beobachtete in der unangenehmen dreifachen Rolle des Arbeitslosen, Ex-Schülers und unerwünschten Gastes im eigenen Haus, wie die ganze Verzweiflung sich vor meinen Augen entfaltete. Ich machte Halt in einem schattigen Park, wo ich auf herausgerissenen Bänken darüber nachdachte, wie ich aus dieser beschissenen Sackgasse herauskommen sollte, in der ich gelandet war. Derweil rauchte ich und pfiff den Ärschchen der vorübergehenden Mädchen hinterher oder las die Zeitung, wo vor allem vom verstorbenen Kommunismus und den neuen Grenzen im Osten die Rede war.

Außerdem, ich gestehe es, lungerte ich oft vor dem Minimarkt herum, wo Chiara arbeitete, die ich seit jenem Morgen in der Bar nur noch einmal gesehen hatte. Das war in einer wegen der Live-Übertragung des Spiels Italien-Argentinien überfüllten Pizzeria gewesen, wo sie von einem Schwarm Freunden, darunter vor allem der inzwischen unvermeidliche Tony Champion, umgeben war. Obwohl ich bei jeder Aktion der Azzurri so viel Lärm machte wie möglich und die Gegenangriffe der Südamerikaner mit lautstarkem Fluchen kommentierte, hatte sie mich während beider Spielzeiten, einschließlich Verlängerungen und Elfmeterschießen, nur eines einzigen, hochmütigen, flüchtigen Blickes gewürdigt.

Bevor ich unerkannt ging, hatte ich ihr und Tony ein Bier bringen lassen. Von draußen beobachtete ich, wie die fette Kellnerin zu den beiden ging, etwas sagte und die Gläser auf ihren Tisch stellte. Während Tony lachte und sich zu seinen Freunden umdrehte, wahrscheinlich um zu fragen, wer ihm das Bier spendiert hatte, drehte Chiara sich abrupt zu dem Stuhl um, auf dem ich schreiend, aber einsam, fast drei zermürbende Stunden zugebracht hatte.

Ich postierte mich unweit vom Eingang des Minimarkts und konnte mich weder entschließen, reinzugehen, noch wieder abzuhauen, ich blieb wie angewurzelt stehen, um das Kommen und Gehen der Hausfrauen mit Einkaufswagen, Tüten und Schachteln zu beobachten. Auf die fragenden Blicke, die manche dieser Weiber mir zuwarfen, antwortete ich mit einer Miene, die besagte: »Was willst du, alte Hexe?«, und trieb sie damit augenblicklich in die Flucht.

Chiara tauchte nie auf, vielleicht war das gar nicht ihre Schicht. Ich wusste es nicht, und es gab niemanden, den ich hätte fragen können, ohne Neugier oder Verdacht zu erregen. Schließlich gewann meine Feigheit die Oberhand, und statt zu warten, bis sie bei Ladenschluss vielleicht aus der Tür kam, ging ich lieber schmollend nach Hause.

Abends streckte ich mich in meinem Zimmer, das ich nicht mehr als meines empfand, seit die Topmanagerin ihren Fuß in unser Haus gesetzt hatte, auf dem Bett aus, nackt, die Hände hinter dem Kopf gefaltet, und beobachtete, wie das Dunkel sich über das Licht des Sonnenuntergangs legte.

Dann kam die Robbe eines Tages, um mir zu sagen, da sei jemand am Telefon für mich. Als ich in der Unterhose die Treppe herunterkam, sagte sie: »Mach dir bitte keine Umstände.«

»Schweig still, stark behaartes, dreckiges Weib.« Ich hob den Hörer. »Hallo?«

Das monotone Stimmchen einer mittelalten Frau spulte folgenden Monolog herunter: »Hallo ich rufe von der Firma Trak Aagee an wir haben das Curriculum das sie uns vor einigen Wochen geschickt haben erhalten und sorgfältig geprüft und Doktor Collura der Personalleiter möchte dass wir mit Ihnen ein Einstellungsgespräch vereinbaren zum Zweck einer eventuellen Anstellung als Arbeiter in unserem Werk in San Giovanni in der Via dei Partigiani elf haben Sie Interesse und könnten Sie falls es Ihnen passt noch heute um fünfzehn Uhr ich wiederhole noch heute um fünfzehn Uhr für das obengenannte Einstellungsgespräch vorbeikommen?«

»Ja«, antwortete ich, »ich habe großes Interesse heute um fünfzehn Uhr zum Einstellungsgespräch mit dem Personalleiter des Werks der Firma Trak bei Ihnen vorbeizukommen Signora.«

Juhu! Ich erinnerte mich absolut nicht mehr, was die Trak AG war, ob man dort Glas blies oder Kühe ausweidete, aber die Vorstellung, all diese Trägheit mit einer echten Arbeit abzuschütteln, elektrisierte mich.

»Also erwartet Doktor Collura Sie heute um fünfzehn Uhr nennen Sie in der Pförtnerloge Ihren Nachnamen dann warten Sie bis jemand Sie abholt um Sie in die Büros zu bringen erinnern Sie sich an die Adresse?«
»Via dei Partigiani elf, San Giovanni, heute um fünfzehn Uhr.«
»Genau vergessen Sie nicht sich in die Pförtnerloge zu begeben wo Sie Ihren Nachnamen nennen dann wird jemand Sie abholen kommen erinnern Sie sich an den Namen unseres Personalleiters?«
»Doktor Collura, Signora ...«
»Sehr gut also heute um fünfzehn Uhr bis später.«
»Ich werde selbstverständlich um fünfzehn Uhr kommen.«
Wir legten auf.
Die Robbe hatte sich kein Wort entgehen lassen. »Wer war das?«, fragte sie.
Ich machte das Radio an, suchte ein eingängiges Stück und fing an zu tanzen wie John Travolta in *Grease*.
»Um fünfzehn Uhr!«, brüllte ich im Takt der Musik. »Heute!«
Dann machte ich eine Pirouette und fiel fast hin.

Das Werk war eine große Halle mit eingebauten Büros. Um dorthin zu kommen, musste ich etwas mehr als eine halbe Stunde mit dem Bus fahren und zweimal umsteigen. Dann etwa zehn Minuten Fußweg, ein Hinweisschild, ich ging nach links und war schon da. Überall prangte auf Plakaten und Schildern die Aufschrift »Trak AG«.
Links neben der Pförtnerloge mit einem Einfahrtstor parkten Audis, BMWs, Mercedes und andere hochklassige Autos, alle blitzblank poliert, geradezu schreiend vor

Glanz. Rechts standen nur Gebrauchtwagen aus dem vergangenen Jahrzehnt, schmutzig und ein bisschen traurig. Man musste kein Genie sein, um zu kapieren, wo die Manager und wo die armen Teufel parkten.
Ich beobachtete einen Laster, der auf dem großen Hof ein Wendemanöver machte und dröhnend durch das Einfahrtstor fuhr. Als er an mir vorbeikam, spähte ich hinein: bergeweise Bleche, Tausende von Blechen, zu majestätischen Stapeln unterschiedlicher Größe aufgehäuft. Der scharfe Geruch des Metalls drang mir in die Nase und blieb dort eine Weile, zusammen mit dem Kohlenmonoxyd aus dem Auspuff des davonfahrenden Lastwagens.
In der Pförtnerloge saß ein Typ in Polizeiuniform, die hässliche Schirmmütze schief auf dem wolligen, verschwitzten Haar. Die Sonne schien den Mann förmlich zu rösten, doch er saß in seiner ganzen Rüstung da, einschließlich Pistole und Halfter.
Er sah mich nicht, weil er in ein Handbuch vertieft war, das Bilder von Menschen in Kimonos in den unterschiedlichsten Kampfstellungen enthielt.
Ich klopfte an die glühende Fensterscheibe.
Er drehte sich abrupt um, als hätte sich eine Fliege auf seinen Nacken gesetzt.
Dann sah er mich und erhob sich. Ich konnte den Griff und den schwarzen, glänzenden Lauf seiner Pistole sehen. Er öffnete die Tür. Eine Welle heißer Luft überfiel mich mit einer klebrigen Umarmung.
»Ja?«, fragte er quakend, nachdem er mich eingehend begafft hatte.
Ich sagte, wer ich war.
»Einstellungsgespräch?« Sogar seine Worte wirkten verschwitzt.

»Genau.«
Er erkundigte sich am Telefon. Hoffentlich bat er mich nicht, in diese Saunafalle zu kommen.
Ich betrachtete das Handbuch für Kampfsportarten. Dann eine Wand mit Bildschirmen, auf den Bildschirmen zeigten in den Ecken angebrachte Kameras von verschiedenen Stellen aus das Werk.
Der Bulle legte auf und sagte ernst: »Einen Ausweis.«
Er kontrollierte meinen Personalausweis, als wäre es seine Steuererklärung. Dann nahm er ein Plastikschildchen mit der Aufschrift BESUCHER und steckte es mir mit einer Sicherheitsnadel an die Brust.
Er bat mich einzutreten.
Scheiße.
Da drin, das war die Hölle in einer Scheißpförtnerloge am Arsch der Welt. Den ganzen mystischen Kram konnte man dagegen vergessen.
Schon spürte ich, wie mir Schweißtropfen am Haaransatz und am Rücken hinunterliefen.
Der Typ reichte mir ein Blatt Papier und sagte, ich solle unterschreiben. Zwei Schmeißfliegen kopulierten auf dem Schreibtisch. Er schien sich für meine Handschrift zu interessieren, doch dann riss er plötzlich das Handbuch für Kampfsportarten vom Tisch und knallte es auf die Fliegen.
»Da habt ihr's, Scheißviecher!«, rief er aus.
Es hatte nichts Romantisches, beim Ficken zu sterben.
»Verfluchte Brut«, rief der Bulle. Mit einem schmutzigen Taschentuch säuberte er den Einband des Buches von den Spuren des Blutbads. »Schluss mit dem Gebrumm!«
Ich nickte todernst, einen Brechreiz zurückhaltend.
»So ...« Er schob mich nach draußen – im Vergleich zur

Pförtnerloge war man hier am Nordpol – und zeigte mir die Tür, an die ich klopfen sollte. Dann versetzte er mir einen Hieb auf den Rücken, der für ihn wohl eine Art Aufmunterung bedeutete, für mich aber das genaue Gegenteil, eine körperliche Bedrohung.
Schließlich kehrte er zurück in sein Loch und ließ das Schloss am Eingangstor einschnappen.
Da ging ich also zum ersten Mal in meinem Leben über den Hof der Trak, und je näher ich der Werkshalle kam, desto lauter wurden der Maschinenlärm und die Schreie von Menschen und ausgelassenes Gelächter. Ich spürte einen Anfall von Sehnsucht nach meinem vorherigen Arbeitsplatz, wo wir viel weniger Lärm machten, wenn wir das Plastik in Form pressten, und wo mein ehemaliger Boss jedes Mal väterlich lächelte, wenn er mich an den Kaffeeautomaten einlud, um einen Kaffee mit ihm zu trinken.
Die Klingel schellte, die Tür öffnete sich mit einer Art Gackern, und ich trat ein. Wenn die Luft draußen vor der Pförtnerloge mir wie der Nordpol vorgekommen war, dann war der Flur, durch den ich jetzt lief, das eisige All.
Ich gelangte zu einem Schreibtisch mitten in einem unpersönlichen, grau gefliesten Vorzimmer, dessen Einrichtung aus tristen Topfpflanzen und irgendwelchen geometrischen Zeichnungen an den Wänden bestand. Hinter dem Schreibtisch saß eine kleine Frau um die fünfzig. Zu ihrer Linken öffnete sich ein Flur. Die Frau lächelte mich an, sie hatte einen irren Blick und einen erloschenen, blassen Teint.
»Ich komme wegen des Gesprächs mit Doktor Collura.«
Ich reichte ihr ein Papier, das mir der Bulle in der Pförtnerloge gegeben hatte. Während sie es las, bewegten sich

ihre Lippen. »Sehr gut«, sagte sie. »Ich bringe Sie jetzt zu Doktor Collura dem Verantwortlichen für unser Personal sehen Sie die Pflanzen leiden unter der Kälte Sie sind so jung dass Sie mein Sohn sein könnten obwohl mein Sohn achtundzwanzig ist und als Feuerwehrmann in der Kaserne Rattazzi arbeitet ja sie leiden wirklich unter der Kälte man müsste die Temperatur hier drinnen regulieren aber machen Sie sich keine Sorgen Doktor Collura unser Personalchef möchte Sie nur kennenlernen da sind wir schon an der Tür.«

Die Tür am Ende des Flurs, den diese Hypernervöse und ich gerade durchquert hatten, trug kein Namensschildchen. Die Hypernervöse klopfte, und eine Männerstimme sagte: »Herein!« Sie öffnete, zeigte auf mich und sagte: »Dottore Collura hier ist wieder ein Junge wegen des Einstellungsgesprächs könnten Sie nicht bitte einen Techniker rufen der die Klimaanlage reguliert denn es ist viel zu kalt hier und meine Pflanzen gehen mir ein?«

Doktor Collura, dessen Hemdsärmel hochgekrempelt waren, antwortete: »Ich kümmere mich sofort darum, Natalina«, doch als die Hypernervöse draußen war, nachdem sie die Tür sehr langsam geschlossen hatte, riss er nur die Augen auf, schüttelte den Kopf und wies auf einen Sessel. »Bitte, Signor ...?«

Ich sagte ihm meinen Namen. Doktor Collura sah zu, wie ich mich setzte und wie ich die Beine hielt, er selbst blieb eine Weile stehen, um noch alles andere an mir zu studieren, und ich tat dasselbe bei ihm: etwa fünfundvierzig Jahre, unter der Krawatte ein vorstehender Bauch, die Hände in den Taschen und ein sehr auffälliger, gepflegter Schnurrbart, der sein Gesicht unterhalb der Nase dunkel färbte.

Er nahm ein Papier und las.
»Nun, junger Mann! Wie alt sind wir?«
»Sie und ich zusammen?« Hatte ich jetzt Mist geredet?
Einen Moment lang war er fassungslos, dann ließ er einen von diesen hysterischen, schrillen, tief aus der Kehle kommenden Lachern los, die Tom Hulce in *Amadeus* berühmt gemacht haben.
Auch ich lachte, aber wie Salieri angesichts der menschlichen Mittelmäßigkeit.
»Der war gut!«, rief Collura aus.
»Meinen Sie wirklich, Dottore?« Er schien geschmeichelt.
»Dottore«, wiederholte ich, »ich bin schon siebzehn.«
»Siebzehn, ja?«
»Genau, Dottore.«
Er nickte. »Wir suchen just noch nicht volljährige Jugendliche, die wir mit einem Lehrvertrag anstellen können.«
Um sie besser ausbeuten zu können. »Großartig, das wäre wirklich eine wunderbare Chance für mich.«
»Daran zweifle ich nicht. Eine ausgezeichnete Chance.« Er setzte sich. »Sie haben auf dem Plastiksektor gearbeitet, lese ich hier. Erklären Sie mir das genauer.«
»Hm«, machte ich. »Es war ein kleiner Betrieb, da wurde von allem ein bisschen gepresst ...«
»Und zwar im Besonderen?«
Was für eine Arbeit hatte ich da gemacht, verflucht? »Alles, Doktor Collura. Von Füllfederhaltern bis zu Ladenschildern.« Das stimmte nicht. Sie produzierten nur diese Plastikbehälter, mit denen man Lebensmittel im Kühlschrank oder im Gefrierschrank aufbewahrte.
»Interessant. Und dann mussten sie schließen, heißt es hier.«

»Tja«, sagte ich traurig. »Die Deutschen sind mit indischen Arbeitskräften angekommen, um uns die Arbeit wegzunehmen.«
Er nickte, als hätte er alle Fragen des Lebens und Sterbens begriffen. Und vielleicht war es auch so. »Das sind die Regeln des Business: ›Gib mir das, was ich haben will, und mach's mir billiger‹.«
Diesmal nickte ich. »Wohl wahr, Dottore. So ist es.«
»Die Welt basiert auf dem Konkurrenzprinzip«, fügte er mit ausgebreiteten Armen hinzu. Und zwischen seinen Armen stellte ich mir die Welt vor. »Würden Sie sich als einen kompetitiven jungen Mann bezeichnen?«
»Machen Sie Witze?«, rief ich begeistert aus. »Ich bin buchstäblich mit Konkurrenzgeist getränkt! Den habe ich im Blut.«
Seine Miene wechselte von amüsiert zu skeptisch. Hatte ich schon wieder Mist geredet? »Also sind sie kein besonderer Freund von Gruppenarbeit? Ein Einzelgänger?«
»Sehen Sie, Dottore«, ich räusperte mich, »ich würde mich eher als einen Freistilfechter bezeichnen.«
»Und das bedeutet?«
Mein Hintern schwitzte trotz der Eiseskälte in diesem Raum. »Das bedeutet«, präzisierte ich, ohne zu wissen, worauf ich hinauswollte, »dass ich ein ausgezeichneter Mannschaftsspieler bin, der jedoch in gewissen Fällen Eigenverantwortung zu übernehmen weiß und ... auch allein weitermachen kann ...«
»Hm.« Es klang wenig überzeugt.
»Ich meine, Doktor Collura, dass ... also, wenn es Schwierigkeiten gibt, löse ich die sowohl in der Gruppe als auch allein.«
»Hm.« Sehr wenig überzeugt.

»Ist Ihnen Franco Baresi ein Begriff, Dottore?«
Er belebte sich wieder. »Klar. Ich bin Milan-Fan.«
»Ich auch, Dottore!«, rief ich mit einer Begeisterung aus, mit deren Verlogenheit es nur noch meine Frechheit aufnehmen konnte. »Franco Baresi ist ein großartiger Offensivverteidiger, der wie kaum ein anderer dribbelnd aus dem Strafraum rauskommt, falls nötig. Ich bin wie er!«
»Ich habe verstanden, junger Mann!« Uff, das war knapp. Den Job in letzter Sekunde zurückgewonnen. »Und das Beispiel scheint mir ziemlich treffend.«
»Das freut mich.« Mann, was für ein Idiot!
»Ich selbst hätte es wirklich nicht besser erklären können. Bravo.«
»Danke!« Würden wir noch lange so weitermachen? Denn dergleichen hirnrissigen Scheiß hätte ich noch bis übermorgen absondern können, wenn der Fettsack mich bloß am Ende eingestellt hätte.
»Kommen wir zur Sache«, beschloss er, als hätte er meine Gedanken gelesen. »Was wissen Sie über uns?«
»Sie stellen haufenweise Zeug aus Metall her.«
Er glättete seinen Schnurrbart. »Mehr oder weniger.« Dann legte er eine Broschüre mit Fotos vor mich hin. Ich begriff gar nichts. »Wir hier bei der Trak produzieren Blechprofile für Autos. Für Autos aller Marken.«
»Blechprofile?«
Er tippte mit seinem dicken Finger auf die Broschüre. Auf dem Bild sah man ein mehr oder weniger quadratisches Blech, das in eine Presse gezogen wurde. Danach durchlief das Blech einen Bearbeitungsprozess. »Tiefziehen«, sagte er, während er auf verschiedene Fotos tippte. »Zuschnitt. Weiterer Zuschnitt. Biegen und Richten. Bearbeitung eines Details. Detail fertig bearbeitet.« Er drehte die Broschüre

um. Aus dem Blech war eine Autotür im Rohzustand geworden.
»Wow!«, rief ich.
»Aus diesem Werk kommen Seitentüren, Heckklappen und Kofferraumhauben, aber auch kleine Teile für das Wageninnere, die wir dann den jeweiligen Autoherstellern schicken, wo alles lackiert, verstärkt, montiert, geprüft und abgenommen wird.«
»Wow!«, wiederholte ich. »Sie machen also Autoteile?«
»Es heißt: ›Stahlblecheinzelteile für Autos‹.«
»Ich verstehe.«
»*Qualität* statt Quantität, junger Mann. Es ist die Qualität, die immer neue Kunden bringt.«
Und Schmiergelder, dachte ich, aber das behielt ich für mich und machte weiterhin das Gesicht des Deppen ma non troppo, das er von mir erwartete.
Collura legte die Broschüre weg. Dann lehnte er sich in seinem Sessel zurück und musterte mich nachdenklich, während er sich den Schnurrbart glattstrich.
»Welcher Arbeit gehen Ihre Eltern nach?«, fragte er nach einer ewig langen Minute.
»Mein Vater arbeitet schon sein ganzes Leben in einem großen Kaufhaus.«
»Und die Mama?«
Ich ließ mir einen feuchten Schimmer in die Augen steigen und stellte den Stimmregler auf heiser. »Meine Mutter ist nicht mehr.« Was ja in gewisser Weise der Wahrheit entsprach.
Der ehrwürdige Doktor Collura ging in die Falle, wie Robert Shaw im Maul des *Weißen Hais* verschwand.
»Das tut mir leid, junger Mann.«
Ich schniefte vernehmlich.

Er fügte hinzu, dass das Leben uns manchmal mit scheinbar unerträglichen Situationen konfrontiere.
Ich nickte, in Gedanken bei dem Tankwart.
Dann stützte er sich mit dem Ellenbogen auf der Schreibtischplatte ab. »Manchmal aber«, sagte er in gebieterischem Ton, als wollte er mich aufrütteln – und tatsächlich richtete ich mich im Sessel auf – »manchmal bietet es uns aber auch unerwartete Chancen, um uns aus dem Unglück zu befreien. Chancen wie diese, junger Mann! WIE DIE TRAK!«
Wir blickten einander fest in die Augen, er stolz und ich hoffnungsvoll. Noch eine Minute länger und ich hätte losgeprustet und Doktor Collura ausgelacht, doch da sagte er: »Ich habe bereits andere Bewerber geprüft und werde weitere prüfen. Aber so wie die Sache jetzt aussieht, würde ich sagen, dass Sie sich bereits zu neunundneunzig Prozent als einen Mitarbeiter der Trak betrachten dürfen, junger Mann!«
Er erhob sich.
Ich erhob mich.
Er gab mir feierlich die Hand.
Ich schüttelte sie feierlich.
»Willkommen in unserem Betrieb«, sagte er.
»Das ist phantastisch, Dottore!«
»Ich bitte Sie nur um einen Gefallen.«
»Gern!«
»Sagen Sie der Fairness halber noch niemandem etwas, bis ich Sie wegen der Unterschrift unter den Anstellungsvertrag rufen lasse.«
»Einverstanden, Dottore, Sie haben mein Wort! Darf ich jetzt gehen?«
»Gehen Sie, junger Mann!«

»Auf Wiedersehen!«
»Auf Wiedersehen!«
Ich ging zur Tür. Die Hand schon auf der Klinke, drehte ich mich noch einmal um und sagte: »Vorwärts Milan, Dottore!«
»Vorwärts, Milan!«
Ich ging hinaus. Mit militärischem Gruß verabschiedete ich mich von der hypernervösen Sekretärin. Sie lächelte. Zeigte auf die Pflanzen. »Haben Sie gehört, ob er wegen der Klimaanlage telefoniert hat?«
»Man ist bereits zu dritt unterwegs, um das Problem für Sie zu lösen, Signora.«
»Oh wie gut dem Himmel sei Dank!«, rief sie.
Arbeiter bei der Trak! Vom Hof aus betrachtete ich einen Moment lang das Werk, und mir schwoll die Brust vor Stolz.
Wahnsinn! Ich hatte es geschafft!
Ein Typ auf einem Gabelstapler, der von wer weiß woher gekommen war, überfuhr mich fast. »Mensch, guck doch, wo du entlangläufst, Dumpfbacke!«, schrie er mich an.
Fick dich.
In der Pförtnerloge gab mir der Bulle den Ausweis zurück und nahm das Schildchen BESUCHER wieder an sich.
»Wie ist es gelaufen?«, fragte er, während er sich mit einem Papiertaschentuch den Schweiß abwischte.
Ich murmelte lächelnd: »Kauf dir einen Ventilator, Arschgeige.«
»Wie bitte?«
»Ich sagte: Hoffen wir das Beste!«, brüllte ich.
Er hob die Hand zum Gruß.

Auf dem Nachhauseweg zu Fuß und per Bus stand ich unter Hochspannung. Ich sah mich schon als Mitglied der Arbeiterschaft und wegen meines aufopferungsvollen Wesens, meiner Seelenstärke, meiner Selbstlosigkeit und meines unbezwingbaren Mutes sogar von älteren Kollegen als klassenbewusster Werktätiger geschätzt und zum Vorbild genommen. Ich lächelte eine alte Frau an, die mich beobachtete. Irritiert von so viel verführerischem Charme richtete sie ihre Aufmerksamkeit sofort auf etwas anderes. Und das war nur eine Alte im Autobus, wie würde ich erst auf Frauengenerationen wirken, die mir näher waren!

Mit großen Schritten lief ich fröhlich nach Hause und öffnete die Tür. Die Mönchsrobbe war da und in ihrer Gesellschaft ein tödlich verlegener Mauro. Sie wurde grün im Gesicht, Mauro knickten fast die Knie ein. Sie standen einander gegenüber, als wollten sie den Eindruck erwecken, sie unterhielten sich bloß.

»Mauro«, sagte ich. »Was zum Henker hast du in meinem Haus zu suchen?«

»Er ist gerade erst reingekommen«, beeilte sie sich zu erklären.

»*Wo* ist er gerade erst reingekommen?«

Die feine Ironie entging ihnen. Das Schicksal der Armen im Geiste.

»Ich kam gerade vorbei«, verkündete der Politisch-Wissenschaftliche, gebeugt vom Gewicht seiner Angst, »und dachte, ich guck mal kurz rein und sag hallo, bloß so, um ein bisschen zu plaudern.«

»Sag *wem* hallo?«, fragte ich und schnippte mit dem Zeigefinger gegen die Unterseite der weichen Zigarettenpackung, worauf eine Kippe hervorkam.

»Ihr ... euch beiden und eventuell auch eurem Papa.«
»Unserem Papa?« Ich lachte hinterhältig und zündete mir den Krebsstängel an.
»Das stimmt«, sagte die Robbe. »Er will ... er hat beschlossen ... wir haben beschlossen ...«
»Immer schön die Nerven behalten«, sagte ich beruhigend wie der Aufseher über den Krematoriumsofen. »Und jetzt erklär mir mal mit eigenen Worten, was ihr *unserem Papa* sagen oder mit ihm machen wollt.«
Ein höchst amüsantes Schweigen entstand.
»Warum setzt du dich nicht?«, sagte ich zu Mauro.
Er ging einen Moment in sich, um zu überlegen, was sich hinter dieser Einladung verbergen mochte. Offenbar erschien ihm der Vorschlag wenig überzeugend, denn er antwortete: »Nicht nötig ... ich wollte nur ...«
Ich ging auf ihn zu, legte ihm sanft eine Hand auf die Brust und schob ihn zum Sofa. Er ließ sich fallen. Francesca wollte etwas sagen, setzte sich aber nur stumm neben ihn. Aus dem Augenwinkel warf er einen raschen Blick auf sie, sah, dass sie Angst hatte, und beschloss vielleicht zum ersten Mal in seiner feigen Jammerlappenexistenz, die Rolle des starken Mannes zu spielen. Er änderte seine Haltung, stellte die Schuhsohlen fest auf den Boden und straffte den Rücken. Dann setzte er eine Miene einstudierter Entschlossenheit auf, indem er den Kiefer zusammenpresste.
»Ich wollte eurer Familie mitteilen, dass Francesca und ich uns verliebt haben«, sagte er, »und dass wir die Absicht haben, von nun an miteinander zu gehen.«
Die Mönchsrobbe beobachtete ihn hingerissen.
Ich holte einen Stuhl vom Esstisch und stellte einen Fuß auf die Sitzfläche, den Ellenbogen auf die Rückenlehne

gestützt. So hatte ich das bei Mickey Rourke in *Rumble Fish* gesehen.
»Was bietest du als Mitgift?«, fragte ich.
»Hör auf!«, rief die Mönchsrobbe kämpferisch aus. »Für wen hältst du dich? Glaubst du wirklich, du kannst uns so behandeln?«
»Nicht in dieser Lautstärke, wenn du mit mir redest!«, brüllte ich. »Und benimm dich anständig mir gegenüber, denn ich könnte euch bei dieser erbärmlichen Tristan-und-Isolde-Geschichte noch nützlich sein. Ebenso gut könnte ich aber auch das größte Hindernis abgeben.«
Eingeschüchtert, aber nach Kräften bemüht, beruhigend zu wirken, sagte Mauro: »Er hat recht, Francy.«
Francy! Es war zum Heulen.
»Aber er ist doch bloß ein hirnloser Penner!«
Mauro sah sie böse an. »Sprich nicht so über deinen Bruder.« Was für ein Arschkriecher. Sie senkte den Blick.
Trotzdem spürte ich, wie die dunkle Seite der Macht über mich kam. Ich empfing sie wie eine göttliche Offenbarung.
»Mauro, du arbeitest nicht, darum kannst du meiner Schwester absolut nichts bieten.«
»Du arbeitest ja auch nicht!«, platzte sie sofort los.
Das hatte ich erwartet. Schließlich hatte ich das ganze Theater bloß inszeniert, um genau an diesen Punkt zu gelangen. »Du irrst, meine Liebe«, rief ich aus. Und dann jubelte ich fast schreiend: »Ich bin seit kurzem Arbeiter bei der TRAK AAGEE!«
»Was ist das denn?«
»Ich stelle Blechteile her, aus denen dann Autos gebaut werden!«
Sie war wie versteinert. Mauro beeilte sich, mir zu gratulieren. »Meinen Glückwunsch ...«

»Mit deinem Glückwunsch können wir nicht mal die Blumen für die Hochzeit kaufen.« Kopfschüttelnd zeigte ich auf meine Schwester. »Willst du sie ernähren, indem du geistlose Traktätchen über die Moral der Politik schreibst oder deinen verpickelten Arsch auf den Klos von Autobahnraststätten verkaufst?«
»Das reicht jetzt!«, brüllte sie.
»Dieselben Fragen wird der Chef ihm stellen!« Das stimmte zwar nicht, aber es schien sie nachdenklich zu machen.
»Mir fehlen nur noch acht Prüfungen«, wagte er einzuwenden.
»Da haben wir es doch, Scheiße!«, platzte ich los. »Acht Prüfungen, dann die Diplomarbeit, dann einen Job, von dem du nicht mal weißt, wie man ihn sucht, geschweige denn findet!« Von mir mussten sie natürlich glauben, dass ich wüsste, wie man dutzendweise Jobs findet, denn meine neueste Anstellung bewies es – egal, ob ich noch nicht ordnungsgemäß eingestellt war, das konnten sie ja nicht wissen.
»Wir müssen ja nicht gleich morgen heiraten«, sagte die kleine Francy.
»Das glaube ich gerne. Aber dieser Typ da hat noch keine Karriere vor sich, Signorina.«
»Die Zukunft baut man sich langsam auf.«
Ich applaudierte grinsend. »Das hast du wohl in deinem Glückskeks gelesen?«
»Hör zu ...«, setzte Mauro an.
»Nein, du hörst mir zu! Finde eine Arbeit, WIE ICH ES GETAN HABE, danach kannst du jeden Scheiß studieren, solange es dir passt. Aber erst zeig uns, dass du sie ernähren kannst. In dieser Familie wird gearbeitet, mein

Süßer.« Ich gab dem Stuhl einen Tritt, er schwankte, fiel aber nicht um. »Hier reißen sich Männer den Arsch auf, damit das Mädchen was zu essen und ein Dach über dem Kopf hat!« Ich blies den Zigarettenrauch in seine Richtung. »Wenn du also mit meinem Alten über diese Geschichte redest, versuch, ihm klarzumachen, dass du dir nicht zu fein dafür bist, in einer Autowerkstatt Radkappen zu polieren, solange du dich noch mit deiner Doktorarbeit herumschlägst. Das ist nur ein Rat, Voyeur, aber ein verdammt guter Rat, glaub mir.«

»Aber ...«

»Vor allem jetzt«, unterbrach ich die Robbe, »wo unser Vater unter dem Stiefelabsatz dieser Frau Goebbels im Minirock gelandet ist. Die wird uns allen das Leben noch zur Hölle machen, Kleines, insbesondere aber euch, weil ihr nichts auf der Naht habt.«

»Sie ist eine großartige Frau.«

»Was weißt du denn von großartigen Frauen?«

Zum aberhundertsten Mal musste sie heimlich zugeben, dass ich recht hatte. Die beiden sahen sich an: Guinevere und Lancelot, Rick und Elsa in *Casablanca*, Micky und Minnie Maus.

»Vielleicht hat dein Bruder recht«, wagte Mauro einzulenken. »Vielleicht sollten wir warten, bis ich etwas gefunden habe.« Seine Augen glänzten, und er sagte »etwas« statt »eine Arbeit«, denn er hatte richtig Schiss, dass er mit seinen zarten Händchen und seiner Pseudostudenten-Brille womöglich gar keine aktive Rolle in der Arbeitswelt verdiente. Ich stellte ihn mir als tollpatschigen Kellner vor, die Teller fielen ihm aus der Hand, zerbrachen klirrend am Boden, beschmutzten ihm die Hosen, die Gäste

beschwerten sich und die Kollegen behandelten ihn wie den größten Trottel des ganzen Betriebs.
Dieser Mensch war in allem das Gegenteil von mir, der ich von meiner Konstitution her sowohl für schwere körperliche als auch für anspruchsvolle geistige Arbeiten geschaffen war, ganz Muskeln, genialer Kopf und Führerinstinkt.
Ich sah auf die Uhr. »An deiner Stelle würde ich dieses Haus verlassen, bevor der Chef kommt.«
Er schnellte hoch, sein dicker Arsch funktionierte wie eine Sprungfeder.
Dreckig und zerzaust wie üblich, tat Francesca es ihm nach. Als sie sich umarmen wollten, sagte ich: »Nicht vor meinen Augen, Turteltäubchen. Jetzt nicht und auch sonst nie.«
Sie warf mir böse Blicke zu. Mauro strich kurz mit der Hand über ihre Schulter, wie der kleine Grundschulfreund, der zum ersten Mal weibliche Formen sondiert. Die Robbe schmachtete. Der Politwissenschaftler schmachtete.
Ich setzte ein Gähnen dazwischen.
Als wir auf die Straße hinaustraten, drehte er sich um und schenkte ihr einen derart leidenschaftlichen Blick, dass ich mich fast bepisst hätte. Im Sonnenlicht wirkte sie wie die Karikatur einer Hausfrau, die beim Windelwaschen gerade Pause macht. Dann ging sie zurück ins Haus.
»Danke«, sagte Mauro zu mir.
Ich nickte und sah ihm hinterher, während er wegging.

Aber ich war noch zu aufgedreht, um schon von dem Siegesrausch runterzukommen, der mich elektrisierte. Kühn marschierte ich in Richtung Minimarkt. Zu Chiara, die ich bestimmt nicht liebte, bei der mir aber, wie soll ich sagen, die Galle und die Geilheit gleichzeitig hochkamen. Der Minimarkt war die Ausgangslocation für uns beide, der Ort, wo alles angefangen hatte, obwohl ich liebend gerne heruntergespielt hätte, was bei unserer ersten Begegnung passiert war.

Vor dem Geschäft belud der Methusalem den Dreiradlaster gerade mit Tüten und Beuteln. Er sah noch verbiesterter aus als beim letzten Mal, völlig verknöchert, einen Schritt vom Tod entfernt. Seine mickrige Gestalt verbrauchte genau das Quantum Sauerstoff, das wir, verdienstvolle, bedeutsame Menschen, für den Kampf im Ring hätten brauchen können, bei dem er schon längst das Handtuch geschmissen hatte. Als er versuchte, eine Packung Wasserflaschen hochzuhieven, wurden ihm die Knie weich. Er klappte die Seiten der Pritsche hoch, latschte grantig zum Führerhäuschen, stieg ein und ließ den Motor an.

»Carmine, warte!«, rief eine Stimme, und die Stimme gehörte Chiara, die mit Kittel und Häubchen aus dem Laden kam, ein Anblick, auf den ich in den vergangenen Tagen tausendmal vergeblich gewartet hatte. In der Hand hielt sie einen Beutel, auf dem ein Etikett mit einem Namen klebte.

Carmine hörte sie nicht, er fuhr los, sie rief noch einmal. Nichts. Also preschte ich von hinten vor, riss ihr den Beutel aus der Hand, einen Augenblick lang trafen sich unsere Blicke, dann rannte ich mit dem Beutel hinter dem Dreiradlaster her und warf ihn auf die Pritsche zu den anderen. Der Alte merkte es nicht mal, bog mit knatterndem Auspuff um die Ecke und verschwand aus dem Blickfeld.

Ich drehte mich um. Chiara beobachtete mich staunend. Gott, war sie schön! Mit diesem dunklen Teint und den grünen Augen, die mir das Herz zerkratzten, wenn sie mich ansah.

Ich liebte sie. Ich liebte sie nicht. Ich liebte sie.

»Alles okay?«, fragte ich mit stockender Stimme. Wo war meine ganze Selbstsicherheit geblieben? Ich riss mich zusammen oder versuchte es wenigstens.

»Ja.« Sie wies mit einer Kopfbewegung zu der Ecke, hinter der die Mumie verschwunden war. »Danke.«

»Bitte.« Dann fügte ich hinzu: »Du hast ja wirklich nicht gerade den Schwung eines Sprinters.«

Sie zog eine Augenbraue hoch. »Ach ja, das nennst du Schwung?«

»Hast du mich nicht gesehen?«

»Habe ich. Ich wundere mich nur, dass du nicht zusammengebrochen bist.«

»Wieso?«

»Habe ich dich nicht schon mal ohnmächtig auf Toastbrotbeuteln liegen sehen, oder irre ich mich?«

Ich zuckte die Achseln. »Damals hatte ich gerade ...«

»... eine Lungenentzündung überstanden, klar«, beendete sie grinsend meinen Satz. Nein, ich liebte sie nicht. Ich wollte sie nur flachlegen. Wenigstens küssen. Was in der Art.

»Sag mal, ich komme vorbei, um dich zu sehen, und du behandelst mich so?«, fragte ich.

»Ich sein sehr geschmeichelte Frau«, spottete sie im Tonfall der Mammy in *Vom Winde verweht*. Sie schüttelte ihr Häubchen. »Jetzt ich reingehen.« Sie drehte sich um und ging auf den Eingang zu.

»Echt«, sagte ich. »Ich bin gekommen, um dich zu sehen.«

Sie blieb stehen und sah mich an. »Und warum?«
»Na ja, ich hab eine Arbeit gefunden, Chiara.«
»Und?«
Ich räusperte mich. »Aber das war nicht unbedingt, was ich dir sagen wollte.«
»Was dann?«
»Ich ...« Ich liebte sie. Sie war wunderbar. Sie war, wie Sätze es nicht ausdrücken können, denn dafür fehlen Adjektive und Verben. Mein Herz hämmerte mir in der Brust. »Ich ...«
»Du?«
»Ich habe Arbeit gefunden.«
»Schon verstanden. Bravo. Ein vorbildlicher Junge.« Sie sah auf die Tür des Minimarkts. »Ich muss jetzt wieder rein. Meine Zigarettenpause habe ich schon gemacht, schade, denn sonst, das schwöre ich dir, würde ich stundenlang hier stehen bleiben, um mir dein Gestammel anzuhören.«
In ihrem Grinsen sah ich mein Unbehagen gespiegelt.
»Hör zu«, fing ich an.
»Ich muss wieder rein!«
Sie drehte sich um, aber ich packte sie am Arm. Sie erstarrte, den Blick auf meine Hand gerichtet. Es war das erste Mal, dass ich sie anfasste, und auf diese Weise war es ziemlich daneben.
»Warte ...«
»Was willst du?«
»Nur eine Sekunde, bitte ...«
»Lass mich gehen.«
»Hör mal ...«
»Lass mich sofort los, oder du kriegst noch mal so eine verpasst!«

Ich gehorchte. »Entschuldige«, flüsterte ich, bevor ich mich abwandte. Beim Weggehen kam ich mir wie ein mieser Arsch vor.
Plötzlich klopfte mir jemand von hinten zweimal auf den Rücken. Ich blieb stehen.
»Ich wollte nicht so schroff sein ... aber du benimmst dich wirklich beschissen!«
Ich sagte nichts.
Sie warf noch einmal einen Blick auf den Eingang hinter ihrem Rücken, dann konzentrierte sie sich auf mich. »Was wolltest du mir noch sagen, außer dass du Arbeit gefunden hast?«
»Nichts. Nur das. Außerdem vielleicht ...«
»Was?«
»Nichts.«
»WAS, verdammt noch mal!?«
Meine Augen blieben auf der Höhe ihres Busens. »Ob du Lust hast, mit mir auszugehen, Chiara.«
Sie war wie vom Donner gerührt. Dann tat sie das Einfachste: Sie fing an zu lachen. »Ich glaub es nicht!«, rief sie aus.
»Warum?«
»Ich! Mit einem wie dir ausgehen?« Sie lachte noch immer, musterte mich aber genau, wartete auf Reaktionen, Antworten. Vielleicht wollte sie mehr Material sammeln, um es später ihren Scheißfreunden zu erzählen. Sie brauchte Details.
Scheißfeinkosterin. »Vergiss es«, sagte ich. »Fick dich ins Knie.«
»DU fick dich ins Knie!«
»Zurück an die Arbeit, na los, mach deine Mayonnaisekleckse.«

»Mann, du bist ja so bescheuert!« Sie schubste mich. »Du bist echt total bescheuert!« Sie schrie.

»Ja, ja. Jetzt verpiss dich.«

Wieder stieß sie mich, brüllte: »Erst kommst du an, bettelst mit eingeklemmtem Schwanz um ein Treffen, und wenn ich nein sage, bist du gleich wieder das übliche Arschloch? Für wen hältst du dich eigentlich, Wichser?« Aus dem Häubchen fiel ihr eine Haarsträhne nach der anderen in die verschwitzte Stirn.

»Das sagst du, wo du mich gerade eben ausgelacht hast! Mich!« Jetzt schrie ich auch. »Was soll so Besonderes an dir sein, ist sie bei dir aus Gold mit Silberbändchen?«

Diesmal sah ich die Ohrfeige kommen. Die Erwähnung ihrer schon zu oft verletzten Intimsphäre hatte sie völlig unvorbereitet getroffen. Darum brauchte sie einen Gedanken und einen Augenblick zu viel, um zu reagieren. Zwanzig Zentimeter vor meinem Gesicht stoppte ich ihren rechten Arm.

»Lass mich los, Dreckskerl!«

»Beruhig dich, hey, beruhig dich endlich!« Ich stieß sie weg. »Ich hab dich nur gefragt, ob du mit mir ausgehen willst, verdammte Scheiße. Musst du mich deswegen gleich auslachen?«

Sie machte einen halben Schritt auf mich zu und holte wieder zu einer Ohrfeige aus. Abermals hielt ich sie fest.

»Jetzt gehst du mir langsam wirklich auf den Sack!«, schrie ich, während sie zähneknirschend versuchte, sich zu entwinden. »Weißt du, wie viele blöde Tussis wie dich ich haben kann?«

Sie riss ihren Arm aus meinem Griff. Dann brach sie wieder in Gelächter aus, diesmal jedoch mit hysterischem Unterton. »Was kannst du?«, lachte sie. »Wie viele kannst du haben?« Sie lachte noch lauter. »Du armer Irrer! Hahaha! Weißt du wenigstens, was man sich über dich erzählt?« Jetzt lachte sie nicht mehr. Sie schrie nur noch. »Willst du wissen, was man im Ort von dir sagt? DASS DU EIN VERSAGER BIST! DASS NIEMAND WAS MIT DIR ZU TUN HABEN WILL! DASS DU DER SOHN EINER ARMEN FRUSTRIERTEN SCHLAMPE BIST, DIE MIT EINEM TYPEN DURCHGEBRANNT IST, DER FAST JÜNGER IST ALS DU, DAMIT SIE JA NICHT DEINE MUTTER SPIELEN MUSS!«

Diesmal war ich geschockt. »Wer sagt das?«

»Tony Champion erzählt es allen, und was meinst du, wie wir uns totlachen, wenn wir an deine Mutter mit dem Tankwart denken!«

Ich senkte die Augen, so beschämt war ich. Dann fragte ich mit hauchdünner Stimme: »Sagt Tony Champion das wirklich?«

Unter meinem Blick löste sich der Asphalt auf. Und auch Chiara wurde unscharf, als ich sie ansah, sie hatte fast keine Konturen mehr, ihr Gesicht vor mir war ein bedeutungsloser, dunkler Fleck.

»Hallo«, sagte sie leise. »He, du.«

Als sie meinen Arm berührte, schlug ich ihn weg.

»Wie feige«, sagte ich zu der unscharfen Gestalt mir gegenüber. »So ein Tiefschlag, Mann, wie feige. Ihr seid alle erbärmliche Feiglinge!«

Ich drehte mich um und ging mit schnellen Schritten weg.

»He!«, hörte ich sie rufen, und sie wiederholte es ein paar Mal, aber ich war schon weit fort.

Nur ein paar hundert Meter weiter ärgerten die miesen Anspielungen von Tony Champion, Chiara und den anderen Scheißtypen mich schon nicht mehr.

Ich wusste, warum man sich im Ort immer noch diese Geschichtchen erzählte, vor allem die Männer oder vermeintlichen Männer: Ich stellte eine Bedrohung für ihre Fickprojekte mit den Weibern im Städtchen dar. Ich war ein Feind für sie, wie damals für den armen Schwarzy. Natürlich, so war es. Zwischen all diesen Füchsen und den ersehnten Trauben bildete ich das Haupthindernis. Ich war ihnen wirklich im Weg, faszinierend, tödlich, unbequem wie ein schmutziger Gedanke während der Kommunion. Sobald sie erkannten, wie sehr Frauen sich von mir angezogen fühlten, setzten sie böse Gerüchte in die Welt. Die basierten zwar auf Tatsachen, denn meine Mutter war wirklich mit einem Tankwart abgehauen, einem sehr jungen obendrein, aber sie waren trotzdem nichts als Worthülsen, Platzpatronensalven, die gegen mich abgefeuert wurden im vergeblichen Versuch, mich aus dem Weg zu räumen.
Die Männer fürchteten mich.
Denn die Frauen waren scharf auf mich.
Warum würden sie sich sonst so viel Mühe geben, mich lächerlich zu machen?
Arme Schweine, mehr nicht. Arme undeutliche Gestalten auf einem verblichenen Gemälde.

Nachdem ich Chiara an diesem Nachmittag ausgetrickst hatte, so dass sie sich jetzt wegen ihres oberpeinlichen Fehlers zerfleischen musste, schlenderte ich ein wenig herum, bis ich mich vor der üblichen Bar wiederfand. Und vor der Bar stand wie üblich die Harley Davidson von Tony Champion. Und wie üblich sah das Motorrad dieses beschissenen Muskelpakets ohne Hirn wie ein billiges Spielzeug aus, blankpoliert und grell aufleuchtend in der heißen Mittejulisonne.

Immer ließ er es an dieser Stelle stehen, weit weg von den Blicken der anderen, sogar seinen eigenen, war er doch fest davon überzeugt, dass er von niemandem das Geringste zu befürchten hatte. Denn auf der Karosserie dieses Motorrads schien zwischen dem H und dem D das Markenzeichen von Tonys Unnahbarkeit eingemeißelt. »Eigentum von Tony Champion« besagte dieses imaginäre Markenzeichen, »Hände weg!«.
Ich hörte Gelächter aus dem Inneren der Bar und hockte mich hinter einen Müllcontainer. Sondierte die Lage. Niemand zu sehen, weder links noch rechts von mir.
Niemand schaute durch die Fensterfront.
Ich atmete tief durch, dann lief ich zu der Harley.
Als ich mit dem Fuß den Ständer wegschob, kippte die Maschine mir sofort entgegen, so schwer war sie. Aber ich widerstand. Mit aller Kraft richtete ich sie wieder auf, und mit den verbliebenen Kräften – das waren natürlich nicht wenige – schmetterte ich sie gegen die Hauswand der Bar. BUM! Genüsslich beobachtete ich, wie sie aufprallte und langsam an der Mauer hinabrutschte, wie der Lack dabei zerkratzte und sie schließlich auf den Gehsteig fiel, wo das Vorderrad sich noch eine Weile langsam in der Luft drehte.
Dann rannte ich weg, so schnell ich konnte, während mir das Herz bis zum Hals klopfte und Adrenalin durch alle meine Arterien raste wie ein unaufhaltsamer Strom Lebenssaft, schnell, jung, unbesiegbar.

»Aus diesem Grund«, dozierte ich noch am selben Abend vor einem nicht besonders beeindruckten Auditorium, bestehend aus dem Chef und der Mönchsrobbe, »aus diesem Grund muss jetzt, da ich eine ernsthafte, feste und äußerst einträgliche Arbeit gefunden habe, mehr Rücksicht auf meine Anwesenheit in diesem Haus genommen werden, denn ich habe keine Lust mehr, mir gewisse niedrige Unterstellungen eingebildeter Topmanager anzuhören, okay?« Ich stand, und sie saßen auf dem Sofa in unserem hocheleganten Wohnzimmer. »Von nun an verdiene ich Respekt, klar?«

Mein Vater blickte gähnend auf die Uhr. »Was konkret bedeutet, dass du Arbeit gefunden hast, oder?«

»Ja, eine wichtige Arbeit, eine gesellschaftliche Stellung, die du in deinem ganzen Leben nicht erreicht hast. Ich rede von Sozialversicherungsabgaben und Rentenbeiträgen, all das eben, was aus einem Job eine richtige Arbeit macht.«

»Du hast nur deine verdammte Pflicht getan, kleine Dumpfbacke. Und es ist ganz bestimmt eine Drecksarbeit.«

»Ja, ja, der Neid. Der bringt die Menschen eher um als alles andere, Chef. Aber ich glaube, das habe ich dir schon einmal gesagt.«

Die Robbe wollte aufstehen. »Ich bin noch nicht fertig, Fräulein Politische Wissenschaften!«

»Was soll denn das heißen?«, fragte der Chef.

Auf ihrem Gesicht wechselten sich ein Dutzend kräftiger Farben ab, bevor das Puterrot klar über alle anderen siegte.

Mein Vater musterte erst sie dann mich ausgiebig. »Erklärt mir das mal.«

»Ach, nichts«, sagte ich grinsend. »Deine Tochter interessiert sich seit einiger Zeit glühend für Politikwissenschaft, Chef.«

Er lächelte. »Möchtest du ein Studium beginnen, Liebes?«

»Hm«, wich sie aus.
Ich fing an zu lachen. »Ja, ihr passt zusammen!« Ich krümmte mich vor Lachen. »Einer blöder als der andere! *Möchtest du ein Studium beginnen, Liebes?* Ich fass es nicht!«
Und der Chef: »Ich war immer schon der Meinung, Schatz, dass es gut für dich wäre, wenn du weiter studieren würdest.«
»Da-danke, Papa«, log sie schamlos, wie nur Frauen es können. »Ich überlege mir das wirklich gerade.«
»Hahaha!«, gluckste ich.
»Was zum Teufel gibt es da zu lachen?«
»Ich lache nicht, Chef. Ich grinse höhnisch.« Dann wurde ich ernst: »Und als Arbeiter der Trak Aagee, einem der wichtigsten Betriebe auf dem Sektor, der mit einer Präzision, die man euch nicht mal erklären kann, haufenweise Bleche herstellt, verdiene ich, wie schon gesagt, ein Minimum an Respekt.« Und weil er immer noch auf dem Schlauch stand und sie in ihrer Feigheit noch einen draufgesetzt hatte, fuhr ich fort: »Ich werde dir noch mehr sagen: Wenn diese Mönchsrobbe hier wirklich beschließen sollte, zu studieren, um eine wichtige politologische Schmuddelige zu werden, erkläre ich mich bereit, von nun an die Studiengebühren, die Bücher und den ganzen Scheiß, der aus einem Hungerleider einen richtigen Studenten macht, zu bezahlen! Ist das klar?«
Beiden stand der Mund vor Staunen offen, dann nuschelte sie: »A-aber ... das ist nicht nötig.«
Ich unterbrach sie, indem ich mit großzügiger Gebärde erklärte: »Mach dir keine Sorgen, Schwesterherz. Wenn in deiner Seele wirklich das heilige Feuer wissenschaftlichen Erkenntnisdranges brennt, werde ich einen Teil meines sauer verdienten Lohnes dafür verwenden, aus dir eine

Premium-Class-Doktorin der Politischen Wissenschaften zu machen!«
Hätte sie Feuer an mich legen, mich schlagen, mich vom neunzigsten Stock eines Wolkenkratzers werfen können, sie hätte es in diesem Moment getan, so groß war der Zorn, der ihr die ohnehin misslungenen Gesichtszüge verzerrte.
Der Chef dagegen stand auf und schlug mir auf die Schulter. »Eins muss man zugeben, du wirst anscheinend endlich erwachsen!« Ein melancholisches Vibrieren in seiner Stimme tat mir ein bisschen weh.
Doch nur einen Augenblick lang.
Denn die Türglocke schellte, und wenige Sekunden später hielt First Lady Virginia aus dem Kaiserpimmelreich Einzug, stolz ein Parfüm vor sich hertragend, das sämtliche armen Christenmenschen umgebracht haben musste, die vom Verlassen ihrer Wohnung bis zur Ankunft in unserem prächtigen Heim ihren Weg gekreuzt hatten. Obendrein stöckelte sie auf diesen scheußlichen, straßenpflasteraufmeißelnden Absätzen herein, bei deren Anblick ich mir jedes Mal wünschte, sie möchten brechen und der Lady eine Oberschenkelfraktur verpassen.
»Ciao, Liebster!«, rief sie kokett aus und küsste meinen vor Geilheit bebenden Vater auf den Mund. Auch ihr mittlerweile innigst geliebtes Schmuddelchen bekam einen Schmatzer, und auf der Wange meiner vom Einzug der Königinmutter verzückten Schwester blieb ein Lippenstiftmarkenzeichen in Herzform.
»Mich küsst du nicht«, warnte ich eilig, »denn dein Drüsenfieber kann ich wirklich nicht auch noch brauchen.«
»Ganz ruhig, ich wollte dich gerade ignorieren, wie ich es immer höchst elegant tue.«

»Lass ihn«, sagte der Chef, während er ihr mit Jäckchen und Täschchen half. »Heute Abend hat er sich von seinem eigenen Mythos befreit.«

»Oh, wie das denn? Hat er sich endlich entschlossen, mal zu duschen?«

Ihr Mann, diese wandelnde Karikatur, und die Mönchsrobbe unterstrichen den faden Gag mit schallendem Gelächter, in das sie sofort einstimmte, worauf mir alle drei vorkamen wie von unheilbarer Verblödung befallen.

Ein Blick aus purem Gift ließ meine Schwester augenblicklich verstummen.

»Ich habe Arbeit gefunden«, sagte ich stolz zu Virginia.

»Oh Gott«, rief sie aus und legte sich beide Hände an die Wangen, um ihre geistlose Komödie weiterzuspielen. »Gebt mir bitte einen Stuhl!«

Das Ferkel schob ihr, den nächsten Lacher unterdrückend, einen Stuhl heran, und sie ließ ihren traurigen Arsch einer unrettbar auf die Vergreisung zusteuernden Frau darauffallen.

»So, und jetzt«, bat sie, noch immer als Schmierenkomödiantin, »bitte noch einmal wiederholen.«

»Keine Zeit. Aber lass dir sagen, dass ihr alle von jetzt an gut beraten seid, mich zu respektieren. Denn ich arbeite bei der Trak Aagee!«

Mein Vater fragte Virginia: »Wie viel kostet es deiner Meinung nach, wenn er sich eine eigene Wohnung mietet?«

Sie lachte.

»Ich hoffe, das war ein Scherz!« Fast hätte ich mich auf ihn gestürzt.

Sein Blick durchbohrte mich. »Dann benimm dich anständig!«

»Anständig? Was tu ich denn, verdammte Scheiße!?«

»Ich habe dich gewarnt, und wenn du nicht hörst, landest du mit deinen paar Lumpen direkt in einem Spind bei der Trak, wo du dann deine Tage und Nächte verbringen kannst.«

Elender Wurm, dachte ich. Vernagelter, ungehobelter, geiler Penner.

»Ich gebe dir zu bedenken, dass ich noch minderjährig bin«, warf ich ihm hin, ohne auf große Wirkung zu hoffen.

Der Chef grinste in Richtung seines Weibes, als wollte er sagen: »Siehst du, Vì, was für ein Arschloch von Sohn ich in meinem Leben ertragen muss? Wie gut, dass du jetzt da bist, einzigartige, herrliche und unvergleichliche Vì, um mir Kraft zu geben!«

Frech zündete ich mir eine Zigarette an. Einen Augenblick später warf mein Vater mich zur Tür hinaus, denn Rauchen war in diesem Haus frustrierter und sexbesessener Heuchler inzwischen abgeschafft.

Auf der Straße hin- und hergehend, rauchte ich meine Kippe und überlegte. Mit Kretins war halt nicht viel anzufangen. In eine Familie intellektueller Dünnbrettbohrer schlau, geistig unabhängig und sexy hineingeboren zu werden, war die Tragik, die ich mit mir herumschleppen musste wie meinen Nachnamen oder meine Nase, das Ebenbild der Nase meiner flüchtigen Mutter. Sie wollten mich nicht mehr bei sich haben? Okay. Ich würde mir einen anderen Platz suchen, und zwar kein Rattenloch für illegale Einwanderer, sondern eine hübsche kleine Wohnung, wo ich ungehindert alles tun konnte, was mir verwehrt wurde. Vielleicht würde ich ein paar Stunden länger in der Fabrik arbeiten, mir meinen Lohn hart verdienen müssen, aber körperlich war ich auf alles vorbereitet. Mir waren Kraft, Mut und Entschlossenheit in die Wiege gelegt worden, und alle würden mich bewundern, ob verwandt oder nicht.

Das Knattern eines Auspuffs weckte mich aus diesen Gedanken, jemand überquerte auf zwei Rädern nicht allzu schnell die Straße. Als der Typ mit einem Invicta-Helm an mir vorbeikam, bremste er und schaltete seine Guzzi abrupt ab. Das Motorrad fuhr im Leerlauf noch etwas weiter, ein paar Meter über unser Gartentor hinaus. Dann bremste der Typ, wendete, kam auf mich zugerollt, indem er sich mit den Fußspitzen vom Boden abstieß, und blieb schließlich vor mir stehen. Er schwankte zur rechten Seite und setzte einen Fuß auf. Das Motorrad blieb reglos zwischen seinen Oberschenkeln stehen wie ein erschöpftes Pony.

Er nahm seinen Helm ab, und unter einem dichten Schopf schwarzer, verschwitzter Haare erschien die krumme Nase irgendeines Unbekannten. Er kniff die Augen zusammen wie Kurzsichtige an der Haltestelle, die die Nummer des nahenden Busses zu entziffern versuchen.

Er sagte meinen Namen. »Bist du das?«, fragte er mit heiserer Stimme. Dann hustete er. Vielleicht hatte er eine Mücke verschluckt, der Zentaur. Oder ihm saß ein schöner fetter Krebs in der Lunge.

»Wer will das wissen?«

»Dafür hab ich keine Zeit. Sag mir nur, ob du das bist.«

»Erraten, Sherlock, hier bin ich. Und ich habe auch keine Zeit, nur damit das klar ist. Was willst du?«

»Für mich will ich gar nichts«, erklärte er. »Tony Champion schickt mich.«

Ein Schauder lief mir vom Arsch bis zum Hirn.

»Tony Champion?«

»Ja.« Er grinste. Vermodernde Zähne. Kokain oder zu wenig Eisen in der Knastsuppe. »Du kennst ihn doch, oder?«
Scheiße. »Kaum. Warum?«
»Man hat dich heute gesehen.«
Ich befühlte eine meiner Arschbacken, sie war taub. Offenbar hatte nach dem elektrischen Schlag eine arktische Kälte meine Glieder schockgefroren. »Gesehen? Wen, wo?«
Der andere seufzte. »In der Bar. Wie du Tonys Harley umgekippt hast.«
»Ich weiß nicht, wovon du redest, Alter. Was soll der Scheiß?«
»Du bist gesehen worden. Und man brauchte bloß ein bisschen herumzufragen. Vor Tony haben alle Respekt. Und sie haben es ihm erzählt.«
»Hm. Interessant. Was haben sie denn erzählt?« Ich musste Zeit gewinnen, nachdenken.
»Wir ziehen das hier nicht zu sehr in die Länge, klar?« sagte er. »Aus irgendeinem Grund, den du Tony erklären kannst, hast du heute den Lack und den Ständer seiner Harley ruiniert.«
»Was ist eine Harley?«
»Sein Motorrad.«
Ich kratzte mich am Sack. Der war ebenfalls zum Eisblock erstarrt. »Nichts davon ist wahr. Ich sage dir noch einmal, ich weiß nicht, wovon du redest.«
Der Typ faltete die Hände wie zum Gebet, verbittert. »Du bist so ein Arschloch, dass ich dich gerne selbst verprügeln würde. Aber dieses Vergnügen überlasse ich Tony. Um elf heute Abend. An der Bar. Wenn du nicht erscheinst, kommt er zu dir. Wenn du abhaust, finden wir dich. Und jetzt habe ich schon zu viel geredet.«

»Und du hast Scheiß gelabert, wer auch immer du bist. Glaub mir.«
»Um elf.« Mit einem einzigen Tritt brachte er den Motor zum Laufen. Dann ließ er den Auspuff knallen, denn das machte ihn so richtig heiß. Er setzte sich den Helm auf, mimte mit Zeigefinger und Daumen eine Pistole, beschleunigte mit aufheulendem Motor und verschwand in einer Nanosekunde.
Ich ging ins Haus zurück. Es war viertel nach acht.
»Wer war das da draußen?«, fragte die Robbe.
»Einer, der sich verirrt hatte.«
»Dafür habt ihr aber ganz schön lange geredet ...«
Aus der Küche drang der Pestgestank des Abendessens. Unter eifrigem Geflüster vermaßen der Chef und Virginia gerade das Wohnzimmer mit einem Maßband.
»Wird die Landung vorbereitet?«, fragte ich laut.
Sie taten, als hörten sie mich nicht, während die Robbe log, sie wisse von nichts.
Acht Uhr zwanzig. In weniger als drei Stunden würde ich ein toter Mann sein.
Ich zeigte auf die Küche. »Ich esse nicht«, sagte ich und lief in das, was wahrscheinlich nur noch für kurze Zeit mein Zimmer war. Ob Tony mich nun umbringen würde oder nicht, der Chef und Vì bereiteten auf jeden Fall meinen Auszug vor. Ich sah mich um. Das Bett ungemacht, die Kleider auf dem Boden verstreut, die Möbel voller Staub. Dann betrachtete ich mich im Spiegel.
Oh, Gottogott!
Der Typ würde mich metertief in den Asphalt rammen. Mit einer Hand. Oder einem Fuß. Mühelos. Mir würden sämtliche Knochen in einem einzigen Moment mit ohrenbetäubendem Knacken brechen.

Scheißspione! Aber ich war auch bescheuert gewesen. Am helllichten Tag! Fünf oder sechs Häuser standen um die Bar herum. Wahrscheinlich hatte die Beschreibung eines sabbernden Pensionärs genügt, der vom Balkon aus alles beobachtet hatte. Oder eine vom üblichen Nachmittagsfilm im Privatfernsehen gelangweilte Hausfrau, die einen Augenblick lang aus dem Fenster geguckt hatte.
Verflucht.
Waffen hatte ich keine. Sicher, mein rechter Haken hatte schon mehr als einen durchtrainierten Wichser zur Strecke gebracht. Aber Tony Champion war ein anderes Kaliber. Ich probierte ein paar Bewegungen mit dem Oberkörper, hüpfte herum. Ich schlug in Richtung Spiegel und untermalte meine Boxhiebe mit bösen Nasallauten. Besonders beeindruckend war das nicht. Fast wäre ich auf die Knie gefallen, um irgendwas Nützliches zu beten. Lieber nicht, ich ließ es.
Ich ging wieder nach unten.
»Warum isst du nichts?«, wollte die Mönchsrobbe wissen.
Rührung überkam mich. Sie würde zur Frau werden ohne einen echten Mann, der ihr den Rücken stärkte. Mein Vater war auf dem absteigenden Ast, und Mauro würde nie ein Mann sein.
»Keine Lust.«
»Aber Virginia ist doch da!«, flüsterte sie emphatisch.
»Offenbar ist noch immer nicht klar, dass die mir hochgradig am Arsch vorbeigeht.«
Ich stellte mir Virginia künstlich gramgebeugt bei meiner Beerdigung vor, vorausgesetzt, Tony Champion gestattete das Auffinden meiner Leiche. Vielleicht würde er mich aber in einen Abwasserkanal schmeißen oder in eine Müllverbrennungsanlage.

Jedenfalls stellte ich mir Vì Arm in Arm mit dem Chef vor, wie sie eifrig Rosenkranzandacht und Leichenschmaus organisierte, das zufriedene Grinsen hinter einer dicken Schicht Schminke verborgen.
Etwas später verließen die beiden Turteltäubchen das Haus und schlossen die Tür hinter sich. Noch während sie über die Straße gingen, hörten wir sie einige Sekunden lang etwas von »Mauern einreißen« und »Wände hochziehen« sagen. Die war wirklich drauf und dran, sich hier häuslich einzurichten, ich hatte mich nicht geirrt.
Das Telefon klingelte. Ich nahm den Hörer ab.
»Geh nicht hin!«, sagte eine Stimme, die ich nicht erkannte.
»Mit wem spreche ich?«
»Ich bin's, Chiara.«
Das Herz hüpfte mir bis in die Kehle. Schnell schluckte ich es wieder herunter. »Wer hat dir meine Nummer gegeben?«, knurrte ich böse.
Ich hörte, wie sie genervt in den Hörer schnaubte. »Es gibt Telefonbücher«, sagte sie, »außerdem wissen inzwischen alle, wo du wohnst, leider!«
»Dass mir Ruhm und Ehre vorbestimmt waren, habe ich immer gewusst, meine Liebe.«
»Hör mit dem blöden Gelaber auf! Geh da nicht hin, der bringt dich um.« In ihrer Stimme lag aufrichtige Sorge.
»Was kümmert es dich?« Ich liebte sie. Sie liebte mich. Noch blieben mir ein paar Stunden, vielleicht würde ich meinen Fick als Abschiedsgruß an die Welt doch noch bekommen. Aber wenn ich an Chiara dachte, wollte mir das Wort »ficken« nicht einfallen, keine Ahnung warum.
»Ich sage das für dich. Ich kann mit Tony reden. Wir kennen uns schon lange.«

»Glaube ich gerne. Ihr seid unzertrennlich wie Bonny und Clyde.«
Sie sprach hastig, aber bestimmt: »Hör auf, dich lächerlich zu machen, okay? Ich sage dir, dass du heute Abend nicht in die Bar gehen sollst, ich rede dann später mit ihm.«
Meine Schwester beobachtete mich. Ich machte ihr ein Zeichen, abzuschieben. Eins, zwei, drei Mal. Beim vierten Mal raffte sie sich auf.
»Ich verstecke mich nicht unter Frauenröcken. Die Verantwortung für meine Probleme übernehme ich immer selbst!«
»Aber der bringt dich um, echt!«, kreischte sie.
»Du hast mich noch nicht in Aktion gesehen, Chiara.«
Sie lachte hysterisch. »Nein, aber ich habe dich nach einer Ohrfeige auf die Toastbrotbeutel stürzen sehen.«
»Das habe ich dir zu Gefallen getan.«
Sie schwieg, doch ihre Erbitterung nahm ich trotzdem wahr. Wahrscheinlich hatte ihr noch niemand vom traurigen Schicksal Riccardos, genannt »Schwarzy«, erzählt.
»Hör zu«, fing sie wieder an. »Warum hast du es getan?«
Ich antwortete nicht.
»Weil ich dich abgewiesen habe, stimmt's?«
»*Abgewiesen* ist ein blasser Euphemismus, Teuerste. Außerdem bin ich derjenige, der weggegangen ist.«
»Warum hast du es getan?«, beharrte sie.
»Das ist meine Sache«, sagte ich. Weil die Männer hier im Ort mich fürchten, fügte ich im Stillen hinzu.
Sie seufzte. Wenn sie nicht schrie, hatte sie sogar eine schöne Stimme. »Hör mal«, sagte sie. »Wenn du dich heute Abend nicht abschlachten lässt, dann ...«, sie sprach angestrengt, als ob es sie einiges kostete, »... könnten wir vielleicht Samstagabend – oder nachmittags! ... könnten

wir ... könnte ich deine Einladung annehmen, hm, natürlich nur, wenn sie noch gilt.«
Sie liebte mich! Ich hatte es schon immer gewusst!
»Deine Almosen brauche ich nicht. Ich habe gehört, was du heute gesagt hast, und bin immer noch überzeugt, dass du eine feige Memme bist, die sich mit Feiglingen umgibt. Aber das ist mir scheißegal. Denn ich bin kein Feigling. Und heute Abend gehe ich dorthin, koste es, was es wolle.« Das hatte gesessen. Ich schoss doch wahrhaftig nie daneben.
»Geh nicht«, sagte sie.
»Doch.«
»Nein.«
»Doch!«
»NEIN, und jetzt leg ich auf.«
Ich hörte einen Bodensatz Angst in ihrer Stimme, als sie ausrief: »Du bist ja so was von hirnamputiert!« Und sie legte wirklich auf.

»Auf jeden Fall setzt du dich mit uns an den Tisch!«, sagte der Chef. Er war kurz davor, einen Sohn zu verlieren, und sorgte sich bloß um die Etikette. Was für ein Arsch.
Ich musste gehorchen. Während meine Mitbewohner – denn inzwischen blickte die Topmanagerin schon zufrieden über ihren »Erwerb« in die Runde – aßen und sich zwischen zwei Gängen zulächelten, guckte ich ein bisschen fern.
Ich nahm einen Apfel und schälte ihn: das letzte, frugale Mahl eines Todeskandidaten. Wie das Ehepaar Rosenberg fühlte ich mich, die »Kommunisten« in dem Film *Daniel* mit dem damals noch großartigen Timothy Hutton.
Aber all meine cineastischen Kenntnisse würden mich

nicht retten. Ich musste mir überlegen, wie ich meine rohen Körperkräfte einsetzen konnte, nicht meine Leidenschaften. Meinen rechten Haken, keine Kamerafahrt von Martin Scorsese.

Und es ging gegen das Sportidol der Stadt, diesen Tony Champion, dem ich bloß ein beschissenes Motorrad zerkratzt hatte. Vielleicht könnten wir die Sache ja mit Worten klären. Vielleicht ...

»Was ist bei dir nicht in Ordnung?«, fragte der Chef.

Ich zuckte mit den Achseln. Verschlang noch einen Apfel in wenigen Bissen. Als ich fertig war, klebten drei Augenpaare an mir.

»Wie gut, dass du keinen Hunger hast!«, schmunzelte Virginia.

Sie waren fertig.

»Kann ich jetzt aufstehen?«, fragte ich den Chef.

Ohne seine Erlaubnis abzuwarten, ging ich hinauf in mein Zimmer, um eine Zigarette zu rauchen. Ich setzte mich aufs Bett wie an dem Morgen nach der Prügelei mit Schwarzy, als ich unschlüssig war, ob ich in die Schule zurückgehen oder für immer verschwinden sollte. Damals war die Geschichte völlig unerwartet ausgegangen: Schwarzy im Krankenhaus, der Schulverweis, mein Rückzug ... Alles in allem ein Erfolg.

Jemand klopfte an die offene Tür. Der Chef.

»Darf man eintreten?«, fragte er beim Hereinkommen.

Ich sah auf die Uhr. Noch eine Stunde. Trotzdem sagte ich: »Ich wollte gerade weggehen.«

Er setzte sich neben mich, die Bettfedern knarzten. »Was für ein Schweinestall«, sagte er leise, während er sich umblickte. Nach einer Weile fragte er: »Stimmt irgendwas nicht?«

»Alles in Ordnung.«
Ich hörte den zu lauten Fernseher von unten. Und das scharfe Klacken von Vìs Absätzen auf dem Boden, den Austausch von Herzensergießungen mit meiner Schwester, die Art, wie die beiden zusammen lachten.
»Du wirkst ein bisschen nervös«, sagte er. »Wenn du reden willst ...« und damit brach er den Satz ab.
Papa Bill Cosby. Du kannst mich mal. Wann hatte er sich zum letzten Mal für meinen körperlichen oder seelischen Zustand interessiert?
»Vergiss es«, sagte ich.
Was erwartete er denn? Dass ich ihm sagte: »In wenigen Stunden wirst du die Polizei benachrichtigen müssen, denn dann fehlt von mir jede Spur. Wochen später wirst du es dann in deiner Verzweiflung vielleicht bei der Fernsehsendung *Vermisst* versuchen. Tote Hose. Keine Nachricht. Ich werde verschwunden sein wie deine Exfrau, bloß dass ich so was wie eine LEICHE sein werde, irgendwo im Wald vergraben oder an einen Felsen gefesselt, um in den Tiefen eines Sumpfes zu vermodern. Nach knapp einem Jahr wirst du dich damit abgefunden haben. Und das Beerdigungsinstitut rufen.«
Also stand ich auf, und er sah mich nur stumm an. Dann drückte ich die Zigarette aus, nahm meine Jacke und sagte: »Ich geh mal 'ne Runde drehen.«
Bevor er irgendetwas erwidern konnte, war ich schon unten. Als ich die Eingangstür aufmachte, sagte Vì gerade, auf die Wand zeigend, zu ihrem größten Fan: »Und hier würde das schöne Gemälde, das ich bei mir zu Hause habe, ganz wunderbar hinpassen ...«

Tony Champion war schon da. Groß und dunkel in der tiefen Nacht, nur von einer einsamen Straßenlaterne beleuchtet. Er war die Macht der Jugend, der Koloss der Schönheit, und alles ringsumher schien seiner Herrschaft unterworfen. Er kam mir gewaltig und ungeheuer mächtig vor. Bei ihm waren Moderzahn und ein anderer aus seiner Clique.

Ich überquerte den Platz, nach rechts und links blickend, wie ich es heute Nachmittag getan hatte, jetzt aber achtete ich nicht auf das, was ich sah. Die Bar war geschlossen, die Rollläden heruntergelassen. Tony stand vor seiner Harley Davidson, die anderen plauderten, auf ihre Motorräder gestützt, als wäre dies ein Bikertreffen.

Moderzahn entdeckte mich als Erster. »Da ist er!«

Ich trat in den Lichtkegel der Laterne, wie man in den Schattenkegel des Todes tritt.

Der andere, der Federico hieß und der berühmteste Pusher im Ort war, lachte höhnisch.

Tony machte Moderzahn mit dem Kopf ein Zeichen, worauf der sein Motorrad abstellte und auf mich zukam.

»Arme hoch!«, knurrte er.

Ich hob sie hoch, die Augen starr auf Tony gerichtet, der meinen Blick mit brutal verzogenem Mund erwiderte. Sein Handlanger klopfte mich hier und da ab, eine oberflächliche Leibesvisitation, in der er Übung zu haben schien.

»Er ist sauber«, sagte er dann.

Tony machte einen Schritt auf mich zu. Er wies auf das Motorrad. »Siehst du, wie du meine Maschine zugerichtet hast?« Als wäre völlig klar, dass ich es war.

Ich schüttelte den Kopf. Es war mir so was von scheißegal. Ein einsamer Schweißtropfen lief mir zwischen die Arschbacken. Ich presste sie zusammen.

»Ein Schaden von fast dreihunderttausend Lire«, klärte Tony mich auf.
»Das ist doch bloß noch ein Motorrad für Idioten wie die vollgedröhnten Penner in *Easy Rider*, total anachronistisch, so eine Karre fährt heute kein Schwein mehr.« Meine Stimme war ruhig, in absolutem Gegensatz zu der Angst, die sich wie ein Schwamm in mir ausdehnte.
Die drei sahen mich erstaunt an.
»Nachdem das gesagt ist«, fügte ich eilig hinzu, »was zum Henker wollen wir hier jetzt eigentlich, Tony?«
»Nein, erst musst du mir erklären, warum du die Harley umgeworfen hast«, zischte er. »Danach werden wir sehen, was zu tun ist.«
In der Nähe parkte ein einzelnes Auto im Dunkeln. Ich sah niemanden am Steuer sitzen und dachte, dass es wohl ihnen gehörte. Wahrscheinlich würden sie mich, nachdem sie mich kaltgemacht hatten, in den Kofferraum schmeißen und an den Arsch der Welt fahren.
»Kannst du beweisen, dass ich es war?«, fragte ich.
Moderzahn und Federico, der Pusher, brachen in Gelächter aus. Letzterer sagte: »Das halbe Viertel hat dich gesehen, du Hurensohn.«
Tony lachte nicht. »Nun sag schon!«, drängte er.
»Also gut«, sagte ich. »Ich war es. Ich gestehe. Und weißt du, was ein Hammer ist?«
»Willst du mich verarschen?«
»Wenn ich einen Hammer zur Hand und etwas mehr Zeit gehabt hätte, dann hätte ich dir dein Scheißmotorrad so sauber zertrümmert, dass nicht mal für den Schrotthändler irgendein anständiges Stück übriggeblieben wäre.«
Das hatte er nicht erwartet, dass ich mich so aufführte.

Auch die anderen hatten es nicht erwartet. Wieder sahen sie sich bestürzt an.
»Jetzt mach ich dich alle«, sagte Tony nach einer Weile, aber so, als würde er über die Worte grübeln, noch während er sie aussprach. Als dächte er an sein Publikum aus zwei Volltrotteln und an seine zum ersten Mal getrübte, mythische Aura. »Aber vorher musst du mir erklären, und ich frage dich zum letzten Mal im Guten, WARUM DU DAS GETAN HAST!« Das Finale kam im Crescendo und so heiser, dass es Tote erschrecken konnte.
»Mir sind Gerüchte zu Ohren gekommen«, sagte ich. »Gerüchte, dass du und deine Lakaien hier, ABER VOR ALLEM DU, ARSCHGESICHT, überall von meiner Mutter redest und Geschichten über sie erfindest, um die Weiber zum Lachen zu bringen, und weil du ums Verrecken nichts anderes zum Erzählen hast.«
Vorsichtiges Schweigen.
Sie brauchten mir natürlich nicht zu sagen, dass diesen Typen seit seiner Geburt keiner je »Arschgesicht« zu nennen gewagt hatte.
Tony stritt es nicht ab. Er schüttelte den Kopf und zischte wieder: »Und du konntest nicht direkt zu mir kommen, um dir was in die Fresse geben zu lassen, es musste unbedingt erst meine Harley sein?«
Ich machte einen Schritt auf ihn zu, zog mir die Jacke aus und warf sie auf den Boden. Auch das hatten sie nicht erwartet, sie waren an Weicheier gewöhnt, die vor Angst schlotterten, und an Weiber, die um sie herumscharwenzelten, eine ganze Generation von Hosenscheißern, die sich beim ersten Anzeichen von Gefahr aus dem Staub machten.
»Erklär mir das mal«, sagte ich. »Du hast das Recht, meine

Mutter mit Dreck zu beschmeißen, von der du übrigens gar nichts weißt, und von mir erwartest du, dass ich deiner Scheißkarre nicht mal einen kleinen Stoß gebe, wenn ich sie vor mir sehe?«

»Mann, was für ein Bastard!«, rief der Pusher aus und versuchte ein Lachen, in das die anderen beiden nicht einstimmten.

Meine Angst war verflogen, zusammen mit allem, was bis jetzt unwiderruflich gesagt und getan worden war.

»Jetzt mach ich dich alle, Tony!«, schrie ich, »und du tust mir jetzt schon so leid, dass ich dir die dreihunderttausend Lire persönlich ins Krankenhaus bringen werde, sobald ich meinen Lohn bekomme.« Allmählich kam ich in Fahrt. »Kennst du Oscar Moya, Arschgesicht? Bevor ich dir sehr wehtun werde, sollst du noch wissen, dass das ein Boxer ist und als Boxer ein Genie, aber ich schlage schlimmer zu als er.« Die nächsten Sätze kamen mit zusammengebissenen Zähnen: »Der Letzte, der sich mit mir angelegt hat, Tony Champion, liegt noch immer in der Notaufnahme und müht sich damit ab, Comics zu kapieren.«

Tony sah die beiden an, als müsste er sie fragen, was er tun sollte. Er. Tony Champion, von allen gefürchtet, Sieger in allen Disziplinen der Athletik und Kampfsportarten, in denen er jemals angetreten war.

Federico, der Pusher, sagte: »Mann, Tony, worauf zum Henker wartest du?«

»Tony hat Angst«, sagte ich grinsend, während ich eine Stellung einnahm, in der ich jede Art Angriff abwehren konnte, jedenfalls glaubte ich das.

Aber er hatte keine Angst. Und meine Haltung war nicht gerade die perfekte Verteidigungsposition. Denn im nächsten Moment, etwa eine Nanosekunde später, stürzte dieser mehrtürige blonde Kleiderschrank sich mit einer Geschwindigkeit und einer Gewalt auf mich, gegen die es schlichtweg keine Verteidigung gab. Ich weiß nur, dass ich einen Augenblick zuvor noch aufrecht stand, mein klassisches Grinsen im Gesicht, voll gesunden Selbstbewusstseins, unversehrt an Leib und Seele, und im nächsten schon etwa vier Meter weiter rückwärts lag, hingestreckt von einem Schulterstoß, der mich zwischen Nase und Kinn erwischt und zu Boden geschleudert hatte, ohne dass ich auch nur eine Silbe sagen konnte, ohne irgendetwas zu begreifen. Bloß ein paar rasche Seitenschritte von Tony und dann diese Riesenschulter gegen mein Gesicht, und Bum! – schon wurde ich aus dem normalen Zustand der Schwerkraft gehoben und fand mich auf dem harten, staubigen Asphalt wieder.

Einen ewigen Augenblick lang blieb mir die Luft weg, und während ich benommen mit den Lidern flatterte, spürte ich, wie mir eine zähflüssige, süßliche Flüssigkeit über die Lippen und die Zunge lief. Am Geruch und Geschmack und auch an dem irgendwie schmerzhaften Gefühl im Gesicht erkannte ich, dass Tony mir soeben die Nase gebrochen hatte.

»Scheiße!«, rief ich aus.

Tony machte zwei Schritte und holte zu einem Tritt in Höhe der Leber aus, ein Tritt, der mir wehtat, obwohl der Ausdruck »wehtat« oder sogar »sehr wehtat« praktisch nichts besagt, denn gewisse Dinge spürt man und basta, weil es kein Wort gibt, das sie beschreiben könnte. Fragt einen Boxer, fragt jemanden, der bei einer beliebigen Kneipenschlägerei zu Boden geht. Ich spuckte Blut auf seine Hosen, in meiner rechten Seite wütete ein stechender Schmerz, und ich stieß mit der Nase gegen den Asphalt.

Die schien ihre Schleusen noch weiter zu öffnen, so dass ich fast mein eigenes Blut schluckte, anstatt zu atmen, mit der Hand fasste ich nach meiner Leber, vielleicht war die Leber explodiert, vielleicht war mein ganzer Körper explodiert, und ich dachte, dass Sterben wirklich eine Frage von Sekunden war, außerdem sehr schlimm, so wie wenn man sagt: »Er hat einen schlimmen Tod gehabt ...«, denn du weißt ja nicht, was das bedeutet, solange das Schlimme, wovon du bloß so ahnungslos daherredest, nämlich der Tod, nicht dir selbst passiert.
Dann wartete ich nur noch darauf, dass es zu Ende ging, aber es war nicht so, dass mein ganzes Leben vor meinen Augen ablief, wie es im Film gezeigt wird oder in Büchern steht; es gab bloß ein kaltes Warten, mit dem Kopf in der Guillotine und dem Henker irgendwo in der Nähe, der ein Seil schwingt oder einfach dran zieht und Schluss, dann hört man das leise Sausen der Klinge, die sich aus den Verankerungen löst und sekundenschnell Fahrt gewinnt, und schlagartig gehört dein Kopf dir nicht mehr, und dein Körper gehört nicht mehr zu deinem Kopf, und du bist bloß noch zwei getrennte Teile von etwas, was einmal ein Mensch war.
Schlag zu, Tony, dachte ich.
Und der beugte sich tatsächlich vor, um mich zu schlagen. Ich sah einen Lichtreflex an seiner Armbanduhr aufblitzen, als sein muskulöser Arm und die geballte Faust sich hoben und auf mein Gesicht niedergingen, doch statt erst anzuhalten, wenn sie meinem Kiefer oder Schläfenknochen einen Splitterbruch verpasst hatten, blieben sie knapp einen Zentimeter davor stehen, weil eine Stimme plötzlich einen Schild zwischen mir und seiner Faust aufrichtete, und Tony, der darauf trainiert war, immer im

letzten Augenblick anzuhalten, bevor er seinen Gegnern in den Sporthallen, in denen er Pokale und Medaillen sammelte, ernsthaft schaden konnte, hielt beim Klang dieser Stimme so unnatürlich präzise inne wie ein Roboter.

Dabei hatte die Stimme nur »NEIN!« geschrien, ein einziges Wort, winzig wie der Spalt, der uns durch den Tod hindurch plötzlich wieder das Leben erblicken lässt, natürlich nicht für immer, aber wenigstens für eine Weile.

»NEIN!«

Und Tony hob den Kopf. »Chiara, Scheiße, was machst du denn hier?«

Chiara. Genau der Name, den du hören möchtest, wenn das Dunkel dich fast schon verschluckt hat.

Sie hatte scharf gebremst, und die quietschenden Reifen ihres Autos waren in der vorgestellten Szene meiner Enthauptung zur sirrenden Klinge des Henkers geworden. Beim Aussteigen hatte sie jenes NEIN! wie einen präzisen Befehl geschrien, den Tony Champion auf der Stelle befolgen musste.

»Mistkerl, was hast du gemacht, lass ihn gehen ...« Chiaras Stimme schien aus den Weiten des Alls zu kommen. »Ich hatte dich gebeten es nicht zu tun ich hatte dich fast angefleht ihn nicht zu schlagen Tony was bist du bloß für ein Vieh ...« Ich spürte, wie sie mich anfasste und mir über den Rücken und die Brust strich, während sie mich aufrichtete. Ihre Hände, die mich bis jetzt nur roh berührt, nie gestreichelt hatten, erschienen mir wie Blütenblätter auf der Haut. »... Was hast du ihm angetan willst du ihn umbringen bloß weil er dein Scheißmotorrad zerkratzt hat guck mal wie stark er blutet wie viel Blut ihm aus der Nase kommt UND IHR BEIDEN WICHSER

WAS STEHT IHR DA HERUM UND GLOTZT KOMMT HER UND HELFT MIR ER VERBLUTET UNS NOCH, SCHEISSE ...«

Sie hoben meinen Kopf an und lehnten ihn gegen etwas Hartes, und schon flossen mir Ströme von Blut über die Brust, als hätte ich sie mir bis zu diesem Moment aufgespart.

Während sie zu viert um mich herum hantierten, ohne recht zu wissen, was sie tun sollten, öffnete ich die Augen und sah hinter ihren Umrissen, hinter allem, den Himmel.

»Ich bringe ihn ins Krankenhaus«, sagte Chiara nach einer Weile.

Erst wollte ich protestieren, dann verzichtete ich, denn es schien mir doch die vernünftigste Entscheidung zu sein, wegen des vielen Bluts, das immer nur kurz stockte und dann wieder floss.

»Wir rufen einen Krankenwagen«, wagte Tony vorzuschlagen.

»Ja, klar, wenn du Ärger bekommen willst«, fertigte sie ihn ab.

»Ich will nichts damit zu tun haben«, erklärte Moderzahn. »Tut so, als wäre ich nicht da.«

So hoben sie mich zu dritt auf – auch der Pusher machte mit, der im Grunde mehr in der Birne hatte als der andere –, doch für ein Gewicht wie mich hätte Tony allein natürlich ausgereicht. Und er war es dann auch, der mich auf den Beifahrersitz von Chiaras Auto setzte, von dem ich nur die silberne Farbe wahrnahm, die in der Nacht schimmerte, während Chiara mir die Nase mit einem Fensterwischlappen verstopfte, der mit einem so ekelerregenden Zeug getränkt war, dass ich fast kotzen musste.

Sie klappten die Rückenlehne nach hinten, und der Pusher sagte: »Scheiße, halt den Kopf hoch, sonst verblutest du«, dann öffnete Chiara die Tür an der Fahrerseite, setzte sich und ließ den Motor an.
»Fahr bloß langsam, Chiara!«, bat Tony.
Ich sah, dass sie ihn aus dem Augenwinkel böse anblitzte, während er noch sagte, er würde mit dem Motorrad hinter uns herfahren, aber sie warnte ihn, das solle er ja bleibenlassen, »sonst zeige ich dich wegen Körperverletzung an, du mieses Stück Scheiße!« Als sie mir den Sicherheitsgurt umlegte, berührte sie meine Seite, und mir entfuhr ein Schmerzensschrei. »Entschuldige«, sagte sie, legte den Gang ein und wir fuhren los.
»Himmel, ich weiß nicht mal den Weg zum Krankenhaus«, rief sie fast verzweifelt aus, dann fügte sie mit einem nicht besonders spontanen Lächeln hinzu: »Alles okay?«, während sie mir diesen mit Klarspüler oder was weiß ich getränkten Lumpen unter die Nase drückte. Das Zeug machte mich schwindelig, vielleicht waren es aber auch ihre Augen, die glänzten wie zwei frisch gefangene Fischchen, was diese Wirkung auf mich hatte. Oder es war das Gegenteil, nämlich diese seltsame Freude, die in mir fast stärker wurde als die Angst, die Freude darüber, dass ich neben ihr saß und wusste, dass sie sich Sorgen um mich machte, während sie rasant durch die leeren mitternächtlichen Straßen fuhr.
Am Stoppschild vor einem Kreisverkehr sagte sie: »He, wie geht's, gib mir mal ein Lebenszeichen, sonst krieg ich Angst, und ich ertrag es nicht, Angst zu haben, okay?« Ihre Stimme zitterte.
Und während sie ihre Hände erfahren über das Steuer gleiten ließ und mit den Füßen Bremse und Kupplung be-

diente, entwischte mir die Frage: »Wie alt bist du eigentlich, wenn du schon Auto fährst?«, aber meine Stimme kam unverständlich durch den Lumpen, auf Kehllaute und Zwerchfellbeben reduziert.
Sie lachte nervös und fragte: »Was hast du gesagt?«, und auch ich musste lachen, also lachten wir eine Weile gemeinsam, während die Straßenlaternen auf beiden Seiten sich neugierig über uns beugten. Dann hörte ich auf zu lachen, denn dabei tat mir die Nase weh, und der Geschmack des Blutes, jetzt merkte ich es, war echt ekelhaft.
»Wenn wir da sind«, sagte sie, »rufe ich sofort deine Familie an.«
Ich schüttelte abwehrend den Kopf: Allein das Bild von Virginia am Arm meines Vaters in den Krankenhausfluren ließ mich entsetzt erschauern und gleichzeitig wütend werden.
»Du bist noch minderjährig, sie müssen auf jeden Fall kommen«, sagte sie, aber ich wette, sie wusste nicht, ob das stimmte oder bloß nützlich für sie war.
Dann sah ich die traurigen Umrisse des Krankenhauses am Ende einer baumbestandenen Allee auftauchen. In den oberen Stockwerken brannten hier und da Lichter, da lagen vielleicht die Toten oder Sterbenden, oder es wurde operiert, vielleicht waren es aber auch einfach nur leere, trostlose Räume, wo Ärzte und Krankenschwestern heimlich ihren schweinischen Privatvergnügungen nachgingen.
Chiara hielt mit laufendem Motor vor dem Schild mit der Aufschrift NOTAUFNAHME – HALTEVERBOT. Mit einer raschen, graziösen Bewegung, die mir nicht verwehrte, ihren Hintern zum ersten Mal richtig ins Auge zu fassen, stieg sie aus dem Auto, und während sie im Inneren des

Gebäudes wer weiß wohin lief, dachte ich, dass das wirklich ein phantastischer Arsch war.
Dann sah ich sie mit einem Krankenpfleger zurückkommen, der sehr freundlich aussah. Er schob einen Rollstuhl, und als sie bei mir angekommen waren, sagte er: »Signorina, wenn ich ihn abgeladen habe, stellen Sie das Auto woanders hin, hier können Sie nicht stehenbleiben.« Er öffnete die Wagentür, packte mich unter den Achseln und trug mich vom Beifahrersitz zum Rollstuhl, als wäre ich eine Feder. Er nahm mir den Lappen von der Nase, und ich spürte das geronnene Blut zwischen Oberlippe und Nasenlöchern. »Keine Angst!«, sagte er und schob mich auf den Eingang der Notaufnahme zu, während Chiara rief »Bin gleich wieder da!«, und ich hörte, wie sie ins Auto stieg und wendete.

Als wir die Rezeption erreicht hatten, war Chiara schon wieder an meiner Seite. Im Neonlicht überfiel mich zum ersten Mal an diesem Abend eine entsetzliche Scham: So übel zugerichtet, verdreckt und hilflos musste sie den Mann sehen, den sie liebte, und je länger ich ihre Blicke auf mir spürte, desto ungerechter kam mir das Leben vor. Dann fiel mir ein, dass sie mich schon einmal ohnmächtig gesehen hatte, im Supermarkt, obendrein wegen ihrer Ohrfeige, und dass sie womöglich schon daran gewöhnt war, mich als Besiegten zu sehen, darum beschloss ich, die Situation mit stoischer Gelassenheit zu akzeptieren.
Ich reichte der Tussi an der Rezeption meinen Ausweis. Während sie Einträge machte, fragte der Krankenpfleger: »Was ist passiert?«
Meine Handbewegung sollte bedeuten, dass ich gestürzt war, dabei blickte ich zu Chiara.

»Er ist gestürzt«, übersetzte sie.
»Ja, ja, sie sind immer alle gestürzt«, sagte die Figur hinter der Rezeption mit einer Grimasse, die mir fast schmerzverzerrt erschien.
Der Krankenpfleger inspizierte meine Nase. Aber er sagte nichts. Die Rezeptionstussi gab mir meinen Ausweis zurück und reichte dem Krankenpfleger ein Formular. Sie hatten mir einen roten Code zugeteilt, der nach dem, was ich auf dem schwarzen Brett neben der Aufnahme lesen konnte, »dringend« bedeutete.
Dann brachte man mich in einen Wartesaal, wo etwa zwanzig bis dreißig jammernde Gestalten mit ängstlichen Gesichtern saßen, und ein paar von ihnen wurden noch ängstlicher, als sie mich sahen. Der Krankenpfleger drückte die Tür zu einem langen Flur auf, von dem aus es in die Räume für die Notfälle ging. »Sie müssen draußen warten, Signorina«, sagte er zu Chiara.
»Was wird denn mit ihm gemacht?«
»Ich glaube, die Nasenscheidewand ist nur verschoben«, erklärte er. »Man wird sie ihm geraderücken.«
»Wie denn?«, fragte sie besorgt.
»Ganz ruhig«, nuschelte ich auf meinem Rollstuhl. »No problem.«
»Ich rufe deine Familie an.«
»Nein.«
»Halt den Mund.«
»Tu es nicht.« Es hörte sich an wie »duschnich«.
»Ich rufe sie an und warte hier.« Das war ihr letztes Wort. Ihre grünen Augen leuchteten noch immer wie im Auto.
»Du bis unnerschön«, sagte ich ungefähr, und das stimmte, aber sie hörte mich nicht, denn der Krankenpfleger schob mich schon in den Flur und schloss die Tür hinter uns.

Hier warteten noch mehr Patienten auf Liegen und Rollstühlen: Manche wimmerten, einer betete sogar, einige hatten Kratzer, Schürfwunden, blaue Flecken, andere fassten sich an die Brust, die Handgelenke, die Beine. Ich war natürlich schlimmer dran als sie, darum klopfte der Pfleger an eine Tür, und die anderen warfen mir böse Blicke zu. Einer erhob mit unverständlichem Brabbeln Einspruch. Die Tür wurde von einer Krankenschwester im blauen Kittel geöffnet, und man fuhr mich hinein.

Der Raum ähnelte der Praxis eines Arztes für Allgemeinmedizin, nur der Geruch nach Desinfektionsmittel war stärker. An den Wänden standen Gestelle für Infusionen und Geräte für das EKG.

Auch die Krankenschwester musterte meine Nase, die inzwischen nicht mehr so wehtat, ich spürte sie nur pulsieren wie ein Herz mitten im Gesicht. Die Krankenschwester hatte einen schönen Busen, der zwischen den offenen Knöpfen ihres Kittels hervorschaute.

»Ich bin Dottoressa Marongiu«, sagte sie mit einem starken sardischen Akzent. »Sie haben eine Septumdeviation. Haben Sie geboxt?«

Ich verneinte.

Eine andere Tussi kam herein, zur Abwechslung im grünen Kittel. Die Ärztin trug ihr auf, eine Infusion vorzubereiten, die wohl aus einem Schmerzmittel und destilliertem Wasser bestand. Der Grünkittel gehorchte etwas widerwillig.

Sie verfrachteten mich vom Rollstuhl auf eine Liege. Unter mein Kinn legten sie Küchenkrepp, dann fesselte die Krankenschwester mich mit einem Riemen in Höhe der Schultern und zog zwei weitere um meine Handgelenke fest. Danach drückte sie mich auf die Liege, als wollte sie mich erwürgen.

Als die Marongiu wieder erschien, trug sie Handschuhe für Operationen. Ogottogottogott, dachte ich, während sie sich zwischen mich und die Krankenschwester stellte. Ihre Hände näherten sich meiner Nase und drückten an verschiedenen Stellen. Ich verspürte keinen Schmerz und entspannte mich etwas. »Wir müssen sie geraderücken«, sagte sie. In meiner Ahnungslosigkeit nickte ich. Darauf packte sie meine Nasenscheidewand mit zwei Fingern und verschob sie mit einem kurzen, entschlossenen Ruck nach links.

Ich schrie laut auf und versuchte, mich zu befreien, wieder spritzte mir das Blut aus der Nase. Die Krankenschwester hielt mich fest, ich hasste sie, ich hasste alle belebten und unbelebten Dinge in diesem Raum.

»Ganz ruhig«, sagte die Marongiu und ging wieder zum Angriff über. Mit beiden Händen bearbeitete sie meine Nase, als würde sie eine Figur aus Knetmasse modellieren. Mehrmals hörte ich ein Knacken, und ich fühlte mich, als hätten ihre Finger sich bis in mein Gehirn gewühlt.

»VERFLUCHTE SCHEISSE, HÖRT ENDLICH AUF!«, brüllte ich. Das hervorsprudelnde Blut spritzte auf die Kittel der beiden, worauf sie sich einen Augenblick lang zurückzogen.

Nach ein paar Sekunden hörten die Brünnlein auf zu fließen. Die Ärztin, die ich jetzt auch hasste, säuberte mich und verband mir die Nase, während ihre Kollegin im grünen Kittel lustlos nach der Vene in meiner Armbeuge suchte, indem sie die Haut mit dem Zeigefinger abklopfte.

»Bring ihn sicherheitshalber zum Röntgen und danach hierher zurück«, sagte die Marongiu, während die andere ohne jedes Feingefühl mit der Nadel zustach. Danach

setzte sie ihre Unterschrift unter mein Formular und nahm es wieder an sich.
Das Neonlicht an der Decke stach mir in die Augen. Die Krankenschwester öffnete die Tür, und sie schoben mich nach draußen in den kühlen Flur und dann in die andere Richtung als die, aus der wir gekommen waren. Ich zählte die Glastüren bis zum Fahrstuhl, betrachtete die fahrbaren Gestelle für die Infusionen, deren Räder auf dem Boden quietschten, hörte das leise Keuchen der beiden Krankenpfleger und entferntes Wehklagen.

Anderthalb Stunden später verließ ich den langen Flur auf eigenen Beinen, völlig zermürbt. Die Marongiu hatte die Röntgenaufnahme kontrolliert. »Keine Fraktur«, hatte sie gesagt. Dann war sie aus dem Zimmer gegangen, während man mir noch mehr Verbände und Pflaster anlegte, zwei Stopfen in die Nasenlöcher bohrte und die Infusionsnadel aus meiner Vene zog. Die Krankenschwester hatte den Rollstuhl holen wollen, doch ich hatte etwas wie »Danke, das schaffe ich allein« gesagt. Niemand hatte Einwände gehabt.
Wenig später war die Marongiu zurückgekommen, um mir mitzuteilen, dass sie schon mit meinen Angehörigen gesprochen hatte, und um das Knäuel aus Mullbinden und Pflaster zu überprüfen, das sich um meine Nase wickelte. Sie hatte irgendwo herumgefummelt und zum Abschied gesagt: »In zwei Tagen kommen Sie zur Nachuntersuchung vorbei. Alles Gute.« Ich hatte mich von ihren Titten verabschiedet.

Draußen standen der Chef und Virginia. Ich suchte mit Blicken nach Chiara, aber sie war nicht da.

»Um Gottes willen!«, rief Vì aus, und ihre Hände näherten sich meinem Gesicht. Ich wich zurück, und sie verzog beleidigt den Mund. »Du siehst ja schrecklich aus«, sagte sie.

»Deine Freundin haben wir nach Hause geschickt«, erklärte der Chef. Er betrachtete mich kopfschüttelnd. »Habe ich dir nicht schon mal gesagt, dass du im Nahkampf ein Versager bist? Warum versteifst du dich so darauf?« Doch dann seufzte er, als sei er bis zu diesem Moment sehr angespannt gewesen.

»Leck mich«, sagte ich oder versuchte es.

Während wir auf den Audi meiner zukünftigen Stiefmutter zugingen, fragte sie: »Hattest du wenigstens einen guten Grund?«

Ich ignorierte sie.

Mein Vater entriegelte die Autotüren mit der Fernbedienung. Dann setzte er sich auf den Fahrersitz und bedeutete mir, mich neben ihn zu setzen.

Auf die Rückbank verbannt, steckte Virginia ihren Kopf zwischen uns und fragte: »Müssen wir jemanden anzeigen?«

»Nein«, sagte mein Vater.

»Wenn der andere aber volljährig war …«

»Nein!«, schnitt er ihr das Wort ab. Aus dem Augenwinkel schielte er nach mir, dann ließ er den Motor an.

»Sag uns wenigstens, ob es sich gelohnt hat, warum es passiert ist, wer damit zu tun hat …«, drängte sie fast hysterisch.

Wieder bekam sie keine Antwort von mir. Ich betrachtete mich im Wagenfenster und wurde traurig. Zwei andere Frauen hatten mit dieser Geschichte aus Schlägen und Blut zu tun, sie ganz bestimmt nicht.

Als ich nachts mit schmerzender Nase im Bett lag, machte ich mir klar, dass dieser Hurensohn Tony Champion mich einfach nur überrumpelt hatte.

Die Robbe, die sich bei unserer Rückkehr schon in den feuchten Träumen eines nun nicht mehr gottesfürchtigen Weibes gesuhlt hatte, erschrak, als sie mich am nächsten Morgen sah. Fast fiel ihr die Tasse Milch aus der Hand.
»Was ist los mit dir?«, fragte ich, ging an ihr vorbei und öffnete den Kühlschrank. »Noch nie eine verbundene Nase gesehen?«
»Wer ... war das?«
»Egal. Er ist tot, das hat jetzt keinerlei Bedeutung mehr.«
»Tot?«, flüsterte sie, als hörte uns jemand zu.
Ich kippte mir einen Joghurt in den Hals. Dabei tropft an den Mundwinkeln immer etwas herunter, aber so sieht es machomäßiger aus, als das Zeug mit einem blöden Löffel zu essen.
Nickend warf ich den Becher in den Mülleimer. »Fast. Er liegt im Sterben. Ist an so eine Maschine angeschlossen, die Sauerstoff pumpt.«
Sie setzte sich bestürzt auf das Sofa. »Aber wer ist das?«
»Einer.«
»Einer wer?«
»Das darf ich nicht sagen.«
Sie musterte mich. »Ist es nicht eher so, dass du gestern jemandem auf den Senkel gegangen bist und Prügel bezogen hast?«
»Denkst du das wirklich?« Ich lachte schallend. »Du hast offenbar die Geschichte mit Schwarzy vergessen.«
Sie schien darüber nachzudenken, während sie mich beobachtete und an ihrer Milch nippte.

»Der Chef ist auf Arbeit?«, fragte ich.
»J-ja. Ist die Nase gebrochen?«
»Das hättest du wohl gerne!«
Dann klingelte das Telefon. Ich hob ab.
Es war Chiara. »Ciao, wie geht's dir?«, fragte sie.
»Hervorragend.«
»Ich muss gleich in den Laden. Aber vorher wollte ich auf einen Sprung vorbeikommen, um mir anzusehen, wie du zugerichtet bist.«
»Ich bin noch in der Unterhose, Schatz.«
»Aha.« Sie lachte. »Und du sprichst, als hättest du einen Schwamm im Mund.«
»Meine Nase ist ...«
»Zieh dich an, ich komme gleich.« Und sie legte auf.
Scheiße.
Unter den zunehmend verwirrten Blicken der Robbe lief ich nach oben, um mich schnell zu waschen, wobei ich darauf achten musste, dass die Verbände nicht nass wurden. Die Stopfen in meinen Nasenlöchern hatten sich mit Blut vollgesogen, aber es schien geronnen zu sein. Sollte ich sie rausziehen? Und dann? Keine Ahnung.
Mist, ich sah zum Kotzen aus. Aber sexy war ich auch. Beides gleichzeitig. Ich zog mich an und kämmte mich, so gut es ging.
Da hörte ich ganz nah den zweifachen Ton einer Hupe. Ich lief nach unten, fast wäre ich über die Stufen gestolpert. Die Robbe stand schon am Fenster.
»Wer ist das?«
»Fuck!«
»Wer?«
Ich ging hinaus. Acht Uhr morgens, und sie sah schon phantastisch aus. Eine Hand auf der Hüfte, die andere auf

unsere verrostete Gartentür gelegt, die Haare in der Stirn, volle Lippen, runde Hüften in den engen Jeans: In dieser Pose war sie wie die Strophe eines Gedichts, die man einmal liest und sein ganzes Leben nicht mehr vergisst.

»Heilige Scheiße!«, rief sie aus, als sie mich sah.

»Ciao«, sagte ich und guckte weg. Ich sah ihr silbernes Auto, ein Renault 5 Super. Gestern Abend hatte ich nicht darauf geachtet. »Du hast das Auto der Prolos.«

»Was?«

Ich zeigte auf den Renault. »Das Prolo-Mobil ...«

»Erzähl«, sagte sie ungeduldig, meine Bemerkung zum Super 5 ignorierend. »Was haben sie genau mit dir gemacht?«

Ich beschrieb die Eingriffe der Marongiu wie das Betasten beim Petting – leichte, fast erregende Berührungen.

»Also ist sie nicht gebrochen?«, fragte sie wie vorhin die Robbe.

»Im Moment nicht.«

Sie schüttelte den Kopf. Diese Bewegung versetzte ein paar ihrer Haarsträhnen und mein ganzes Herz in Schwingungen. »Verdammt, du siehst so was von beschissen aus«, sagte sie. »Und man versteht praktisch nichts von dem, was du sagst.«

Darauf schwiegen wir. Ich hatte den Eindruck, dass sie mir entglitt und dass alles eine Illusion war, was uns vor wenigen Stunden einander nahe gebracht zu haben schien.

Schließlich sagte sie: »Was auch immer dir das bedeuten mag, ich soll dir von Tony ausrichten, dass es ihm leidtut.«

Ich zuckte die Achseln. »Der ist bloß ein Tier.«

»Aber ich hatte dir gesagt, dass du zu Hause bleiben sollst.

Oder etwa nicht?« Sie runzelte die schöne Stirn. »Dass ich mit ihm reden würde.«
»Und was hättest du ihm versprochen? Eine Hardcore-Nacht statt meines Skalps?« Ein stechender Eifersuchtsschmerz durchfuhr mich schneidend wie eine Klinge vom Schädel bis zu den Füßen.
»Glaubst du wirklich, eine Frau würde ihre Talente vergeuden, um einem Volltrottel wie dir zu helfen?« Sie war wütend.
Aber ich konnte mich nicht zurückhalten: »Seid ihr beide zusammen? Habt ihr früher was miteinander gehabt oder erwartet ihr, dass sich was zwischen euch ergibt?«
Sie sah auf die Uhr. »Er ist nur ein Freund. Mehr nicht.« Dann blickte sie mir in die Augen. »Ich merke, dass du deine beschissene Art einfach nicht loswerden kannst.«
»Stimmt, entschuldige bitte«. Den nächsten Satz stieß ich in einem Atemzug hervor: »Wann gehen wir zusammen aus?«
»Offenbar hast du unsere Abmachung vergessen.«
»Aber ich habe wenigstens gekämpft wie ein Löwe!«
Sie lachte. »Du hast wirklich überhaupt keine Hemmungen! Guck dir doch an, was noch übrig ist von dir ...«
»Aber du solltest mit mir ausgehen«, sagte ich in meinem verführerischsten Tonfall.
Sie schien zu schwanken. Ich brachte die Weiber immer zum Schwanken.
»Warum sollte ich? Du bist sogar noch minderjährig.«
»Im Januar werde ich achtzehn.«
»Ich bin schon neunzehn. Also?«
Sie machte hilflose Verrenkungen. »Du machst hilflose Verrenkungen. Und ich wette, dir ist gar nicht wohl dabei.«

Ihre Augen blitzten. Das kam von dem, was ich sagte, nicht von der Sonne. Ich hatte sie in die Enge getrieben.
»Lass gut sein, ich gehe jetzt zur Arbeit«, sagte sie und drehte sich zu ihrem Auto um.
»Und wie verbleiben wir?«, fragte ich beharrlich.
»Damit, dass ich arbeiten gehe und du siebzehn bist.« Sie öffnete die Tür, wollte gerade einsteigen, dann sagte sie: »Vielleicht hören wir mal voneinander.«
»Vielleicht nicht«, entgegnete ich hart.
»He!«, rief sie aus, aber da hatte ich mich schon umgedreht, um ins Haus zurückzugehen. »Was für ein Arsch«, hörte ich sie sagen, dann knallte sie die Autotür zu.
Als der Renault 5 Super mit quietschenden Reifen davonfuhr, bemerkte ich ein Gespenst am Fenster: Die Mönchsrobbe hatte die ganze Szene beobachtet.
»Was gibt's da zu glotzen, schmuddeliges Gör?«, brüllte ich. Sie verschwand eilig.
Also darum hatte Chiara mir eine Abfuhr erteilt. Es war ihr peinlich, die Einladung eines – allerdings unwiderstehlich attraktiven – Minderjährigen vor meiner spionierenden Schwester anzunehmen! Ich lächelte.
Die Tür war verschlossen, ich klopfte, dann klingelte ich. Aus Rache ließ die Mönchsrobbe mich ziemlich lange draußen warten.
Ach, die Frauen!

Nach dem Frühstück schickte ich die Mönchsrobbe in die Apotheke, um sich zu informieren, welche und wie viele Medikamente ich nehmen musste. Erst wollte sie nicht gehen, aber ich zwang sie mit der Androhung, die Geschichte mit ihrem politwissenschaftlichen Voyeur zu verraten.

Dann kam ein Anruf von der Trak. Es war die hysterische Sekretärin. »Heute Nachmittag müssten Sie herkommen um den Vertrag zu unterzeichnen und für morgen früh haben wir Ihnen schon einen Arzttermin besorgt auf diese Weise erledigen wir alles in kurzer Zeit einverstanden?«
»Einverstanden, Signora!«, rief ich begeistert. »Hat man denn inzwischen ihre Zimmertemperatur geregelt?«
»Oh Sie können sich ja nicht vorstellen wie sehr man mich ...«, und ich legte auf, während sie weiterredete.

Ich hatte mir nicht die geringsten Gedanken darüber gemacht, was man bei der Trak über mein Gesicht denken oder sagen könnte, bis ich den verwunderten Ausdruck sah, mit dem der Bulle in der Pförtnerloge mich unter seiner schweißgetränkten Mütze anglotzte.
»Meine Fresse, was ist denn mit dir passiert?«, wollte er wissen.
»Wo?« Er lachte nicht über den Witz. Also sagte ich das Erstbeste, was mir einfiel: »Gestern Abend, ein Foul beim Match. Ein Hornochse, der den Ellenbogen zu hoch nahm.«
»So eine Schweinerei! Was habt ihr denn gespielt, Rugby?«
»Nein, *Blindekuh*.«
Er wurde misstrauisch. »Was?«
»Das Spiel ist zu kompliziert, um es zu erklären.« Ich gab ihm meinen Ausweis.
Mit unzufriedener Miene heftete er mir das Schildchen BESUCHER an die Brust. »Ist aber ein normales Spiel, oder?«
»Bis aufs Blut oder gar nicht«, antwortete ich, während ich das Formular ausfüllte.
»Man versteht ja überhaupt nicht, was du sagst!«

»Das liegt daran, dass du so ein Arsch bist«, flüsterte ich.
»Hä?«
»Nichts, ich sagte nur, dass es heiß hier drin ist.«
»Ach, es geht.«
Eine Mischung aus Fischgeruch und Minze-Raumspray ging von ihm aus. Wahrscheinlich aß er abends bei sich zu Hause Sauerkraut am Spieß mit Senf und ging in voller Uniform mit Pistole ins Bett, um von der Pförtnerloge zu träumen. Und so das ganze Leben lang: Duft und Gestank. Mit fünfzig dann ein Herzinfarkt beim Frittenessen in einem McDonalds, und die Leute sagen: »Er war doch noch so jung!«
Er öffnete mir das Tor. »Bis später!«, grüßte ich ihn. Er antwortete nicht, starrte mich nur an.
Aus der Julihitze, die einem die Haut röstete, kam ich in die arktische Kälte des Bürogebäudes. Collura stand über den Schreibtisch der irren Sekretärin gebeugt, und sie sprachen – das war klar – über »die Techniker für die Regulierung der Raumtemperatur, die noch immer nicht gekommen sind«. Die Hysterikerin trug dem verehrten Dottore mit verzweifeltem Stammeln ihre Beschwerden vor.
»Menschen die unter unzumutbaren Bedingungen arbeiten müssen werden einfach nicht respektiert verstehen Sie?« Grimmig nickend, hörte Collura ihr zu.
Mit einem dröhnenden »Guten Tag!« platzte ich herein. Bei meinem Anblick richteten sich beide mit einem Ruck kerzengerade auf, als müssten sie sich gegen eine unmittelbar drohende Gefahr verteidigen.
Mit sorgfältiger Betonung sagte ich meinen Namen und zeigte ihnen meine leeren Hände, denn das Maschinengewehr hatte ich zu Hause gelassen.

»Um Himmels willen das ist ja furchtbar was ist denn mit Ihnen passiert?«, rief die Sekretärin. Collura fragte ungefähr das Gleiche, aber mit Satzzeichen.
»Bloß ein kleines Fußballmatch gestern Abend«, erklärte ich. »Das übliche blöde Foul eines Verteidigers, den mein Talent frustriert hat.« Ich lächelte.
»Oh Gott«, jammerte die Verrückte.
Ich streckte Collura die Hand entgegen. »Es ist nicht so schlimm, wie es aussieht, Dottore.«
»Das wünsche ich Ihnen von Herzen«, erwiderte er und schüttelte sie. »Sie werden mir doch bei der Arbeit nicht schlappmachen?«
»Das ist nicht meine Art«, sagte ich. »Außerdem bin ich noch heil und ganz, oder nicht?« Bevor ich aus dem Haus ging, hatte ich mich mit Schmerzmitteln vollgepumpt. Und die Robbe hatte mir angewidert geholfen, die Stopfen zu wechseln. Was wollten sie mehr, verdammte Scheiße?
Ich lächelte die Sekretärin an.
»Oh Gott!«
Nichts zu machen. Bei der zog mein Charme nicht.
Collura war noch unschlüssig.
Ich machte es kurz: »Kein Bruch. In drei Tagen wird der Verband abgenommen. Dann bin ich wieder gesund wie ein Fisch im Wasser, Dottore.«
Er musterte meine übrigen Körperteile. »Von heute an lautet die Devise: weniger Fußball und mehr Arbeit, verstanden?«
»Sehr guter Satz. Den mache ich zu meinem Motto.«
Er nickte zufrieden. »Kommen Sie mit«, befahl er.
Ich heftete mich an seinen Chefsesselhintern, er stiefelte mir voran in sein Büro. Wir setzten uns, er reichte mir mehrere Papiere und erklärte, dass sie mich mit einem

Ausbildungsvertrag anstellen würden, acht Stunden am Tag, eine halbe Stunde bezahlte Mittagspause. Mir war alles recht, ich hatte es eilig, meine Nase fing wieder an zu pulsieren, die Schmerztabletten taugten einen Dreck, jawohl Dottore, alles bestens, ich würde ihm auch die Zeitung am Telefon vorlesen, während ich die Blechpresse bediente, wenn er mich nur sofort nach Hause gehen ließ. Ich unterschrieb alles, was er mir vorlegte, immer mit der Angst, meine Nase würde so stark anschwellen, dass die Verbände rissen und Ströme von Blut sich über den schönen Schreibtisch dieses überbezahlten Sesselfurzers ergossen. Er belehrte mich über meine Rechte – dafür brauchte er etwa zehn Sekunden – und meine Pflichten, was eine gute halbe Stunde Redezeit bedeutete. Ich nickte und unterschrieb, nickte und unterschrieb.

»Okay, Dottore«, sagte ich und reichte ihm den Füllfederhalter. »Jetzt sollte ich ...«

»Als Letztes«, unterbrach er mich, »muss ich Sie durch das Werk führen, damit Sie sich eine genauere Vorstellung von dem machen können, was Sie erwartet.«

»Aber könnte man nicht ...«

»Also«, sagte er, die Papiere zusammenraffend, die er in einen Ordner steckte, »kommen Sie mit, ich werde Ihnen zeigen, wie bei der Trak gearbeitet wird.«

Ich folgte ihm durch eine Reihe von Fluren und Türen. Je mehr Türen wir öffneten, desto bedrohlicher näherte sich der Maschinenlärm. Als wir vor der letzten Tür standen, war der Krach unerträglich.

»Da sind wir!«, schrie Collura.

»Wunderbar!«, schrie ich.

Beim Betreten der Halle begriff ich augenblicklich, dass man hier entweder sofort lernte, was man zu tun hatte, oder komplett verloren war. Arbeiter in blauen Overalls liefen von einer Maschine zur anderen und schrien sich Sätze zu, die ich nicht verstand, legten Schalthebel um, worauf die Pressen sich kreischend senkten, dann schrien sie sich wieder gegenseitig an, und ich fürchtete schon, ein effeminierter Blondschopf würde einem völlig kahlen Mittsechziger im nächsten Moment den Schädel einschlagen.

Ich beobachtete, wie etwas, das anfangs ein ziemlich großes Blech war, sich unter den Händen eines Arbeiters mit langen schwarzen Haaren allmählich in ein immer kleineres Teil voller Löcher verwandelte. Er warf mir einen gelangweilten Blick zu, während er die Knöpfe bediente. Dann richtete sich seine Aufmerksamkeit auf Collura, dem er in ziemlich desinteressiertem Ton zurief: »Dottore Collura, wie geht's?«

Der lächelte gutmütig und nickte mit dem Kopf, als wollte er sagen, in seinem Sesselfurzerleben sei alles in Ordnung.

»Und die Familie, Dottore?«

»Bestens, Mario, danke.«

»Freut mich!«

Collura erklärte mir: »Das ist Mario, einer unserer besten Arbeiter. Wenn du mit ihm arbeitest, wirst du eine Menge lernen, der Mann hat einen Gang mehr als andere!«

Mario wandte sich an mich. »Was ist mit deiner Nase?«, wollte er wissen. In Wirklichkeit war ihm das scheißegal, wie man seinem genervten Blick genau ansah.

Ich zuckte bloß mit den Achseln. Nach seiner Miene und seinem Verhalten zu urteilen, hatte Mario heute wohl nicht seinen besten Tag, vielleicht wurde er aber auch ein bisschen überschätzt.

»... und dies hier«, sagte Collura, nachdem ich ihm zu

einer Werkbank aus Metall mit Seitenwänden gefolgt war, »ist die Auffangstelle. Von hier kommen die fertigen Teile in Kisten, die, wenn sie voll sind, mit dem Gabelstapler ins Lager transportiert werden, wo wir sie zusammenschweißen, lackieren oder sofort verschicken.« Er nahm ein fertig bearbeitetes Stück in die Hand, das jetzt nicht größer als ein A4-Blatt war. »Dies ist ein Einzelteil der Innenkarosserie eines BMWs.« Er zeigte auf einen dickbäuchigen Mann hinter der Werkbank, der die Bleche abwechselnd in zwei Kisten rechts und links zu seinen Füßen legte. Der Mann beachtete uns nicht, während Collura mit seinen Erklärungen fortfuhr: »Der Verantwortliche für das Abladen fertigt auch Schildchen für die Kisten, auf denen das Datum und die Menge verzeichnet werden, außerdem seine Matrikelnummer. Auf diese Weise wissen wir, an wen wir uns wenden müssen, wenn es Probleme gibt.«

Und wem ihr den Arsch aufreißen könnt, schloss ich im Stillen, und jetzt verstand ich auch, warum der Typ so konzentriert arbeitete, dass er uns nicht einmal bemerkte.

»Alles klar?«, fragte Collura.

»Natürlich! Völlig klar, Dottore!«

Er lächelte zufrieden. Wir gingen weiter zu dem, was er die »grüne Linie« nannte.

»Wir nennen sie auch die Ritelli-Linie«, schrie er mir ins Ohr. Er erklärte mir, dass in diesem Sektor die Verarbeitung einfacher sei, aber hier seien scharfe Augen und Schnelligkeit gefordert - typisch weibliche Eigenschaften, sagte er. Darum arbeiteten nur Frauen an dieser Pressenstraße.

Eine dickliche, bebrillte Tante, etwa siebenundvierzig, achtundvierzig, die gerade sehr viel kleinere Teile als jene, die ich zuvor gesehen hatte, in Kisten packte, lächelte Collura an und fragte, auf mich zeigend: »Was soll das heißen, nehmt ihr jetzt nur noch Kriminelle?« Dann, immer noch lächelnd, zu mir: »Wer hat dir denn die Nase zerschlagen, Nino Benvenuti?«

Collura brach in ein schallendes Gelächter aus, das mir übertrieben vorkam. Trotzdem stimmte ich ein, denn wenn du dein Leben verbessern willst, musst du auch sinnlosen Scheiß ertragen, bei dem du gezwungen bist, sogar über dich selbst zu lachen, um weiterzukommen.

Zu der Arbeiterin sagte ich: »Ich habe einen kleinen Unfall gehabt, Signora.«

»Du Ärmster«, bemitleidete sie mich ohne große Anteilnahme.

»Tja, Carmela, so ist die Jugend«, bemerkte Collura, »was soll man da machen?«

»So ist es, Carmela!«, bestätigte ich lachend.

Carmela wurde schlagartig ernst. »Nehmen Sie sich keine Vertraulichkeiten heraus, junger Mann!«

Völlig verdutzt stand ich vor diesem plötzlich so sauertöpfischen Gesicht und entschied, dass es sich um eine arme frigide Geistesgestörte handeln musste. Collura, der keine Miene verzog, bedeutete mir mit einer Kopfbewegung, ihm zu folgen.

Carmela starrte mir noch eine Weile mit irrem Blick hinterher, während sich an den Rändern der Bank die fertigen Teile aufhäuften.

»Die ist nicht ganz richtig im Kopf«, erklärte mein Mentor.

Aha, aber du bist ganz normal? dachte ich und nickte.

Mitten auf dem Werksgelände stand eine Art Container, in dem ein Mann an einem Computerbildschirm etwas überwachte.

Collura klopfte. »Dürfen wir?«
Der Mann hatte eine beeindruckende Ähnlichkeit mit dem größten der Dalton-Brüder aus dem Comic *Lucky Luke*. Und er war wirklich sehr groß, als er sich mit einem bösen Lächeln unter dem gestutzten, sehr gepflegten Schnurrbart erhob. Er trug ein kurzärmeliges schwarzes Hemd und ebenso schwarze, perfekt gebügelte Jeans.
»Das ist Giulio, der technische Leiter«, erklärte mir Collura. Dann stellte er mich als »unser neuer Lehrling« vor.
Giulio, der technische Leiter, blickte einen Augenblick lang auf meine Nase, dann reichte er mir eine große, gepflegte Hand, ich steckte meine hinein, und er drückte sie entschlossen. Mit starkem lombardischen Akzent sagte er: »Willkommen. Du bist ja wirklich noch ein Junge.«
»Nicht so, wie es scheinen mag.«
Collura sagte: »Giulio, ich lass ihn dir für deine kleine Ansprache da.« Er zwinkerte ihm zu, und Giulio nickte, ohne eine Miene zu verziehen. An mich gewandt, fügte der Schlapparsch hinzu: »Danach kommst du wieder ins Büro.«
Kaum hatte Collura den Container verlassen, wurde die Luft im Inneren drückend wie Blei. Wenn dieser Giulio Talente besaß, dann garantiert nicht die Fähigkeit, dafür zu sorgen, dass sein Gegenüber sich wohl fühlte. Er beäugte mich mit dem Ausdruck, mit dem die Sklavenhändler in der Neuen Welt eine neu angekommene Ladung Schwarzer bedachten, wenn sie diese Menschen einkauften wie Nutzvieh.
»Woher kommen deine Eltern?«, fragte er endlich.
Ich sagte es ihm.
»Ich bin aus Bergamo«, erklärte er und reckte sich stolz

zu seiner vollen Höhe von ein Meter neunzig oder mehr auf. »Weißt du, was man von den Bergamasken sagt?«

»Dass sie hartgesottene Kerle sind?«, versuchte ich.

»Abgesehen davon.« Sein Lächeln entblößte eine Reihe Hauer mit Abständen dazwischen. »Gar nichts sagt man von den Bergamasken!«, brüllte er. »Denn niemand wagt, über uns zu sprechen. Ist dir klar, was das bedeutet?«

Nicht wirklich, Idiot, dachte ich bei mir. Aber ich musste nicken. »Völlig klar.«

Er setzte sich wieder an seinen Computer. »Nimm dir einen Stuhl.«

Ich entdeckte einen Hocker unter einem mit Papieren beladenen Schreibtisch, auf den Papieren sah man Zahlen und Daten und Grafiken, einige handgezeichnet, andere gedruckt. Ich nahm den Hocker und setzte mich.

Giulio machte eine Handbewegung in seine Richtung. »Komm näher.«

Ich gehorchte.

Er setzte eine leidenschaftliche Miene auf und ließ mich nicht aus den Augen, während er sprach: »Als ich in diese Fabrik eingetreten bin, hatte ich ein paar Kenntnisse im Bereich Gussformenmontage, mehr nicht. Das war vor sieben Jahren. Und jetzt bin ich der Boss. All diese Leute hier, alle Arbeiter der Trak«, sagte er, hinter sich zeigend, »gehorchen meinen Befehlen, ohne zu widersprechen, ohne Wenn und Aber und dergleichen Mist. Verstanden?«

»Absolut.«

»Wie habe ich es geschafft, all diese Leute unter mir zu lassen, obwohl ich bei null angefangen habe?« Das war eine rhetorische Frage, deren Antwort mir gründlich am Arsch vorbeiging. Er fing wieder an: »Ich habe die Schwachköpfe reingelegt, so hab ich das gemacht. Tag für Tag, einen

nach dem anderen. Denn Ehrgeiz nützt nichts ohne Engagement und Disziplin. Bist du ehrgeizig?«
»Ja, Signore. Wahnsinnig ehrgeizig.«
»Nenn mich ruhig Giulio und sag Du.«
Das war schon ein Befehl. »Einverstanden, Giulio.«
»Sag mal«, fragte er ernst. »Was willst du in deinem Leben werden?«
»Rechter Mittelfeldspieler bei Torino«, antwortete ich. Sofort bereute ich es. Wann würde ich endlich lernen, mein Maul zu halten? Er sah mich an, als hätte ich in seiner Familienkapelle geflucht. Aber dann warf er den Kopf zurück, und seine Züge entspannten sich bei einem Gelächter, das etwas Grobes und Wahnsinniges zugleich hatte. Er hieb mir mit der Faust auf den Rücken.
Es tat höllisch weh, trotzdem ließ auch ich ein herzhaftes Gelächter durch diesen tristen, vom ohrenbetäubenden Kreischen der sterbenden Bleche umzingelten Container hallen.
Urplötzlich hörte er auf zu lachen, wie die Bösewichter in drittklassigen amerikanischen Filmen. Nur dieses verwaschene Grinsen blieb. »Ich bin Fan von Atalanta, und das erste Gebot der Arbeiter bei der Trak lautet ›Du sollst Atalanta ehren‹. Alle anderen Mannschaften kommen danach, auch dein Scheißtorino. Ist das klar?«
»Klar, Giulio.«
»Das zweite Gebot«, fuhr er fort, nunmehr ohne den Hauch eines Lächelns, »lautet ... warte mal.« Er tippte etwas in den Computer, und auf dem Bildschirm erschien im Vollbildmodus das feiste Gesicht von Benito Mussolini mit Helm und quadratischem Kiefer, den Blick auf irgendwelche heroischen Horizonte gerichtet. »Das zweite Gebot lautet ›Du sollst die faschistische Partei ehren‹.«

Mitten auf seiner Stirn bildete sich eine bedrohliche Falte.

In diesem Moment wusste ich instinktiv, wie ich es anstellen würde, in dieser Umgebung meinen Arsch zu retten. Ich streckte den Arm zum römischen Gruß aus. Noch nie hatte ich an irgendwas und irgendjemanden geglaubt außer an mich selbst und an das enorme Potential meiner Sinnlichkeit, also konnte mir die Politik im Allgemeinen oder eine bestimmte politische Richtung gestohlen bleiben. Doch an diesem schwülen Nachmittag Ende Juli brauchte ich Arbeit, weil ich mir meine Brötchen verdienen musste, also durfte ich nicht zimperlich sein.

Giulio richtete sich kerzengerade auf. »Sag bloß ... Mann, Wahnsinn!«, rief er aus. »Du bist ein Kamerad?«

»Kamerad seit eh und je, Giulio!«, schrie ich.

Er stand auf. Tief gerührt. Der drohende Ton, mit dem er unsere Begegnung von Anfang an unterfüttert hatte, löste sich in seinem leidenschaftlich bewegten Blick völlig auf. Er breitete die Arme aus. Ich zögerte einen Moment. Dann warf ich mich ihm an die Brust.

»Willkommen bei der Trak!«, rief er. Er stank nach frittierten Broccoli. Vielleicht stank ich auch nach irgendeinem in Öl getränkten Gemüse. Aber was zählte das in diesem großen Moment? Er hatte ein neues Mitglied für seine höchstpersönliche Partei der Schwachköpfe des Betriebs gefunden. Und ich hatte entdeckt, wie ich ihn verarschen konnte.

Wir lösten uns ein wenig verlegen aus der Umarmung. Sofort gewann er seinen Aplomb teilweise zurück. »Du wirst dir hier auf jeden Fall den Arsch aufreißen müssen, Kamerad.« Er richtete einen Finger auf mich. »Du wirst sogar

doppelt so viel wie die anderen arbeiten müssen, um zu beweisen, dass wir Leute mit Eiern aus Stahl sind!«
Oje. Vielleicht wurde ich ja von ihm verarscht.
»Vergiss nicht, dass ich derjenige bin, der am Ende der Probewoche zu entscheiden hat, ob du hierbleibst oder nicht.«
»Probewoche?«, fragte ich erstaunt.
Er lächelte, und das Draculagrinsen kehrte zurück. »Hat man dir das nicht gesagt?«
»Nein.«
»Was ist los, Kamerad, machst du dir jetzt Sorgen?«
Ich blickte ihn ernst an. »Niemals!«, sagte ich.
»Jetzt geh ins Büro zurück.«
»Jawohl!«
Und ich grüßte ihn, wie es von jetzt an zwischen uns abgemacht war.

Bei Collura im Büro ließ ich mir die Sache mit der Probewoche erklären.
Zwischen zwei Telefonaten mit ungemein wichtigen Personen, wie seiner Frau und dem Fallschirmspringer-Sohn, bestätigte er im Wesentlichen, was mir der Faschist gesagt hatte.
»Auf den ersten Blick scheinen Sie mir jedoch ziemlich in Ordnung zu sein«, schloss er. »Und ich habe mich bei einer Einstellung noch selten geirrt.«
Mir schwoll die Brust vor Stolz. »Danke, Dottore.«
»Jetzt das hier«. Er reichte mir ein Blatt Papier. Darauf stand »Zentrum für Blutentnahme« und eine Adresse. »Dort bist du morgen früh um acht und zwar nüchtern, verstanden?«
»Ich frühstücke nie!«, log ich.

Mit einem kraftvollen, vielleicht ein wenig feuchten Händedruck verabschiedete ich mich.

Mittlerweile traf ich Mauro andauernd bei mir zu Hause an. Wenn ich auftauchte, lösten die Schmuddelige und er sich immer aus einer geilen Umarmung oder einem Zungenkuss. Meistens schüttelte ich nur angeekelt den Kopf. An diesem Nachmittag, als ich von der Trak zurückkam, sagte ich etwas in der Art: »Willst du Wöchnerin werden, bevor der Chef erfährt, was du hier treibst?«
Sie verdrehte ärgerlich die Augen zum Himmel. »Wir haben nichts Schlimmes gemacht. Wir haben geredet.«
»Ja, du mit seiner Zunge und er mit deiner.«
Mauro wurde tiefrot. Außerdem erschreckte ihn der Zustand meiner Nase. Sie saßen Hand in Hand auf dem Sofa. Ich setzte mich ihnen gegenüber, als würde ich mir einen Horrorfilm im Kino anschauen, und steckte mir eine Kippe in den Mund.
»Nun?«, fragte Mauro. »Wann fängst du mit dieser Arbeit an?«
»Wieso, brauchst du mein Geld?« Ich blies den Rauch an die Decke. Dann versuchte ich, ihn aus der Nase zu stoßen, aber das war eine ganz schlechte Idee: Es tat höllisch weh, und ich nieste Rauch und Rotz.
»Du bist ekelhaft«, sagte die Robbe und krümmte sich wie eine Katze.
»Fick dich.«
Als ich mich erholt hatte, fuhr ich fort, die beiden anzustarren. Wahrscheinlich ahnten sie nicht, dass ich an diesem Nachmittag absolut nichts zu tun hatte.
»Und wie geht es deiner Nase?«, fragte Mauro.
»Was glaubst du wohl, wie's ihr geht?«, knurrte ich.

Und die Robbe: »Man hat sie ihm richtig schön zerschlagen, findest du nicht?«
Mauro verzog keine Miene.
»Niemand hat mir irgendwas zerschlagen«, erklärte ich.
»Aber Tony Champion hat dich fertiggemacht.«
»Wer hat dir denn den Mist erzählt?«
Sie zuckte die Achseln und lächelte böse. »Darüber reden inzwischen alle.«
Ich sprang auf. Kam mit schnellen Schritten drohend auf sie zu und drückte ihr den Arm hinter den Rücken, so dass sie sich umdrehen musste. »Er hat mich überrumpelt, Robbe, so wie ich es jetzt mit dir mache!«
Mauro wich entsetzt vor uns zurück.
»Aua!«, schrie seine kleine Francy. Die Zigarette zwischen den Zähnen, hielt ich ihren Arm fest und wartete auf eine Reaktion ihres Scheißkerls, irgendeine Regung, die wenigstens annähernd männlich war. Nichts. Da ließ ich sie los.
Mit hysterischem Schluchzen warf sie sich in die Arme dieses bedeutungslosen Menschen, einer, dessen Frau man vor seinen Augen schlagen konnte, ohne dass er aufmuckte.
»Ihr kotzt mich an«, sagte ich.
»Und du bist ein Tier!«, schrie sie, ihren Ellenbogen massierend.
»Francy, lass es, hör auf«, mischte sich Mauro mit heiserer Stimme ein.
Sie sah ihm mit diesem Ausdruck »Nur du verstehst mich, mein Held!« in die Augen und drückte sich wieder an ihn.
Das Telefon klingelte.
Ich straffte meinen mächtigen Rücken und ging mit ent-

schlossenem Schritt zum Telefon. Als ich am anderen Ende die Stimme von Chiara, meiner einzigen Chiara, hörte, zuckte ich zusammen.
»Wie geht es dir?«, fragte sie.
»Keine Sentimentalitäten, bitte«, warnte ich sie.
»Und wenn ich vorbeikäme, um dir die Verbände mit den Zähnen abzureißen?«
»Du würdest schon bald nicht mehr widerstehen und anfangen, mich zu küssen, Kleine.«
Ich hörte, dass sie ein Lachen unterdrückte. »Ich bin im Laden, aber gleich mache ich Feierabend.«
»Und?«
Eine Pause entstand. »Nichts und. Ich wollte nur wissen, wie es dir geht ...«
»Und mich bitten, zu dir zu eilen«, ergänzte ich.
»Wie kommst du denn darauf?«
»Du bettelst doch gerade um ein Treffen mit mir.«
Schweigen. Dann: »Welcher Teil des Satzes ist dir unklar, Minderjähriger: ›leck mich‹ oder ›am Arsch‹?«
»Ganz ruhig«, sagte ich jubelnd. Wenn sie mich beleidigte, war sie noch erregender.
Aber sie legte auf.
Eine Weile stand ich verdattert da, den Hörer in der Hand, dann schaute ich auf die Uhr an der Wand. Die Robbe fragte: »Wer war das?«, ich knallte den Hörer auf die Gabel, rannte zur Tür und riss sie auf. Beim Rausgehen rief ich Mauro zu: »Du da! Ab nach Haus, denn auch heute wird nicht gefickt!« Ich verzichtete darauf, mir ihre Reaktion anzusehen, und schoss nach draußen.
Auf der Straße schlug ich in einer Stimmung aus Angst und Gier den Weg zum Laden ein.
Sie ein bisschen zu ärgern war eine Sache, aber wenn sie

wirklich sauer wurde, ging es um mehr. Manche Frauen werden ungenießbar, wenn du es zu weit treibst.
Als ich am Minimarkt ankam, bestand ich nur noch aus Leidenschaft und Herzklopfen. Draußen war niemand. Ich fürchtete, sie könnte schon gegangen sein, da entdeckte ich das silberne Prolo-Mobil auf dem Parkplatz und ging in den Laden.
Sie stand hinter der Theke, noch mit Plastikhandschuhen und in ihrer Uniform als Feinkosterin, und räumte die letzten Sachen weg. Über der Stirn hing ihr die unvermeidliche schwarze Strähne.
Ich bekam fast keine Luft mehr, darum sagte ich nur: »Hallo!«
Sie erstarrte in ihrer gebückten Haltung und hob nur den Kopf, um mich aus einem ihrer grünen Augen scheel anzusehen.
»Hallo!«, wiederholte ich.
Während sie mich unverwandt so anschaute, wickelte sie eine Schüssel mit irgendwelchem Grünzeug in Plastikfolie ein, langsam und mit geschickten Händen, als streichelte sie die Brustmuskeln eines Mannes. Dann richtete sie sich auf und verstaute alles im Regal hinter ihrem Rücken.
»Wir schließen gerade, Jungchen.«
»Ich will nichts kaufen, Chiara«, sagte ich mit einem sinnlichen Unterton in der Stimme. »Ich bin deinetwegen hier.«
Sie neigte den Kopf. Eine zweite störrische Strähne fiel ihr in die Stirn. Brutal sagte sie: »Ich bepiss mich gleich vor Freude.«
Ich hörte die anderen Verkäufer beim Einräumen der Kartons lachen. Einer sagte: »Und auch heute dürfen wir erleben, wie ...«, aber er beendete den Satz nicht, weil er schon selbst lachen musste.

»Ich bin wie ein Irrer gelaufen, um rechtzeitig hier zu sein. Und jetzt tut mir die Nase weh«, log ich und fasste an den Verband.

Sie kam hinter der Theke hervor wie damals, als sie mir die Ohrfeige verpasst hatte. Fast bereitete ich mich schon darauf vor, den nächsten Schlag abzuwehren. Die Beutel mit Toastbrot lagen noch am selben Platz. Aber sie tat mir nichts, verschränkte nur die Arme unter dem Busen. Dann sagte sie, jedes Wort betonend: »Ich bin nicht irgendeine Tussi. Ich bin neunzehn Jahre alt. Wenn ich dich anrufe, um dich zu fragen, wie es dir geht, und auch – ja, auch das – ob du einen Augenblick vorbeikommen magst, dann ertrage ich es nicht – ICH DULDE ES NICHT –, dass du dich wie ein größenwahnsinniger Macker aufführst. Ich liebe dich nicht und halte auch nicht viel von dir, du bist mir zu flegelhaft und aggressiv. Nur damit du das schon mal weißt. Ich mache mir lediglich Sorgen um dich. Aber so wie eine ältere Schwester. Das ist alles. Haben wir uns verstanden?«

Während des ganzen langen Monologs konnte ich meine Augen nicht von ihren Lippen lösen.

»Eine Schwester habe ich schon«, sagte ich mit einem Seufzer unterdrückten Begehrens. »Ich wüsste nicht, was ich mit einer zweiten anfangen sollte.«

»Ich habe gesagt ›wie eine Schwester‹. ›Wie‹.«

»Ja, und?«

»Was?«

»Du willst keine Schwester für mich sein«, erklärte ich und begann, an den Fingern aufzuzählen: »Du liebst mich nicht, du hältst nichts von mir, ich bin ein Rüpel und Streithammel für dich. Richtig?«

»Richtig«, sagte sie überrascht.

»Dann sehe ich keinen Grund, warum wir nicht zusammen ausgehen sollten. Wo findest du einen, der so perfekt ungeeignet für dich ist?« Ich lächelte verführerisch.
Auf ihren Wangen zeichneten sich Grübchen ab, aber sie unterdrückte das Lachen. »Wie hässlich du mit diesen Stopfen in der Nase bist«, sagte sie. »Man könnte richtig Angst vor dir kriegen.«
»Wenn deine Freunde fair kämpfen würden, anstatt zu dritt gegen einen, wäre ich jetzt nicht so zerbeult.«
Jetzt lachte sie. Sie blickte sich um und lachte noch einmal. Ein Typ schob gereizt die herumstehenden Einkaufswagen zusammen.
»Nun?«, fragte ich.
»Warte draußen auf mich, geh schon ... Drei gegen einen, dass ich nicht lache!«, und sie schüttelte den Kopf.
Bevor ich rausging, half ich dem Typ mit den Einkaufswagen, wir rammten sie gemeinsam gegen die Wand.
»Danke«, sagte er. Dann sah er mich genauer an und fragte erstaunt: »Du bist doch der, den Tony Champion gestern Abend verprügelt hat!«
»Ganz so war es nicht. Das ist eine lange Geschichte ...«, sagte ich vage. Verdammte Scheiße! Da hilft man einem, und der ... so ein blöder Arsch!
»Es heißt, dass er dich fertiggemacht hat, weil du sein Motorrad zerkratzt hast.« Der Kerl ließ nicht locker.
»Erstens hat er mich nicht fertiggemacht. Er hat mich nur überrumpelt. Ich bin gestürzt, und der Asphalt hat den Rest besorgt. Zweitens waren die zu fünft.«
»Hm«, machte er skeptisch.
»Drittens kannst du dir diese Einkaufswagen beim nächsten Mal in den Arsch stecken.«
»Enrico?«, sagte Chiara hinter mir. »Gibt es ein Problem?«

Er wollte etwas sagen, aber Chiara hakte mich unter, und er erstarrte. Sie hatte sich hübsch gemacht – obwohl sie auch als Feinkosterin verkleidet eine verdammt gute Figur abgab – und sich die Lippen mit einem Feuchtigkeitsstift angemalt, so dass sie aussahen wie mit Tau benetzt. Mir schwanden fast die Sinne, wie damals, als ich dachte, ich hätte einen Sechser im Lotto und mich schon unter der Sonne der Karibik oder in Polynesien sah, um dann zu entdecken, dass die Zahlen sich im letzten Moment änderten und ich mal wieder die Arschkarte gezogen hatte.

Und genauso fühlte sich jetzt Enrico, dieser Wichser, als er uns Arm in Arm davongehen sah.

Ich war stolz auf mich, ich hatte sie praktisch erobert, also wandte ich mich zu ihr, um ihr den ersten von tausend Vorspielküssen zu verpassen, die ich für sie aufgespart hatte, doch kaum waren wir aus dem Laden, riss Chiara ihren Arm aus meinem und rückte einen Meter von mir ab.

»Du wolltest schon wieder Streit anfangen«, rief sie, »und ausgerechnet da, wo ich arbeite! Was geht bloß in deinem kranken Hirn vor sich?«

»Hör mal ...«

»Du bist ... Verflucht, du kommst gerade aus dem Krankenhaus und hast schon wieder Lust, dich einliefern zu lassen? Wie blöd bist du eigentlich?« Sie wühlte hektisch in ihrer Handtasche und zog die Schlüssel des Prolo-Autos heraus.

»Ich habe mit ihm die Wagen zusammengeschoben, und der Typ lässt sich erst helfen, um mir dann mit einer total verfälschten Geschichte von der Prügelei mit Tony Champion zu kommen«, erklärte ich.

»Ist mir scheißegal!« Sie öffnete die Wagentür, als wollte sie sie herausreißen.

Ich schüttelte den Kopf. »Jetzt sind wir wieder so weit wie heute Morgen. Mist!«

»Ich hab's dir gesagt. Du gefällst mir nicht. Immer suchst du Streit. Hau ab.« Sie stieg ins Auto, startete den Motor. Nervös ließ sie das Fenster runter. »An meiner Arbeitsstelle! Mit diesem bescheuerten Kollegen!«

»Warte Chiara, he, warte nur einen Moment!«, schrie ich fast, während sie schon den Rückwärtsgang einlegte und mich fast angefahren hätte. Sie wendete und wollte losfahren, aber ich stellte mich vor das Auto.

»Verpiss dich, oder du landest unter den Rädern!«

Mit einem Satz war ich an ihrer Tür. Ich riss sie auf und zog Chiara mit einer einzigen, ebenso aggressiven wie verzweifelten Bewegung aus dem Auto, das noch ein paar Meter weiter ruckelte und dann stehenblieb.

Sie starrte mich aus weit aufgerissenen, sehr grünen Augen an. »Was ... was soll ...«, versuchte sie zu sagen.

Ich drückte sie an mich und küsste sie.

Sie wehrte sich, indem sie den Kopf abwandte und ein »Nein« zwischen ihre und meine Lippen presste. Aber diesmal war ich nicht bereit, aufzugeben, ich erstickte das »Nein« mit einem zweiten Kuss.

Doch sie fühlte sich an wie ein Stück Holz in meinen Armen. Als ich sie losließ, lag ein undefinierbarer Ausdruck auf ihrem Gesicht. Beide waren wir wahrscheinlich kurz davor, etwas zu sagen. Aber keiner sprach.

Also trat ich ebenso schnell den Rückzug an, wie ich die Tür aufgerissen hatte, um sie zu küssen.

Diesmal kam sie nicht hinterher, um mir auf den Rücken zu klopfen. Ich hörte sie nur die Wagentür zuschlagen und in die entgegengesetzte Richtung davonfahren.

Am nächsten Morgen hatte ich gleich nach dem Aufstehen in der Küche eine kurze Begegnung mit dem Chef. Seit der Nacht der Prügelei mit Tony waren wir nicht mehr allein miteinander gewesen.

»Wann lässt du dir die Nase untersuchen?«, fragte er, seinen Kaffee schlürfend.

»Morgen.«

Er starrte durchs Fenster in die Ferne. »In deinem Alter habe ich mich oft geprügelt, ich erinnere mich nicht mehr, warum.«

»Warst du ein vernachlässigter kleiner Mann, Chef?«

»Aber ich habe sie alle grün und blau geschlagen«, sagte er, ohne auf meine Provokation zu achten. Plötzlich war sein Gesicht schmerzverzerrt. Er kippte den Rest des Kaffees in die Spüle. »Ich trinke zu viel davon«, flüsterte er.

»Und du warst mal ein harter Kerl«, spottete ich.

Er sah mich ernst an. »Früher. Ja.« Ich war darauf gefasst, dass jetzt eine Drohung kam, aber er sagte nichts.

Mit zwanzig Minuten Verspätung klingelte ich an der Tür des Zentrums für Blutentnahme. Zu Hause hatte ich nur ein Glas Wasser getrunken. Ich sollte ja nüchtern sein, aber ich hätte sowieso nichts herunterbekommen, mein Magen war wie zugeschnürt, nachdem Chiara sich nicht gemeldet hatte und ich den ganzen Abend damit zugebracht hatte, stumpfsinnig auf das Telefon zu starren.

Als die Tür aufging, erkannte ich augenblicklich, dass meine Hoffnung, die Sache in Kürze hinter mich zu bringen, vergeblich war. Ich befand mich in einem riesigen Wartesaal voller Menschen. Auf orangen, an allen vier

Wänden des Saals aufgereihten Sesselchen saßen die Glücklicheren, die bestimmt schon seit fünf Uhr morgens hier waren. Viele waren jünger als ich.
»Scheiße!«, brummte ich. Das Stimmengewirr im Saal verschluckte meinen Fluch, doch manche drehten sich um und glotzten auf meine verbundene Nase. Ich antwortete mit bösen Blicken. Dann sah ich eine Tussi im weißen Kittel hinter einer Glasscheibe mit der Aufschrift REZEPTION – ein Wort, um das sich in jenen Tagen mein ganzes Leben zu drehen schien.
»Bitte?«, fragte sie lächelnd.
Meine Fresse, gebt mir einen Fotoapparat, dachte ich. Sie war so schön wie ein Fotomodell, das zufällig im Schwesternkittel dort herumläuft. Ich nannte meinen Namen und gab ihr das Papier von der Trak. Während sie etwas in einem großen Ringbuch überprüfte, fragte ich: »Geben Sie mir jetzt eine Nummer, oder wie läuft das hier?«
»Nein, man wird Sie aus einer der Türen rufen«, antwortete die Powerfrau und trug meinen Namen in das Ringbuch ein.
Ich blickte mich um und sah, dass es nur drei Türen gab, eine trug ein Schild mit der Aufschrift »Toilette«.
»Wie lange wird es dauern?«, fragte ich.
»Ein bisschen Geduld«, sagte sie und gab mir das nunmehr gestempelte und mit ihrer erotischen winzigen Handschrift versehene Papier zurück. Hoffentlich hatte sie ihre Telefonnummer hinzugefügt. Nein, da stand sie nicht. Der Verband nahm mir all meinen unwiderstehlichen Charme.
Sie zeigte auf eine Gruppe junger Männer, die sich laut redend in einer Ecke lümmelten. »Warten Sie zusammen mit denen da.«

Ein bisschen widerstrebend verließ ich sie und ging zu den Lümmlern.
Die verstummten natürlich auf der Stelle und starrten mich an. Sie waren zu viert.
Ein Kahlgeschorener mit Brille begrüßte mich. Ich erwiderte den Gruß. Dann fragte ich, wie lange sie schon warteten. Er antwortete, sie seien seit halb acht hier. Er hatte einen süditalienischen Akzent, Abruzzen vielleicht oder Molise oder was weiß ich.
Ein anderer fragte: »Was hast du mit deiner Nase gemacht?« Er kam aus derselben Gegend, alle kamen von dort.
»Ein Unfall beim Spiel.«
»Ball?«
»Fußball, ja.«
Jetzt waren sie alle sehr interessiert.
»Wie ist das passiert?«, wollte einer wissen.
»Ich hatte schon drei Gegner umdribbelt, da trifft der vierte mich voll mit dem Ellenbogen, denn anders konnte er mich nicht aufhalten. Ich bin ein Ballkünstler.«
»Haben sie ihn vom Platz verwiesen?«
Ich schüttelte den Kopf. »Von wegen! Für die anderen war das ein Heimspiel, und man weiß ja, wie die Schiedsrichter sind.«
»Wo spielst du?«
»In der Nachwuchsmannschaft von Torino.«
»Wahnsinn! Mensch, echt?«, riefen alle vier im Chor aus.
»Letztes Jahr bin ich sogar in die A-Mannschaft gerufen worden. Mister Mondonico sagt, ich habe eine große Zukunft vor mir.« Stolz schlug ich die Beine übereinander. Arme Arschgeigen!
»Du siehst aber gar nicht nach einem Fußballer aus.«

Ich straffte den Rücken. »Naja, ich bin defensiver Mittelfeldspieler, dafür braucht man keinen kräftigen Körperbau.«
Sie berieten sich untereinander. »Tatsächlich«, stimmte einer zu. »Baggio ist auch nicht besonders groß, oder?«
»Eben«, machte ich. Und die anderen nickten.
»Wie heißt du?«
Ich sagte es ihnen. Wieder berieten sie sich untereinander mit Blicken.
»Und man hat dich hierher geschickt, wegen einer Behandlung?«, wollten sie wissen.
»Genau.« Dann fragte ich: »Warum seid ihr hier?«
»Wir brauchen eine ärztliche Gesundheitsbescheinigung für unsere Anstellung in einer Fabrik«, antwortete der mit der Brille.
»Welche Fabrik?«
»Sie heißt Trak.«
Verdammter Mist. Darum hatte das Fotomodell im Kittel mich zu ihnen geschickt. »Nie gehört«, sagte ich.
»Wir sollen alle vier eingestellt werden«, sagte er stolz. »Und wir kommen jedes Mal aus dem Süden, wir fahren hin und her. Aus Campobasso. Heute Morgen um sechs sind wir angekommen.«
Ich nickte. »Campobasso, ja, das hatte ich mir schon gedacht. Da habe ich oft gespielt.«
»Mit Campobasso?«
»Ja.«
Sie sahen sich verwundert an. »Aber Campobasso ist ja gar nicht in der A-Jugend«, sagte schließlich einer von ihnen.
»Freundschaftsspiele«, warf ich ihnen hin.
»Ach so!«, riefen alle wie erleichtert. Was für eine Idiotentruppe. Nach einer stundenlangen Zugfahrt hatten sie

sich in diesen Saal gestürzt. Verschwitzt, schmutzig, ein bisschen traurig. Und ich war wie sie, zwar nicht verschwitzt, nicht schmutzig, aber traurig ja. Dabei wollte ich diesen armen Schweinen gar nicht ähneln.
»Ich bin ein großer Champion!«, sagte ich laut. »Man will mich schon in der Nationalmannschaft der Unter-21.«
Der Kahlkopf mit der Brille zog eine Zeitung und einen Stift hervor. Er reichte mir beides. »Gibst du uns ein Autogramm? Für später, wenn du berühmt bist.«
»Warum?«, spottete ich. »Wollt ihr es dann verkaufen?«
Trotzdem machte ich viermal ein paar Kringel, gab das Ganze zurück, und sie bewunderten meine Handschrift.
Dann öffnete sich eine Tür, und eine Krankenschwester mit einem Notizblock kam heraus. Alle verstummten. Sie krächzte: »Wir machen weiter mit der Blutabnahme und rufen Sie gesammelt nach dem Betrieb auf, von dem Sie geschickt worden sind. Wir fangen an mit ... mit der Trak Aagee.«
»Das sind wir!«
»Fünf von der Trak, richtig?«
Sie sahen einander an.
»Ihr müsstet zu fünft sein«, erklärte die Schwester.
Ich warf einen besorgten Blick zum Ausgang.
Gerade wollte ich aufstehen, als die verfluchte Krankenschwester weitermachte: »Gut, dann rufen wir Sie eben einzeln auf. Verza Antonio?«
»Ich«, sagte der mit der Brille.
»Lubrano Matteo?«
»Hier!«
»Muschiato Vincenzo?«
»Das bin ich!«
»Loreto Giovanni?«

»Hier!«
Dann rief sie meinen Namen. Wie ein Mann drehten sich die vier Molisaner betroffen zu mir um.
»Das bin ich«, sagte ich, »aber ... hören Sie, das muss ein Irrtum sein.«
»Wieso?«
»Mich schickt der Fußballclub Turin, Signora.«
»Wer?«
Ich stand auf und wiederholte, was ich gesagt hatte. Mein Hintern kribbelte.
»Hm, ich weiß nicht«, murmelte sie. »Hier ist die Liste, die uns die Trak geschickt hat.«
Ich zuckte mit den Schultern.
»Außerdem«, fuhr sie unbeirrt fort, »sind wir hier für Sportmedizin nicht zuständig.«
»Aber es handelt sich ja auch nur um die Nase, wie Sie sehen können.« Aus dem Augenwinkel beobachtete ich die vier Molisaner. Freundlich sahen sie nicht aus.
»Aber das hier ist ein Zentrum für Blutentnahme. Für Firmenangehörige.«
Ein Gemurmel erhob sich. »Ich weiß nicht, was ich Ihnen sagen soll, Signora«, meinte ich. »Aber ich weiß, dass mir tatsächlich auch Blut abgenommen werden sollte.«
»Hier bei uns?«
»Tja, offenbar ...«
»Sehr seltsam, denn ...«
»Hören Sie!«, unterbrach ich sie, »Hier warten eine Menge Leute«, und zeigte in alle Richtungen.
Sie überlegte einen Augenblick. Dann sagte sie: »In Ordnung. Die von der Trak Aagee kommen bitte ins Behandlungszimmer.« Und zu mir: »Sie warten hier, ich erkundige mich.«

Die vier Molisaner gingen an mir vorbei, sichtlich nachdenklich geworden.
»Viel Glück!«, wünschte ich ihnen.
Ohne zu antworten, folgten sie der Krankenschwester ins Behandlungszimmer.
Als die Tür sich hinter ihnen geschlossen hatte, tat ich einen Seufzer der Erleichterung.

»Das hätten wir!«, rief ich eine Stunde später beim Betreten des Behandlungszimmers aus, als hätte ich den Irrtum persönlich geklärt. Ich hatte vermieden, den vier Molisanern noch einmal zu begegnen, indem ich mich rasch aufs Klo verdrückte, als sie herauskamen. »Das war ein Missverständnis. Der FC Turin hatte mir einen ganz anderen Untersuchungstermin reservieren lassen. Hierher schickt mich tatsächlich die Trak.«
Die Krankenschwester sah mich erstaunt an, dann warf sie ihrer flachbrüstigeren Kollegin einen Blick zu.
»Legen Sie sich dorthin«, befahl sie endlich.
Ich gehorchte.
Sie band mir den Unterarm ab, suchte lange vergeblich nach der Vene und stach dann so grob mit der Nadel zu, dass sie mir fast die Eingeweide durchlöchert hätte.
»He, verflucht!«, schrie ich.
Die Flachere kam näher, und als das erste Röhrchen gefüllt war, ersetzte sie es durch ein zweites. Danach durch noch eins.
»Moment mal«, sagte ich, »wollen Sie mich leerpumpen, meine Damen?«
Während mir ein Pflaster auf den Einstich geklebt wurde, betrachtete ich mein Blut in den Röhrchen. Dann warf ich den beiden einen bösen Blick zu. Blöde, frustrierte Kühe.

Das ganze Leben lang mit Fläschchen und der Jauche anderer Leute herumhantieren.
Draußen drehte sich mir der Kopf. Ich entdeckte das Schild eines Cafés und beeilte mich, hineinzukommen.

Am selben Abend parkte Virginias Audi vor unserem Haus. Mein Vater holte zwei riesige Kartons aus dem Kofferraum und kam aufs Haus zu, gefolgt von seinem mit Tüten und Päckchen beladenen Weib.
Die Robbe ging ihnen das Gartentor aufmachen. Dann schlüpfte auch sie in das Auto, um noch mehr Pakete herauszuholen.
Ich riss die Tür für den Chef auf. »Was ist da drin, seid ihr beim Roten Kreuz vorbeigefahren?« fragte ich. Aber ich ahnte schon, worum es sich handelte.
»Das ist ein Teil meiner Sachen«, antwortete Vì beim Eintreten. Mit einem erschöpften Seufzer stellte sie ein Paket ab, das nicht schwerer wog als ein Kissen.
»Hat man dich aus deiner Wohnung geschmissen?«
Der Chef rückte die Riesenkartons an die Wand.
»Nein«, sagte sie mit einem Lächeln, das mir ziemlich boshaft vorkam. »Ich ziehe bei euch ein.«
Und mein Vater: »Sie wohnt jetzt bei uns.«
Alle freuten sich wie die Schneekönige. Die Mönchsrobbe war gerade zur Tür hereingekommen und hatte gehört, was mein Vater gesagt hatte. Sie schien überglücklich.
»Wie lange?«, fragte ich.
»Bis dass der Tod uns scheidet!«, rief Vì, ihren Kerl anstrahlend.
»Hm«, machte ich spöttisch. »Und wie steht es um deine Gesundheit?«
»Halt den Mund«, sagte der Chef.

»Wie schön!«, kreischte die Robbe und warf sich ihrer Vì in die Arme.
»Geh den Rest der Sachen holen«, befahl der Chef.
»Und dann schließ das Auto ab!«, rief sie hinterher.
»Falls ihr auch noch mein Blut wollt, teile ich euch mit, dass man mir den Saft heute Morgen schon literweise abgezapft hat«, sagte ich, ging aber rasch nach draußen. Fluchend zog ich einen gewaltigen Koffer aus dem Auto, der mir vorkam wie mit Steinen gefüllt, außerdem ein Täschchen. Ich war versucht, einen Blick hineinzuwerfen, ließ es aber sein. Mit ein paar Handkantenschlägen schloss ich die Autotüren. Dann blieb ich stehen, um das Haus ein wenig von draußen zu betrachten.
Die Dinge änderten sich. In ganz Osteuropa war der Kommunismus umgekippt wie ein Sack Kartoffeln. Und auch mein Vater war umgekippt. Als wäre ich ein ehemaliger tschechoslowakischer Parteifunktionär, konnte ich mir jetzt ausrechnen, dass die Verhältnisse sich von nun an sehr zu meinen Ungunsten entwickeln würden. Vielleicht würde sogar eine Menschenjagd veranstaltet, bei der ich draufging. Man würde mich ausweisen oder sogar töten. Aber ich würde meine Haut teuer verkaufen, oh ja, denn in diesem Haus war ich geboren und hatte meine ersten Schrittchen gemacht. Hier hatte ich Treppe-Runterspringen gespielt. Hier hatte ich viele tausend Nächte ruhig geschlafen. Hier hatte ich all die Male gewichst, an die ich mich erinnerte – damit hatte ich jetzt aufgehört ... Naja, nicht wirklich ganz aufgehört, vielleicht von Zeit zu Zeit noch einmal, um das ordnungsgemäße Funktionieren des Organs zu überprüfen.
Ich ging hinein und ließ den Koffer über den Boden schleifen. Virginia hörte das unheimliche Schleifgeräusch,

kam aufgeregt die Treppe heruntergelaufen und schrie: »Pass auf, so geht er kaputt!«
Maßvoll interessiert am Grund für diese Reaktion, nahm ich die Ecke des Koffers in Augenschein. »Oha, entschuldige, meine Liebe!«, sagte ich. »Ich dachte, er hätte Rollen!«
Sie riss mir den Griff aus der Hand und schleppte den Koffer keuchend bis zur Zimmerwand. Die Kartons waren weg, der Chef hatte sie schon nach oben gebracht.
»Nun sieh sich einer das an!«, sagte sie und kniete nieder, um den Schaden zu taxieren.
Ihre kleine Freundin Francy kam die Treppe herunter, warf mir einen bösen Blick zu und kauerte sich neben ihr neues Idol, um aufmerksam den Koffer zu inspizieren.
»Ich hänge an dem Stück!« Mit einem Satz fuhr Vì auf und gewann mit einem Sprung in meine Richtung ihre anderthalb Meter Körpergröße zurück. »Ich hänge an allen Sachen, die ich hierher gebracht habe, damit das klar ist!«
»Ich entschuldige mich in aller Form, Vì, ehrlich«, sagte ich. »Wenn sie dir aber so viel bedeuten, wie du sagst, dann bring dir beim nächsten Mal ein paar Kofferträger mit.«
Man sah, dass sie große Lust hatte, mein ohnehin schon reichlich zerbeultes Gesicht mit Fäusten zu bearbeiten.
»Was ist da los?« hörte man die Stimme des Chefs von oben. Er stand an der Treppe, hatte sich das T-Shirt ausgezogen und zeigte seine Brustmuskeln. Ich fand, dass er sehr gut aussah, und beneidete ihn ein bisschen.
»Alles okay«, rief ich, seiner Geliebten zuvorkommend. Deren Blicke gingen zwischen mir und ihm hin und her. Zornig machte sie sich dann wieder an die Kontrolle ihrer ach so kostbaren Sachen. Die Robbe half ihr dabei.

»Ich gehe duschen«, erklärte der Chef und verschwand im Klo.
Bis dass der Tod uns scheidet, dachte ich, den Rücken der am Boden hockenden Frau betrachtend. Der Tod oder vielleicht ein Tankwart.

Später war alles in dem Zimmer verstaut, welches erst das Zimmer vom Chef und meiner Mutter gewesen war, dann das vom Chef allein und jetzt das vom Chef und Virginia.
Während des Abendessens gab es nichts mehr zu tun oder zu sagen: Ich war schlicht und einfach gefangen in dieser Situation, wie in einem englischen Roman des neunzehnten Jahrhunderts: der arme Junge und die böse Stiefmutter.
»Und jetzt«, fragte ich, während ich geräuschvoll, wie es sich gehörte, die Spaghetti einsaugte und die drei Besessenen mir gegenüber anschaute, »und jetzt heiratet ihr auch?«
Virginia errötete. Die Robbe errötete. Der Chef nicht. Er schleuderte mir nur einen seiner Blicke à la »Ich ramme dich unter die Fliesen!« ins Gesicht.
»Wir werden sehen, wie sich die Sache entwickelt, mein Lieber«, kommentierte Vì.
»Mein Lieber?« Ich zog eine Augenbraue hoch. Sie hatte es ausgesprochen, wie man eine Beleidigung ausspricht, aber darauf ging ich nicht ein.
»Wie viel verdienst du denn, Vì?«, fragte ich.
»Was soll das heißen?«
»Wie hoch ist die Mitgift, die sie einbringt, Chef?«
»Viel Geduld, du Idiot, Geduld ist ihre Mitgift.«
Ich bedachte beide mit kämpferischen Blicken. »Kommt sie wenigstens auf zwei Millionen Lire? Oder muss ich diese Tussi auch noch ernähren?«

Virginia brach in ein böses Gelächter aus. Der Chef schüttelte nur sein Haupt und aß weiter. Die Robbe ahmte nach, was ihre faltige Kultfigur tat.

Die Legende fragte: »Im Januar wirst du volljährig, nicht wahr?« Ihr Ton war der eines Gerichtsdieners, der dich aus dem Saal schmeißt.

Schmatzend saugte ich eine einzelne Nudel ein. »Stimmt genau, Vi.«

Sie nickte zufrieden.

»Wieso, braucht ihr mein Zimmer für die zukünftigen Kindlein?«

»Man weiß nie.«

Die Robbe lief dunkelviolett an. Der Chef beteiligte sich nicht, er schien in nicht übermäßig begeisternde Gedanken versunken.

»Bist du denn überhaupt noch in der Lage, Junge zu werfen?«, fragte ich. »Hat sich deine biologische Uhr nicht längst verklemmt? Du müsstest doch auf die soundso-zig zugehen, oder?«

Sie rollte einen formvollendeten Bissen Spaghetti auf ihre Gabel, nicht zu groß und nicht zu klein, schluckte ihn hinunter, ohne ein Molekül Soße zu verspritzen, und musterte mich währenddessen mit chirurgisch präzisem Hass. Dann antwortete sie ruhig: »Erstens funktioniere ich perfekt. Zweitens solltest du dich bei Gelegenheit darüber informieren, dass es heutzutage für nichts mehr zu spät ist. Die Genetik macht Riesenfortschritte, wusstest du das nicht?«

Tja. Ich sah sie vor mir, diese Scheißgenetik, wie sie geradewegs in mein Zimmer gestiefelt kam, um mir mein Bett wegzunehmen und meine Sachen aus dem Fenster zu werfen. Vielleicht wurde es Zeit, sich einen Platz unter der

Brücke zu suchen. Aber ich bin in diesem Haus aufgewachsen, sagte ich mir zum x-ten Mal. Die anderen waren mir scheißegal, es tat mir nur um mein Zimmer leid. Allerdings läuft es bei bestimmten Dingen immer so, denke ich. Das Gesamtbild geht dir am Arsch vorbei. Es sind die Einzelheiten, die kleinen Sachen, an denen du hängst, ohne dass es dir richtig bewusst ist, und um die du trauerst, wenn du sie verlierst.
Nachts hörte ich Virginia zwei Zimmer weiter lachen. Der Bodensatz an Irrsinn, den ich aus ihrem Lachen heraushörte, spannte sich in meinem Kopf von Trommelfell zu Trommelfell wie ein Gummiband. Es war ein weiches, heimtückisches Geräusch, das sich in meine Träume einschlich und mich andauernd unruhig aus dem Schlaf auffahren ließ.

Die Dottoressa Marongiu nahm mir den Verband ab. Als sie meine Nase anfasste, machte ich vor Schmerzen einen Satz auf dem Stuhl.
»Ruhig«, mahnte sie. Dann zog sie die Stopfen heraus, und jetzt hüpfte ich einen guten halben Meter hoch. »Ruhig!«, wiederholte sie. Etwa eine Minute lang musterte sie mich. Dann fasste sie mir unters Kinn und drehte meinen Kopf nach rechts und links. »In Ordnung, wir bessern uns.« Sie deutete ein Lächeln an.
Der neue Verband, der mir angelegt wurde, war kleiner, und meine Gesichtszüge traten endlich wieder so hervor, wie es sich gehörte. Im Spiegel kreuzte ich den Blick einer kleinen Krankenschwester – nie zuvor gesehen –, die mich verarzten wollte, und hinter der Maske der Professionalität las ich eine große Portion Begierde in ihrem Blick.
Ich lächelte sie an. »Wie geht's denn so?«

»Man arbeitet«, gab sie zur Antwort. Sie kaute Kaugummi. Plötzlich sah ich einen rosa Ball zwischen ihren Lippen hervorkommen, der sich ausdehnte, bis er mit einem scharfen Knall zerplatzte.
»Mach das noch mal«, flüsterte ich ihr zu.
Sie lächelte kopfschüttelnd und bohrte mir einen Stopfen in jedes Nasenloch.
»He, verflucht!«, schrie ich.
»Tut's weh?« Sie grinste. »Entschuldige. Du kannst jetzt gehen.«
Ohne die Augen von dem halbtoten Infarktpatienten zu heben, der sie seit einer Weile beschäftigte, teilte die Marongiu mir mit, dass ich in einer Woche wiederkommen solle. Ich zwinkerte der kleinen Krankenschwester zu. Die verabschiedete sich von mir, indem sie den nächsten Ball aufblies.

Eine Stunde später betrat ich den Minimarkt.
Ich sah Chiara am gewohnten Platz, doch sie sah mich nicht. Rasch schlüpfte ich in eine Abteilung mitten im Laden, zwischen Pastapaketen und Dosen verschiedenerlei Art. Manchmal zog ich ein Glas eingelegtes Gemüse aus dem Regal und beobachtete sie durch die Lücke. Sie bediente die Kunden mit mechanischen Bewegungen, einen Anflug von Müdigkeit im Gesicht.
Ich betrachtete ihre vollen, weichen Lippen, und dachte daran zurück, wie ich diese Lippen vor nur zwei Tagen geküsst hatte. Und ich dachte an ihre Reaktion: War dieses Versteifen ein deutliches Anzeichen für Panik oder Angst vor Sex gewesen oder gar Abscheu vor dem, was ihr widerfuhr? Ich wusste es nicht. Umso schlimmer. Was mich am meisten beschämte, war, dass ich nicht genug Erfahrung

in diesen Dingen besaß, um es allein herauszubekommen. Und auf ihre Erklärungen konnte ich mich bestimmt nicht verlassen.
Also studierte ich sie von meinem Versteck aus und versuchte, irgendeine Antwort auf ihrem Gesicht zu entdecken. Aber es war nur ein müdes Gesicht, mehr nicht.
Trotzdem wuchs meine Begierde, je länger ich sie heimlich beäugte. Als ich sie einen Moment lang allein sah, beschloss ich, zur Tat zu schreiten, durchquerte die Abteilung, bog um die Ecke und ging auf sie zu, bis ich direkt vor ihr stand.
»Ciao«, sagte sie kühl, als sie mich sah.
»Ciao. Hast du deine Pause schon gemacht?«
»Nein. Es ist noch zu früh.«
»Kann ich draußen auf dich warten?«
»Es ist zu früh«, wiederholte sie.
»Ich habe heute Morgen nichts zu tun. Ich kann draußen stehen und lange auf dich warten.«
Sie hob den Blick zu einer Uhr an der Wand. Zehn Uhr zweiundzwanzig.
»Nicht vor elf.«
»Ich werde warten.«

Ich lungerte eine Weile in der Umgebung des Ladens herum. Dann kehrte ich zum Eingang zurück.
Kurz vor elf kam sie heraus, die Sonne stach ihr in die Augen, und ihre Augen stachen grün in meine.
»Wie geht's?«, fragte sie.
»Alles prima.«
Sie zündete sich eine Zigarette an und blickte sich nervös um. »Diese Szene meine ich schon mal erlebt zu haben«,

stieß sie ärgerlich hervor. »Jetzt muss ich fragen ›Also?‹ und du musst antworten, oder?«
»Stimmt«, seufzte ich. Dann nahm ich all meinen Mut zusammen – schlimmer als bisher konnte es nicht kommen – und sagte: »Was den Kuss betrifft ... Ich wollte dir sagen, dass es mir leidtut, wenn dir das unangenehm war. Und dass du mir gefällst. Du gefällst mir sehr, okay? Wirklich sehr.« Ich versuchte, gelassen zu wirken, obwohl mein Herzschlag mir in den Ohren dröhnte. »Und ich konnte nicht widerstehen.«
Ich bin sicher, dass sie einen Augenblick lang rot wurde. Doch dann sprach sie in demselben bösen Ton wie eben. »Du gefällst mir auch ein bisschen. Ich weiß nicht, warum, aber es ist so.«
Ich wollte mich schon auf sie stürzen, da fügte sie hinzu: »Aber du bist nur ein kleiner Junge. Unreif. Und jämmerlich dazu. Als wäre die Welt dir was schuldig. Als wären dir alle was schuldig.« Sie schüttelte den Kopf. »Und du bist noch nicht erwachsen genug, um zu begreifen, dass es nicht so ist.«
Ich fühlte mich hundeelend. Mein Blut gefror in der Gluthitze des Julis. Auf einmal war ich kein Schauspieler in irgendeinem Film mehr. Mir fiel absolut nichts mehr ein. Ich war nur noch ich selbst, und es ist nicht gerade schön, in so einem Moment nur noch man selbst zu sein.
»Versuch, nicht immer so viel Unheil anzurichten«, sagte sie, während sie nach meiner Hand tastete und sie fand. »Und lass es dir gutgehen.«
Dann gab es diesen Händedruck, der nichts abschloss, weil noch gar nichts angefangen hatte, und nichts vorwegnahm, weil alles schon vorbei war.
Ich überlegte, ob ich sagen sollte »Ich kann mich ändern«

oder »Gib mir Zeit«, aber das waren Sätze eines Exfreundes, und ich war nicht ihr Scheiß-Exfreund, also sagte ich nichts. Sie drückte die Zigarette aus, winkte mir zum letzten Mal zu und ging wieder rein.
Ich ging weg wie die anderen Male, mit dem einzigen Unterschied, dass ich jetzt irgendwann anhielt, meinen Kopf und einen Arm an eine Mauer lehnte und eine Weile so stehenblieb, nachdenklich auf den Asphalt in der Sonne starrend, bis ich alle möglichen Gedanken zu Ende gedacht hatte. Dann ging ich nach Hause.

4

Offenbar hatte man nichts Verfaultes in meinem Blut gefunden, denn am ersten Montag im August schritt ich pünktlich um fünf vor sieben über die Schwelle der Trak Aagee. Der Bulle röstete nicht in seiner Hütte, keiner empfing mich mit großem Bahnhof, beim Aufwachen hatte ich mir allein Frühstück machen müssen, und kein Schwein hatte sich herabgelassen, mir viel Glück zu wünschen oder ähnliche hirnrissige Sprüche zu machen, die aber doch immerhin ganz nett anzuhören sind.

Die Anweisungen der hypernervösen Sekretärin befolgend, ging ich den gelben Pfeilen nach, die zum PERSONALEINGANG führten. Dort sah ich ein paar Container mit Spinden, dann ging ich weiter und lauschte einen Augenblick lang dem Lärm der Punzen, der Zertrümmerung von Metallen, der Stimmen und der brummenden Gabelstapler.

Ich kam zum mittleren Container, wo Giulio mit ein paar jungen Leuten redete, die einen Rucksack trugen wie ich. Ich klopfte.

Giulio, der immer mehr wie eine Comicfigur aussah, warf einen strengen Blick auf die Uhr und sagte: »Hier kommt man mindestens zwanzig Minuten früher an.«

»Ich hab den Bus verpasst.«

»Interessiert mich einen Dreck.«

»Okay«, sagte ich einsichtig und nickte. In dieser Welt muss jeder seine Rolle spielen.

Die Jungen mit den Rucksäcken drehten sich zu mir um –

natürlich waren es die vier Molisaner aus der Blutentnahmestelle. Dass ich auch niemals ein bisschen Schwein habe!

»Ciao, Jungs.« Hier werden echt Hinz und Kunz eingestellt, dachte ich.

Sie wechselten verwunderte Blicke. Einer runzelte die Stirn, als wollte er eine Erklärung fordern. Die anderen begrüßten mich nur.

Giulio überragte uns alle: imponierend, grimmiger Blick und schwarzes Hemd.

Ich wollte schon den Arm heben. Dann fiel mir ein, dass gewisse Dinge nur zur rechten Zeit und an passenderen Orten getan werden, also ließ ich es sein.

Die Presse direkt neben dem Container zermalmte gerade ein Stück Blech, dann spuckte sie es aus wie einen ekelerregenden Brocken. Mit aufrichtigem Entsetzen beobachteten wir frisch Eingestellten die Szene.

Giulio hub zu seiner vorgeschriebenen kleinen Rede an, diesmal in einer weniger faschistoiden Version als der, die er mir verabreicht hatte.

»Und vergesst nicht«, schloss er, »dass ihr alle eine Woche lang auf Probe hier seid. Und dass ich euch schon jetzt wegschicken kann, wenn mir irgendwas quer im Magen liegt.«

Das alles war sehr ernst und offiziell, und ernste, offizielle Dinge sind nicht nur todlangweilig, sondern auch nützlich, um gewisse dümmliche Gesichtsausdrücke zu lernen, die ideal zu allen erdenklichen Situationen im Leben passen – es ist nämlich genau die Miene, die die Leute von dir erwarten.

Giulio wollte wissen, ob es Fragen gebe.

Einer der Molisaner rieb sich mit übertriebener Begeiste-

rung die Hände und fragte: »Ich habe eine. Wann fangen wir an, Giulio?«
Der musterte ihn einen Moment lang. Der Molisaner hörte auf, sich die Hände zu reiben. »Wie heißt du?«, fragte Giulio und konsultierte ein Blatt Papier.
»Vincenzo Muschiato, warum?«
»Hatte ich dir schon gesagt, dass ich aus Bergamo bin, Vincenzo?«
»Ja.«
»Und weißt du, was man über die Bergamasken sagt?«
»Ehrlich gesagt, nein.«
»Über die Bergamasken SAGT KEINER EIN EINZIGES BESCHISSENES WORT!«, brüllte Giulio, und wir duckten uns alle, als wäre eine Granate explodiert. »UND WAGE ES NICHT, DEN ARSCHKRIECHER BEI MIR ZU SPIELEN, VERSTANDEN?«

Wir verließen den Container und gingen im Gänsemarsch hinter Giulio her. Während er uns einen Weg durch dieses Spielzeugwunderland bahnte, blickten die Molisaner sich zunehmend besorgter um. Wir liefen an endlos hintereinander aufgereihten Pressen vorbei, und ich zwang mich, den Blick immer nur stur geradeaus, direkt auf den Rücken unseres Chefkameraden zu richten, der überdies, wie ich jetzt bemerkte, einen ziemlich komischen Gang hatte, er machte winzige Schritte und wackelte mit dem Arsch. Während ich schon gewisse Vermutungen anstellte, flüsterte Vincenzo hinter mir: »Was hast du denn mit Torino gemacht?«
»Diese Schweinehunde haben mich aus der Mannschaft geworfen. Sie konnten für wenig Geld einen Brasilianer kriegen. Jetzt muss ich mir mein Brot verdienen wie ihr auch.«

»Mann, was für ein Pech!«
Giulio blieb stehen und drehte sich um: »Was quatscht ihr da?«
»Nichts, wir haben uns nur vorgestellt ...«, versuchte ich.
Er musterte uns prüfend, dann wurde der Marsch fortgesetzt.
Wir kamen zu einer Kleiderkammer, wo ein vertrottelter, auf einem Ohr tauber Alter uns Arbeitshosen, Hemden und Schuhe aushändigte. Auf allen Sachen stand die Aufschrift »Trak«.
»Willkommen im Arsch der Welt«, rief der Alte aus, nachdem er das Zeug an uns verteilt hatte. Seine Zähne waren gelb von Nikotin.
»Halt dein dreckiges Maul!«, brüllte Giulio. Und zu uns: »Geht zu dem Container am Eingang und sucht euch leere Spinde. Und zieht euch schnell um, denn heute Morgen habe ich keine Zeit zu verlieren!«
Wir gehorchten und kehrten ans andere Ende des Werksgeländes zurück. Auf unserem Weg starrten uns zombiehafte Männer- und Frauengesichter von ihren Arbeitsplätzen aus an.
»Was für ein beschissenes Loch«, sagte einer von uns.
Das Schlimmste war die Hitze, und es war noch nicht mal acht Uhr morgens. Dann der Geruch: süßlich und metallisch drang er dir erst in den Mund und dann in die Nase. Ein Geschmack wie Blut. Außerdem der Höllenlärm von zerquetschten Metallteilen und quietschenden Laufkränen über unseren Köpfen.
Vor einer Schalttafel erkannte ich Mario, den Arbeiter, den ich bei Colluras Führung durch das Werk kennengelernt hatte. Er warf uns einen etwas traurigen Blick zu und schrie: »Wie geht's?«

Ich machte ihm ein Zeichen mit erhobenem Daumen und schrie zurück: »Wir gehen uns Spinde suchen!«
Mario nickte. »Nehmt immer euer Portemonnaie mit. Alles, was kostbar ist. Hier wird geklaut.«
»Wer klaut denn?«, fragte einer der Molisaner über den Lärm hinweg.
Mario blitzte ihn böse an. »Wenn wir das wüssten, würde er dann weiter stehlen, deiner Meinung nach?«
Giulio beobachtete uns die ganze Zeit über drohend aus der Ferne.
»Lauft los, Grünschnäbel!«, beendete Mario das Gespräch und beugte sich wieder über seine Schalttafel.
Ohne noch ein Wort zu verlieren, eilten wir zu den Containern. Im ersten stank es durchdringend nach Schweiß und brandigen Füßen. Die anderen gingen hinein, um sich freie Spinde zu suchen, ich stürzte mich auf den nächsten, wo die Luft aber nicht besser war. Vergebens schaute ich in jede Ecke, auf der Suche nach einem verwesenden Hundekadaver. Nein, es waren Menschen, die so stanken. Ich fragte mich, ob ich von jetzt an auch diesen Gestank nach Leichenschauhaus ausströmen würde. Ich zog mich aus und streifte mir das blaue T-Shirt der Trak über. Dann die Hosen, die mir zu lang waren. Ich krempelte sie zwei-, dreimal um und schlüpfte in die Schuhe, die wiederum zu eng waren. Resigniert warf ich meinen Rucksack in einen Spind und stürzte mich wieder in den Krach.
Die Molisaner waren schon alle vier draußen, sie standen fast stramm in Reih und Glied.
Ich musste auch noch den anderen erklären, warum der FC Torino mich aus der Mannschaft geworfen hatte, und dass ich die Stellenangebote der Trak genutzt hatte, um

mich ein paar Monate lang als Arbeiter über Wasser zu halten. »Aber Milan will mich«, fügte ich hinzu. »Mein Manager verhandelt schon.«
»Hoffentlich klappt's!«, sagte Vincenzo.
Ich kratzte mich verstohlen am Sack.
Wieder durchquerten wir diese Welt aus Menschen, die seit fünf Uhr morgens auf den Beinen waren. Komatöse Augen, an den Lippen baumelnde Zigaretten. Wir beobachteten eine Frau, die sich an der ersten Maschine der »grünen Linie« zu schaffen machte. Das letzte Stück war noch nicht wieder aus der Presse gekommen, da schob sie schon das nächste mit dem Magneten hinein. Uns erschien das wahnsinnig schwierig, aber sie lachte und blickte sogar zu uns hin, während sie automatische Bewegungen machte wie ein Roboter.
»Diesmal zu fünft?«, krächzte sie.
»Was meinen Sie damit?«, fragte ich.
»Normalerweise probieren sie mehr Leute aus.« Magnet, Blech, Presse, Schalter, Presse, Magnet, Blech, Presse, Schalter, Presse. Und sie lachte sogar beim Reden. »Das letzte Mal waren es acht, glaube ich.«
»Und was ist aus ihnen geworden?«
»Sie haben nur zwei übernommen.« Ein paar Schweißtropfen standen ihr auf der Nase, das einzige menschliche Zeichen inmitten dieses bionischen Gezappels. Vielleicht stammten die Tropfen aber auch nur von dem Getriebeöl, das man ihr überreichlich ins Räderwerk gespritzt hatte.
Die Neuigkeit, dass der Schwung Anwärter vor uns miese fünfundzwanzig Prozent Festanstellungen erzielt hatte, ließ die Molisaner erbleichen. Vielleicht hatten sie erwartet, sofort in die Trak aufgenommen zu werden und sie erst als Rentner wieder zu verlassen.

Illusionen waren schon immer tödlich, dachte ich.
Wir verabschiedeten uns von dieser Irren und kamen zur nächsten Straße: vier blau lackierte Pressen in einer Reihe.
Plötzlich schoss Giulio hinter einem Förderband hervor: »Wie lange braucht ihr denn noch?«, brüllte er. »Her mit dem Band! Schiebt es zu mir!« Wieder gehorchten wir. Diese Fabrikarbeit bestand im Grunde nur darin, sofort das zu tun, was man dir sagte, und ansonsten zu schweigen, auch wenn dir der Kopf platzte.
Das Förderband war schadhaft und verhedderte sich ständig.
Der Fettwanst und der Blonde waren auch da. Ersterer nickte uns einen Gruß zu. Der andere beobachtete mich einen Moment lang aus seinen eisblauen Augen, bevor er sich bückte, um Giulio zu helfen, der das Band verfluchte. Da kam, fröhlich hüpfend, als springe er auf nackten Füßen durch den Urwald, hinter der ersten Maschine ein schwarzer Arbeiter hervor.
»Hier funktioniert gar nichts«, sagte er zu Giulio.
Der Fette meinte: »Tja!«, der Blonde rief: »Allerdings!«, Giulio fluchte noch ein paar Mal, dann schrie er: »Weg mit diesem Scheiß, holen wir ein anderes, das funktioniert!«
»Die Bänder sind alle besetzt«, sagte ein Typ mit blutleerem Teint.
Ich bückte mich, um die roten und gelben Kabel zu überprüfen. Während die anderen noch quatschten, steckte ich meine Hand in das Gewirr und zog aufs Geratewohl an einem roten Kabel. Es gab eine Art metallischen Furz, dann setzte sich das Förderband in Bewegung und rollte wie die anderen.

»Scheiße, wie hast du das denn gemacht?«, fragte Giulio. Alle sahen mich erstaunt an.
»Kleiner Expertentrick«, sagte ich mit einem schlauen Lächeln.
Giulio erhob sich, rot vor Stolz, und verpasste mir einen gewaltigen Schlag auf den Rücken. »BRAAAVOOO KAMERAD!« Ich machte fast eine ganze Drehung um mich selbst, der Fettwanst hielt mich fest, bevor ich stürzte, die ganze Linie fing an zu lachen. »Endlich mal kein Weichei, sondern einer mit Mumm in den Knochen!«, rief Giulio. Vermutlich waren wir beide kurz davor, den faschistischen Gruß auszutauschen, doch wir hielten uns zurück.
Giulio nahm zwei Paar Handschuhe und Ohrenstöpsel von einem Wagen neben der Presse. Er reichte sie mir und Vincenzo.
»Anziehen!«
Mit etwas Mühe drückten wir uns die Stöpsel in die Ohren. Die Handschuhe waren leicht überzuziehen, aber sehr warm innen. Meine Hände fingen sofort an zu schwitzen. Die anderen Molisaner gafften uns an, ohne zu verstehen.
Giulio zeigte auf mich: »He, Kamerad!« Und zu Vincenzo: »Und du, Arschkriecher, ihr seid schon bereit für die Wingartes.« Einen Augenblick lang dachte ich, er wollte mich in irgendeine Abteilung des preußischen Heeres stecken, doch dann fing er meinen fragenden Blick auf und erklärte: »So nennen wir diese blaue Linie hier.« Dann schickte er mich an die zweite Maschine, die Schneidepresse, während Vincenzo an die dritte Presse für das Biegen und Richten gestellt wurde.
Die Arbeiter an den Maschinen schienen heilfroh, dass sie ihren Platz für uns räumen durften. Die Molisaner, die

nicht ausgesucht worden waren, beobachteten uns verlegen.
»Giovanni, Piero«, sagte unser Parteiführer zu dem Blonden und einem Typen mit buschigen Augenbrauen. »Bringt diese Schlappschwänze an die automatischen Maschinen und zeigt ihnen, was sie zu tun haben!«
Bedrückt schlossen die glücklosen Neuangestellten sich den beiden an.
»Nun?« fragte mich Giulio. »Bist du bereit?«
»Immer!«, brüllte ich.
»Steht er dir?«
»Hart wie ein Diamant!«
Er lachte. Dann gab er dem Schwarzen, der uns hinter dem Schlund der Tiefziehpresse beobachtete, mit theatralischer Gebärde ein Zeichen. »Los, George! Wirf das Blech rein!«
Der Schwarze lächelte selig wie ein Kind, dem der Papa das soeben reparierte Spielzeug zurückgibt. Mit dem Magneten packte er die Ecke eines rechteckigen Blechs und schob es in die Presse. Ich sah, wie er auf Knöpfe drückte. Dann senkte sich die Presse und quetschte das Stück, so dass sich seine Form änderte. Der mechanische Arm krümmte sich, um es aus der Presse zu holen, und ließ es mit einem scheppernden Geräusch auf das Förderband fallen. Als das Stück sich mir auf weniger als zwei Meter genähert hatte, bekam ich Angst, aber Giulio scheuchte mich weg, ergriff das Teil und schob es in die Schneidemaschine. »Drück die Knöpfe immer gleichzeitig, Pimpf, und lass sie nicht los, bis das Stück herauskommt, sonst blockierst du mir hier alles!«
Ich drückte, und die Presse ging schlagartig los. Die Klingen verbissen sich in das Blech, das einen herzzerreißen-

den Schrei auszustoßen schien, und wieder bekam ich Angst. Aber ich ließ die Knöpfe nicht los, und als das Maul des Ungeheuers sich wieder öffnete, um seine Beute auszuspucken, seufzte ich erleichtert. Zum ersten Mal empfand ich mich offiziell als Arbeiter bei der Trak, ein Metaller, ein Blue Collar, ein richtiger Mann, produktiv und zu etwas nütze.

Ich drehte mich um, wollte diesen großen Moment mit Giulio teilen, aber da kam mir schon das nächste Stück auf dem Band entgegen.

»Greif dir das Teil, wie ich es gemacht habe, steck es in die Presse, und ab geht's mit den Schaltern.«

Ich gehorchte. Mit einer einzigen Bewegung ergriff ich das Stück, es war federleicht. Ich drehte es um und legte es in die Presse. Ich drückte die Knöpfe. Eine Sekunde Panik, dann wiederholte sich alles wie zuvor, das Stück kam an der anderen Seite heraus. Wieder versuchte ich, Giulio zuzulächeln, aber da tauchte schon das dritte Stück auf. Dieselbe Prozedur. Viertes Stück. Fünftes. Ich gab diesem blöden George, der nicht einen Augenblick lang innehielt, ein Zeichen, alles sei okay. Aus dem Augenwinkel sah ich, dass Giulio nicht mehr an meiner Seite war. Zwischen zwei Pressvorgängen entdeckte ich ihn bei der Biegepresse, wo er Vincenzo, diesem Behinderten, den Arbeitsvorgang zeigte. Nach einer Weile war deren Band voll und meins ganz leer. Das muss man mir lassen – ich hatte den Dreh echt raus!

Als ich später wieder zu ihm hinschaute, war Vincenzo allein. Auch er hatte endlich seinen Rhythmus gefunden, das Förderband war leer. Wir blickten uns einen Augenblick lang an und lächelten uns zu, von einer völlig unerwarteten Freude erfüllt.

Eine halbe Stunde später hatte George den Rhythmus noch immer nicht geändert. Im Gegenteil, er schien mir schneller geworden zu sein. Vier Teile hatten sich, gegeneinander stoßend, auf dem Band aufgehäuft, und das fünfte war noch im Zuschnitt. Ich merkte, dass ich total durchgeschwitzt war, Schweißtropfen rannen mir vom Hals auf die Brust und über den Rücken.
Ich machte dem Schwarzen ein Zeichen, aber er sah mich nicht und kam schon wieder mit dem nächsten Stück. Vincenzo dagegen gähnte und kontrollierte irgendwas an seiner Schalttafel, ein Zeichen, dass er es an seiner Presse viel besser hatte als ich. Schon wieder die Arschkarte gezogen.
Die Teile schoben sich übereinander, eins fiel auf den Boden. Dann ein zweites, gefolgt vom dritten.
Ich rief nach George. Er sah, was los war, hörte auf zu arbeiten und kam zu mir.
»Bitte, George«, sagte ich höflich, »könntest du nicht mal einen Moment warten?«
Sein Lachen blitzte weiß. Er zeigte auf das Band: »Erst bravo und jetzt nicht mehr?«
Ich runzelte die Stirn, als wäre ich beleidigt. In Wirklichkeit wollte ich nur Zeit gewinnen. Ich war echt erledigt.
»Du bist zu schnell!«, protestierte ich.
»Ich muss vierhundert Stück in der Stunde schaffen! Giulio will das so«, erwiderte er ärgerlich.
»Ich versteh dich ja«, log ich, »aber ich bin doch noch neu ...«
»Das ist mir egal!«, brüllte er. »Du kannst das nicht? Dann geh zu den Automatischen!«
»Geh an deine Presse, George«, befahl eine Stimme. »Ich helfe dem Jungen.«

Es war Mario.
Ohne Einwände zu machen, kehrte George kopfschüttelnd und unverständliches Zeug brabbelnd an seinen Platz zurück. Mario besaß Macht in diesem Laden, doch welcher Art sie war, hatte ich noch nicht begriffen.
»Du bist zu angespannt«, sagte mein Retter, nachdem er mich eingehend gemustert hatte. Mit beiden Händen – auch er trug Handschuhe – nahm er ein Stück Blech und schob es in die Presse. »Es gibt einen Trick, um mit diesem Mistkerl Schritt zu halten.«
»Echt?«
Er drückte die Knöpfe, und die Presse senkte sich. Kaum hörte man das Knirschen des Zuschnitts, ließ Mario die Knöpfe los und nahm das nächste Stück. Noch während sich die Presse wieder hob, legte Mario schon das nächste, tiefgezogene Blech hinein. »So musst du es machen – ihr zuvorkommen«, erklärte er, die Knöpfe bedienend. Dann trat er beiseite.
Mit einem Kopfnicken stellte ich mich an seinen Platz und versuchte, es so zu machen wie er. Es gelang mir sogar besser. Eine lächerliche Kleinigkeit. Nach einem Dutzend Bleche lief es wie am Schnürchen. Ich hatte sogar Zeit, Mario anzublicken. Er lächelte.
»Danke!«, sagte ich.
Und er, auf George zeigend: »Lass dir von dem nicht die Butter vom Brot nehmen!« Er ging.
Ein großartiger Mensch, dieser Mario, dachte ich.
Mein Band war leer. George trödelte.
»Her mit dem Teil, Onkel Tom!«, schrie ich.

Später ertönte plötzlich die Sirene, und der ganze Betrieb hielt abrupt inne. Blitzschnell verließen die Arbeiter ihre

Pressen und schwärmten wie Bienen alle auf einen Fleck neben dem Eingang zu. Ich sah auf die Uhr. Halb neun.
»Pause!«, schrie George mir zu.
Es gab sogar eine Pause. Toll. »Wie lange?«
»Zehn Minuten.« Er ging zu den anderen. Ich folgte ihm, da tauchte Vincenzo an meiner Seite auf.
»Wie läuft's?«, fragte ich. Zufrieden sah ich, dass sein Band noch halbvoll war.
»Wieso geht das bei dir so schnell?«
Ich zeigte auf die erste Presse. »George sagte, dass du ihm zu langsam erscheinst. Wir haben den Rhythmus gesteigert, damit du aufwachst.«
Vincenzos Miene wurde finster, er wirkte beunruhigt. »Ehrlich?«
»Ja.«
»Das hat er gesagt?«
»Hat er.« Ich zuckte die Achseln. »Mach dir keine Sorgen«, sagte ich. Doch jetzt war er doppelt und dreifach beunruhigt.
Seine Landsleute kamen uns mit einer Miene entgegen, als wären sie gerade auf dem Friedhof gewesen. Ich zündete mir eine Zigarette an, während Vincenzo ihnen aufgeregt den Quatsch erzählte, mit dem ich gerade geblufft hatte.
»Was hältst du davon?«, fragte mich einer, nachdem sie mit ihrem Gelaber im Dialekt fertig waren.
Verächtlich schnaubte ich Rauch aus. »Meiner Meinung nach müsstet ihr euch ein bisschen mehr ins Zeug legen.«
»Meinst du?«
»Das meine ich.« Alle vier blickten sich mit hängenden Schultern an. Ich fügte hinzu: »Im Grunde geht es mich aber einen Dreck an, ob ihr gut oder schlecht arbeitet,

oder? Von mir aus könnt ihr den ganzen Tag rumtrödeln. Ich warte sowieso nur auf den Anruf meines Managers und dann ...«, ich machte eine Handbewegung, »sag ich Ciao! Euch vieren, ganz Molise und diesen Scheißpressen!«
Die Zigarette im Mund, ging ich mit flotten Schritten zu der Schar der Blaumänner. Auf einer Fläche, die durch gelbe Striche markiert war wie eine Bushaltestelle, standen etwa dreißig Personen. Die gellenden Stimmen der Frauen, fast alle im mittleren Alter, übertönten die Männer und den Lärm der laufenden Maschinen, die warteten.
»Wie geht's?«, fragte mich eine Verrückte voller Ohrringe, die vorne ebenso flachgehobelt war wie hinten.
»Läuft alles ruhig. Und bei euch?«
Hätte ich das bloß nicht gesagt! Sie fingen allesamt an, sich über die Arbeit zu beklagen, die Arbeitskleidung, die Frühschicht, den Hunger, die Müdigkeit, ihre Männer und ihre Kinder.
Die bionische Type, die ich schon gesehen hatte, riet mir: »Hau ab von hier, solange du noch jung bist!«
Sie sah alt und traurig aus. »Und du wartest nur noch auf die Rente, oder?« fragte ich, nur um etwas zu sagen. »Wie lange hast du noch ... zwei, drei Jahre?«
Die Frauen sahen mich entsetzt an. »Hey, ich bin erst sechsunddreißig!«, rief die Bionische aus.
Verfluchte Scheiße. Ich hätte sie auf sechzig geschätzt. »Klar doch, das sieht man ja. War nur ein Scherz.« Ich lächelte.
Ihre Miene hellte sich etwas auf, das verschwitzte Gesicht verzog sich zu einem nasalen Kichern. Ihre Kolleginnen, die genauso verunstaltet waren wie sie, wenn nicht schlim-

mer, stimmten ein. Vielleicht waren diese Tussis, die wirkten wie jenseits der fünfzig, sogar jünger als ich. Ich ging weiter und entdeckte den Kaffeeautomaten. Davor stand ein großer, fetter Mann, in allen Teilen fehlproportioniert, um die vierzig - vielleicht war er aber auch erst fünfzehn.
»Wie geht's?«, fragte er mich.
Offenbar war das hier die übliche Frage. Es musste immer irgendwie gehen, sonst war man nicht normal.
»Phantastisch«, antwortete ich und stellte mich vor. Er hieß Alfonso. Ein rüstiger, stark behaarter Kerl mit einem etwas unheimlichen Silberblick. Er gab mir einen Kaffee aus. Nachdem ich eine hochinteressante Aufklärung darüber erhalten hatte, wie auch ich in den Besitz des blauen Schlüsselchens für den Kaffeeautomaten gelangen konnte - mündliche Anfrage, Antragsformular ausfüllen, dann etwa zwei Wochen Wartezeit -, kippte ich rasch die Brühe runter, die die Maschine ausgepisst hatte, bloß damit ich ihm nicht ins Gesicht gähnte.
Er erklärte mir, wohin die Geldscheine und Münzen gesteckt wurden, um das Schlüsselchen aufzuladen.
»Alles klar?«, fragte er schließlich ernst.
Ich überlegte, ob er für die Verteilung der Schlüssel Provision erhielt. Vielleicht bastelte er sie sogar selbst während der Arbeitszeit und sah sich schon in wirtschaftlicher Unabhängigkeit auf Barbados, wie er Daiquiris schlürfte und den weiblichen Eingeborenen den Hintern tätschelte, stolz, es aus eigener Kraft nach oben geschafft zu haben.
»Also sag mir, ob du einen brauchst, dann kümmere ich mich darum«, schloss er.
»Danke, Alfonso. Aber ich bin noch in der Probezeit.«
Er nickte seufzend. Ich hatte ihn enttäuscht. Mit mir war die Karibik nicht zu machen. Ich zeigte ihm die Moli-

saner, die abseits vom Haufen standen und sich lebhaft im Dialekt unterhielten. »Die werden bestimmt eingestellt, Alfonso. Das sind schlaue Kerlchen. Geh zu ihnen.«
Er watschelte mit Hämorrhoidenschritten auf sie zu.
Ich hatte nicht mal Zeit, mich umzudrehen, da zog mich ein baumlanger Mensch um die fünfzig, ein bisschen buckelig, die Trinkernase übersät mit geplatzten Blutgefäßen, zur Seite. »Bist du neu?«, fragte er, als wollte er mich einschüchtern.
»Soeben aus dem Mutterleib«, antwortete ich, auf seine Nase starrend.
Er kam noch näher und flüsterte: »Du weißt, dass dies hier die Brötchenpause sein sollte?«
»Ich verstehe«, sagte ich. »Also?«
Er zeigte mir einen Automaten, der etwas versteckter war als der Kaffeeautomat. »Wenn du also Hunger kriegst, was machst du in solchen Fällen?«
»Ich verprügle jemanden?«
»Nein. Ich heiße übrigens Giuliano.« Dann grub er etwas aus seiner Tasche. Es war genauso ein kleiner Schlüssel wie der von Alfonso, nur dass dieser hier gelb war. »Mit diesem Ding kannst du dir jedes Brötchen holen, das du haben willst. Brötchen mit Schinken. Mit Mortadella. Mit Salami. Es gibt sogar welche mit Koteletts.«
»Wahnsinn!«, rief ich aus.
Er hielt mir den Schlüssel unter die Nase. »Wenn du ihn haben willst, gebe ich dir ein Formular. Du füllst es aus und kriegst den Schlüssel von mir.«
»Und Brötchen mit Thunfisch?«, fragte ich.
»Was?«
»Gibt es auch Brötchen mit Thunfisch?«
Er runzelte die Stirn. »Auf das Formular, das ich dir gebe

werde, schreibst du, dass du Brötchen mit Thunfisch haben willst.«
»Sehr demokratisch«, gab ich zu.
»Nur noch eins.« Mittlerweile drückte er mich fast gegen die Wand. »Das ist sehr wichtig.«
»Was ist es, Giuliano?«
»Mit diesem Schlüssel kannst du dir Brötchen nehmen, ABER DU DARFST IHN NICHT für den Kaffeeautomaten benutzen. Das sind zwei getrennte Angelegenheiten.«
»Ihr seid mir ja eine richtig kriminelle Vereinigung«, sagte ich.
»Wie bitte?«
»Nichts. Gib mir nur noch ein bisschen Zeit, um zu überlegen«, bat ich. »Das sind schwierige Entscheidungen.«
Er nickte: »Sag Bescheid«, und steckte das Schlüsselchen wieder in seine Tasche, wobei er sich wachsam umschaute. Er konnte es wohl kaum erwarten, mit seinem Komplizen in die Karibik abzuhauen.
Ich blieb allein und beobachtete die anderen Arbeiter. Viele von ihnen schwangen Schlüsselbunde, während sie redeten. Und daran hingen auch die blauen für den Kaffee und die gelben für die Brötchen. Das Geschäft boomte. Dann bemerkte ich einen roten Schlüssel. Und ein etwa Dreißigjähriger schlug mir auf die Schulter.
»Magst du Coca-Cola?«, fragte er.
Aber da heulte die Sirene, und wir mussten den Handel verschieben.
Auf dem Weg zur Presse überlegte ich, dass man bloß einen Universalschlüssel für Kaffee, Brötchen und Getränke herstellen müsste, um alle Arbeiter verarschen zu können, und dann wären die Mauritius-Inseln das anvisierte Paradies.

»Vierhundert in der Stunde müssen wir machen«, sagte George feindselig zu Vincenzo, der von der Prägemaschine gekommen war, um ihn zu bitten, er möge langsamer arbeiten. Der Schwarze wartete gerade auf den Gabelstaplerfahrer mit einem neuen Stapel Bleche zum Misshandeln.
»Aber mein Band ist voll, George!«
»Ich will nichts davon wissen! Ruf Giulio und frag ihn.«
Ich wühlte in meinen Seitentaschen nach den Zigaretten. Es gab eine Menge Taschen in diesen Hosen. Zwei auf jeder Seite und hinten zwei. Wäre ich Sylvester Stallone in *Rambo* gewesen, hätten sie mir für die Messer, die Kompasse und die Handgranaten gute Dienste geleistet, aber ich war mehr so ein Typ wie Rocky. Endlich fischte ich eine halb zerdrückte Fluppe aus der Hose, zündete sie mir an und beobachtete den Schwarzen und den Molisaner.
Wer weiß warum, aber jetzt lachten sie auf einmal, die ganze Bitterkeit von vorhin schien sich beim gemeinsamen Durchschneiden von Verpackungsriemen aufgelöst zu haben.
Ich schlenderte auf sie zu. »Was geht ab?«, fragte ich.
Vincenzo schlug George auf die Schulter. »Wir sind schon dicke Freunde!«
George stampfte mit dem Fuß auf, als hätte der andere einen unwiderstehlichen Witz gemacht. »Der ist aus Molise!«, rief er. Auch Vincenzo fing wieder an zu lachen.
»Super«, sagte ich.
»Im Molise hatte ich eine Frau«, gestand George.
»Er war mit einer aus Isernia zusammen, dieser Lustmolch!«, erklärte Vincenzo.
»Kaum zu glauben, wie klein die Welt ist«, kommentierte ich. George mimte mit der Hand eine Kolbenbewegung

und Vincenzo tat es ihm noch energischer nach. Wieder stampfte der Schwarze lachend mit dem Fuß auf. Der Molisaner verpasste ihm den x-ten Schulterschlag, und beide brachen abermals in Gelächter aus. Ich nickte, tat amüsiert. Wirklich zwei Volltrottel, die beiden.

»Darf ich erfahren, was zum Henker ihr hier treibt?«, brüllte jemand hinter uns.

Wir drehten uns um. Giulio bedachte uns mit dem strengen Blick eines Schiedsrichters, der Foulspieler zurechtweist.

Ich trat einen Schritt zurück, um mich von der Szene zu distanzieren. George brummte etwas Unverständliches. Vincenzo sagte: »Es ist nichts, Giulio, ich hab ihm nur beim Auspacken geholfen«, und fing aus unerfindlichen Gründen an, das erste der soeben ausgepackten Bleche zu säubern.

»Zurück an euren Arbeitsplatz, SOFORT!«

In der nächsten Stunde schafften wir die vierhundert Teile Standardsoll. Ich lief sogar noch zu George, um ihm beim Auswechseln eines Packens Bleche zu helfen. Kreuzband, Zange, der Knall beim Durchschneiden der Riemen. Voilà. Der Schwarze wechselte ein paar Worte mit dem Gabelstaplerfahrer, er wollte, dass er mit der Palette näher heranfuhr. Ein bisschen mehr rechts, winkte er, ein bisschen nach links. Der Fahrer trug Jeans und Oberhemd, offenbar wollte er sich auf diese Weise von uns Arbeitern unterscheiden. Er mochte fünfundzwanzig oder fünfundvierzig Jahre alt sein, ein dichter Bart verbarg seine Züge. Beim Manövrieren schob er die Zunge in die Richtung, in die er gerade fuhr, sie ragte ihm übertrieben weit aus dem Mund, und er leckte sich die Barthaare in der näheren Umgebung.

»Ja, okay so!«, sagte der Schwarze. Augenblicklich zog der Fahrer die Zunge wieder ein und fuhr an uns vorbei aus der Halle. Dabei blickte er auf uns zurück, als wären wir Zollbeamte an der Grenze, die er jetzt auf dem Weg in ein sehr viel interessanteres Land überschritt.
Von nun an behielt ich Georges Rhythmus bei und Vincenzo meinen und die anderen idem, bis zur Sammelstelle.
Um halb eins, genau zweihundert gepresste Bleche waren in den Kisten verstaut, ertönte das Heulen der Sirene. Sofort zog George seine Handschuhe aus, der Blonde ebenso, und der an der Auffangstelle rief mir und Vincenzo zu: »Essen!«
Die graue Tür zur Kantine war noch geschlossen und blieb es auch, bis fünf oder sechs Männer und Frauen anfingen, mit Fäusten dagegen zu schlagen, ob vor Wut oder vor Freude oder aus welchem Grund auch immer, konnte ich nicht herausfinden.

Ich saß an einem Tisch mit den Molisanern, vor mir auf dem Tablett einen mickrigen Teller Pasta und ein von den Köchen, die uns an der Theke bedient hatten, schlecht durchgebratenes Stück Fleisch. Lustlos kauend, betrachtete ich die anderen Tische, alle rechteckig, alle identisch, bis auf einen etwas abseits stehenden, runden Tisch, groß genug für eine weihnachtliche Rommérunde der ganzen Verwandtschaft, an dem Giulio und die anderen Bosse saßen. Da war der Chef der Montage, wie ich erfuhr, der Leiter der Wartungsabteilung und der Boss der Gabelstaplerfahrer, außerdem zwei oder drei mit unerfindlichen Aufgaben, und alle saßen im schwarzen Kittel um Giulios noch schwärzeren Kittel herum.

»Na«, lenkte mich einer der Molisaner ab, »wie ist es euch an der blauen Linie ergangen?«
»Und euch? Ihr ward bei den automatischen Maschinen, oder?«
Vincenzo und ich wechselten einen Blick und grinsten überlegen. Vincenzo sagte etwas im Dialekt, ein harter Sound wie Maschinengewehrfeuer, dann fing er an zu lachen. Ich sah die anderen erbleichen. Also stimmte ich in sein höhnisches Gelächter ein, obwohl ich nicht die Bohne verstand.
Er musste es bemerkt haben, denn er beeilte sich, mir zu erklären: »Ich hab gesagt, dass die Leute an den Automatischen meistens einen Dreck wert sind und entlassen werden. Uns beide aber«, und er zeigte auf sich und mich, »hat man an die Tiefziehpresse und die Schermaschine gestellt, weil sofort klar war, dass wir keine Weicheier sind. Oder?«
»Genau«, nickte ich. »Nur Männer mit extrastrong Eiern an der blauen Linie.«
Der, der vorhin geredet hatte, Luigi, genannt Gigio, sah sich seine verängstigten Kumpane an. »Wer weiß«, sagte er mit vollem Mund, »vielleicht schickt man uns ja auch noch an die Tischziehpresse.«
»Aber klar doch!«, Vincenzo fing wieder an zu lachen.
Ein anderer, Stefano, jammerte: »Und warum hat man uns dann nicht gleich an die Schermaschine und die Zischpresse gestellt?«
»Wer von uns hat denn die Stücke zusammen mit diesem Bimbo hingekriegt?«, fragte Vincenzo immer noch lachend.
»Ja, wer wohl, hä?«, wiederholte ich, seinen Akzent nachahmend.

Und alle krümmten sich vor Lachen, hieben einander abwechselnd auf die Schulter oder auf den Tisch, eingeschüchtert und erleichtert zugleich.
Was für eine Gurkentruppe! Und ich musste mit ihnen rumhängen, sonst hätte ich wie einer gewirkt, der sich schon am ersten Tag drückt. In Wirklichkeit wollte ich mich nur ein bisschen in der Gruppe verstecken, um die Kräfteverhältnisse bei der Trak zu sondieren und dann still und leise »aufzublühen« und mich in ein paar Monaten auch an den runden Tisch der Bosse zu setzen.
Schon sah ich mich im schwarzen Arbeitskittel als Leiter von irgendwas, egal was, Leute hierhin und dorthin schicken, ohne je die Stimme zu erheben, ohne einen Muskel zu rühren, alles nur kraft meines ganz besonderen diktatorischen Blicks.

Keiner der Molisaner rauchte. Ich leerte das Tablett und ging in die Hitze draußen, um eine zu rauchen. Von dort, wo ich stand, konnte ich die Pförtnerloge sehen, und weiter hinten Richtung Straße.
Ich hörte Schritte und drehte mich um. Die Oberlippe schweißbedeckt, eine filterlose Zigarette zwischen den Zähnen, grüßte mich Mario mit erhobener Hand. In der Kantine hatte ich ihn beobachtet, wie er sich, neben George sitzend, aber nicht wirklich *bei* George, von Zeit zu Zeit an den Tisch der Bosse wandte, als wüsste er, dass er schon im nächsten Moment seinen Stuhl umdrehen und sich unter sie mischen könnte.
»Wie läuft's an deinem ersten Tag?«, fragte er.
»Hervorragend.«
»Ziemlich harter Tag, um hier anzufangen.«
»Ich hab schon schlimmere gehabt.«

Er nickte. »Haben wir alle. Wie alt bist du?«
»Siebzehn. Und du?«
»Fünfundzwanzig.« Er nahm die Zigarette in die Hand, und ich bemerkte etwas, was ich wegen der Handschuhe bis jetzt nicht hatte sehen können: Ihm fehlten zwei Finger der rechten Hand, der Mittel- und der Ringfinger. Weg, sauber abgeschnitten.
Ich wandte den Blick in Richtung Hof.
Meine Stimme zitterte leicht, als ich fragte: »Wie lange arbeitest du schon bei der Trak?«
»Acht Jahre. Ich war so alt wie du, als ich hier zum ersten Mal reingekommen bin.«
»Ich hätte dir weniger Jahre gegeben.« Und zwei Finger mehr, verdammte Scheiße!
»Die meisten schätzen mich älter.« Er spuckte Tabakkrümel von seiner Zunge. »Hier drinnen kann ich alles machen«, sagte er ziemlich stolz. »An der Schneidemaschine bin ich super.«
»Hab ich bemerkt.«
Er zeigte mir seine gesunde Hand. »Die Chefs hier tragen mich auf Händen. Ich kriege sie alle rum, wenn ich will.«
»Das habe ich sofort begriffen.«
»Man sieht das, oder?«
»Und ob man das sieht!«, rief ich aus.
Einen Augenblick nur lag ein zufriedener Ausdruck auf seinem Gesicht, dann verflog er jäh.
»Aber das ist mir scheißegal«, sagte er mit heiserer Stimme. Seine Hand ging zum Mund, und er nahm sich die Zigarette von den Lippen. Ich sah das vernarbte Gewebe auf den Fingerstummeln. Das schlechte Mittagessen kam mir hoch. Mühsam schluckte ich.
Mario schaute auf seine Armbanduhr und warf die Kippe

weg. »Es ist fast so weit. Diese letzten Minuten vergehen am schnellsten.«
»Stimmt.« Ich drückte meine Zigarette aus.

Als Maschine war die Schneidemaschine an sich schon brutal. Wenn ich an Mario dachte, konnte ich sie fast nicht mehr ansehen. Mir schien, als lägen überall abgerissene Finger herum, und noch bevor George sein erstes Stück nach dem Mittagessen rangeschoben hatte, sah ich sie zu Hunderten herumwimmeln: grauenhafte Finger wie kleine, blutige Schlangen, deren Bewegungen Streifen aus organischer Materie und Jauche auf dem Boden um mich herum hinterließen.
Meine Finger waren mir lieb und teuer, verdammt. Ich benutzte sie gerne, und sei es bloß zum Popeln.
Der metallische Arm schickte Georges Stück auf das Laufband. Es ging wieder los.

»Kamerad!«, brüllte Giulio mir ein paar Minuten später ins Ohr, so dass ich zusammenzuckte. »Du wirst ziemlich langsam!«
Ich hatte mich in Gedanken so weit entfernt, dass ich erst jetzt bemerkte, wie sich die Teile auf meinem Abschnitt des Förderbands häuften. Ich warf einen Blick auf Vincenzos Band: total leer. Ganz hinten gähnte der Typ an der Auffangstelle. Und George starrte mich zwischen zwei Stücken mit der üblichen finsteren Miene an.
Giulio stoppte das Band und reichte mir ein Blech. »Beweg deinen Arsch, Kamerad! Pressen!«
Ich gehorchte, aber sehr langsam.
»Schneller!«
Fast hätte ich ihn zum Teufel geschickt.

Aber dann kam ich langsam wieder in Schwung und presste.
»So ist es gut«, sagte Giulio. »Heute Morgen schienst du mir fitter. Was ist passiert?«
»Das ist nur der volle Magen.«

Nach einer Weile waren George und die anderen mit ihrer Schicht fertig. Wir verabschiedeten uns. An den Platz des Schwarzen kam ein junger Typ mit Geheimratsecken, die langen schütteren Haare zu einem lächerlichen Pferdeschwänzchen zusammengebunden. Er grüßte nicht einmal. Presste das Teil, und wir machten weiter.
Ohne dass ich es wahrgenommen hätte, waren meine Bewegungen automatisch und präzise geworden.
Aber ich schwitzte, hatte Durst, musste pinkeln und brauchte eine Zigarette. Ansonsten war alles in Ordnung.
Ich begann, an meine eigenen Angelegenheiten zu denken, vor allem an Chiara, an bestimmte Dinge, die ich ihr sagen wollte. Der Gedanke an sie leistete mir Gesellschaft bis um drei, als wir unterbrachen, um die Stundenzettel auszufüllen. Wir hatten wieder einmal vierhundert Stück gepresst. Mein ganzer Körper schmerzte, und mir war nicht gerade danach, auszurufen: »Wow! Geschafft, und ich hab's gar nicht gemerkt!«
»Wechsel!«, befahl jemand hinter meinem Rücken.
Ich drehte mich um. Die Stimme kam von einem korpulenten Mann, dem der Bauch aus der Hose quoll. Er hatte gefärbte Haare, doch sein Alter sah man ihm trotzdem an, er konnte nicht viel jünger als sechzig sein.
»Wie bitte?«, fragte ich.
»Geh aufs Klo, ich ersetze dich.«
»Wer bist du?«

»Ich bin der Joker.«
»Was soll das heißen?«
»Ich ersetze die, die pissen gehen müssen, je fünf Minuten pro Mann. Ich arbeite für dich, während du eine Kaffee- oder Zigarettenpause machst oder tust, was dir beliebt.«
»Machst du das schon lange?«
»Mir fehlen noch vier Monate bis zur Rente.« Er war stolz. Und nach seiner Miene zu urteilen, schien es klar, dass er mich nicht mal irrtümlich für seinesgleichen hielt. Ich war schlicht und einfach einer, den er ein paar Minuten lang an der Presse ersetzte und der ihm später seine Rente bezahlen würde.
»Kompliment!«, sagte ich. »Tolle Karriere!« Ich zwinkerte ihm zu und ließ ihn stehen.
Die Presse des Typen mit den Geheimratsecken senkte sich und hob sich wieder. Es begann von neuem - die nächsten vierhundert Stück von was weiß ich. Ich ging an ihm vorbei. Wir blickten uns eine Sekunde lang an und grüßten uns wieder nicht. So ist das manchmal. Keine Ahnung, warum zwei Leute sich sofort gegenseitig auf den Sack gehen, ohne sich überhaupt kennengelernt zu haben.

Als ich vom Klo zurückkam, hatte der Joker sich von dem Arsch mit dem Pferdeschwanz das ganze Band vollladen lassen. Vielleicht machte es dem Typen Spaß, einen armen alten Schwachkopf mit der Presse zu misshandeln, denn jetzt trug er ein böses Lächeln im Gesicht.
Der Joker empfing mich mit den Worten: »Diese Arbeit sollte man in aller Ruhe machen ...« Er schwitzte ein bisschen auf der Stirn unter den schütteren gefärbten Haaren.
»Ich kann nichts dafür!«, sagte ich und nahm meinen

Platz an der Presse wieder ein. »Geh dich bei ihm beschweren«, und ich wies mit den Augen auf den ersten in der Pressenstraße.

»Der da? Das ist eine Bestie. Wenn sie uns befehlen, macht neunhundert, dann macht er neunhundert!«

»Und was tut man dagegen?«

Unterdessen machte der Pferdeschwanz ungerührt weiter, um nichts auf der Welt hätte der angehalten.

»Du musst ihn zwingen, langsamer zu arbeiten!«, erklärte der Fast-Rentner.

»Sieht nicht so aus, als ob es dir gelungen wäre.«

»Mir?« Er tupfte sich mit einem blütenreinen Stofftaschentuch den Schweiß von der Stirn. »Ich geh bald in Rente, was meinst du, wie egal mir das ist. Ich sage das für euch.«

Ich nickte, während ich presste und zuhörte, mehr presste als zuhörte. »Ja? Und was rätst du mir?«, fragte ich zerstreut.

Aber ihm war das wirklich alles scheißegal, denn als ich mich umdrehte, stand er schon am Platz von Halbglatze mit Pferdeschwanz, den Magneten in der Hand und das Teil auf der Form.

Es war alles genau geregelt und alles total verrückt.

Um halb fünf Uhr nachmittags heulte keine Sirene. Der Arsch an der ersten Maschine hörte sogar dann nicht auf, seine Ungeheuer auszuwerfen, als Mario kam, um mir und dem Molisaner zu sagen, dass wir Schluss machen sollten. Erst als Mario zu schreien anfing, kapierte der Idiot, dass er mal ein paar Sekunden warten sollte.

Zwei fast identische Goliaths um die dreißig tauchten auf, um uns zu ersetzen. Wer weiß, aus welchem Loch sie hervorgekrochen waren – vielleicht lebten sie hier unten im Keller, schliefen auf den Verschalungen der elektrischen Leitungen, aßen Blechspäne und paarten sich mit ausgesonderten Stanzen. Sie grüßten nicht und fragten nichts, strotzten vor Kraft und stiegen in den Arbeitsrhythmus ein, als hätten sie den ganzen Tag lang auf nichts anderes gewartet.

Mario hieb mir auf den Rücken. »Bis morgen?«, fragte er mit einem ironischen Lächeln.

»Bis morgen«, erwiderte ich.

Wir gingen zum Container.

Kurz darauf erschien Giulio mit seinem gemessen-fröhlichen Gang. Er lächelte mit zerkauten Resten eines Brötchens zwischen den Zähnen. »Na? Wie ist es gelaufen?«

Gut gut gut gut.

Er nickte. »Fragen? Zweifel?«

Wir nickten mit einem einzigen Kopf.

Einer nach dem anderen mussten wir die Anwesenheitsliste unterzeichnen. Als ich an der Reihe war, zwinkerte er mir zu. Ich tat so, als hätte ich es nicht bemerkt.

»Geht euch umziehen. Und pünktlich morgen!« Das war sein Abschiedsgruß.

Ciao ciao ciao ciao.

Im Gegensatz zu heute Morgen schien jetzt ein Wohlgeruch aus den Spinden zu kommen. Als ich meine Sachen überzog, empfand ich ein Gefühl der Befreiung.

Ich wartete nicht auf die Molisaner, lief nach draußen auf den sonnigen Hof, und der Rucksack hüpfte auf meinem Rücken wie früher in der Mittelschule, wenn ich aus dem Schulgebäude rannte. Nur dass mein Schatten auf dem Boden jetzt länger war, als ich ihn in Erinnerung hatte.

Ich kam mit der festen Absicht nach Hause, mich keinesfalls von wem auch immer beharken zu lassen. Aber es geschah. Ja, man schien sich sogar genau überlegt zu haben, auf welche Weise man mich am besten auf die Palme bringen konnte.

Die Maurer waren da, nicht zu fassen, die Maurer!

Auf unserem Rasen sah ich einen Kleinlaster stehen, auf dem Laster lagen Werkzeuge. Im Haus empfingen zwei sehr dunkle, kleinwüchsige Kerle Anweisungen von einem Mann im Unterhemd, der eine kackfarbene Mütze voller Schweißflecken auf dem Kopf trug. Ihre Arbeit bestand darin, eine Wand des Wohnzimmers einzureißen, und sie wüteten mit dem Furor von Bankräubern, die den Tresorraum knacken wollen, dass der Mörtelstaub und die Steine nur so flogen. Aus dem Erdgeschoss sollte ein einziger großer Saal werden.

Ich ließ meinen Rucksack fallen. »Was zum Teufel geht hier vor sich?«, rutschte mir heraus.

Der mit der Mütze drehte sich zu mir um. Die anderen beiden Mauerbrecher hatten mich nicht gehört.

»N'abend«, sagte er.

Bevor ich Luft holen konnte, erschien der Chef, ebenfalls in Arbeitskleidung und bis unter die Haare verdreckt. Er griff nach einer Spitzhacke und begrüßte mich.

»Wie war der erste Tag?«, fragte er, wartete aber nicht auf die Antwort, sondern fing an, auf eine Stelle einzudreschen, die von den anderen noch verschont geblieben war. Er schlug mit voller Kraft zu, und der Aufprall der Hacke hallte in meinem Kopf wider.

»Was zum Teufel geht hier vor sich?«, brüllte ich.

Die beiden Arbeitstiere zuckten zusammen. Alle hielten inne.

»Hast du noch immer nicht kapiert, dass es in diesem Haus Neuigkeiten gibt?«, fragte der Chef.
»Aber mir Bescheid sagen, das ist nicht drin, was? Ich habe mir bis jetzt in der Fabrik den Arsch aufgerissen und komme zu Hause in ein totales Chaos!« Vor Nervosität war meine Stimme heiser.
Der Chef schien einen Moment lang nachzudenken. »Ich weiß nicht, was ich dir sagen soll«, murmelte er achselzuckend. Und fing wieder an, auf die Mauer einzuschlagen, gefolgt von den anderen.
TONK TONK TONK.
Der mit der kackfarbenen Mütze zuckte die Achseln.
Ich wollte noch etwas hinzufügen über diese Ungerechtigkeit – das Haus umzubauen, in dem ich aufgewachsen war, ohne sich mit mir zu beraten –, aber dann nahm ich nur den Rucksack und ging nach oben. Mein Zimmer gab es noch. TONK TONK TONK. Vorerst.

Der Esstisch stand an der Wand, und wir aßen zwischen den Ruinen zu Abend, gefährlich dicht nebeneinander sitzend, so dass sich Ellenbogen und Füße berührten.
Virginia und die Robbe waren von irgendwelchen Erledigungen zurückgekommen, hatten die umwerfende Arbeit der Maurer bewundert und etwas zu essen gekocht, während der Chef duschte und ich zwischen dem an einer Wand mehr schlecht als recht zusammengekehrten Schutt herumwanderte. Ein Gefühl der Unwiderruflichkeit hatte mich ergriffen.
»Was hat der Junge?«, fragte Virginia den Chef. »So still war er noch nie.«
»Er hat Angst, dass wir ihn aus dem Haus werfen.« Der Chef sah mich nicht an.

»Warum«, fragte sie lächelnd, während sie mich aus dem Augenwinkel beobachtete, »war das denn nicht so geplant?«
Stille. Bleierne Stille.
Schließlich fingen Francy und Vì an zu lachen.
Ich lehnte mich zurück. »Das macht mir keine Angst.« Ich sah sie scharf an. »Mir ist scheißegal, was ihr denkt.«
Dann nahm ich den Chef ins Visier.
Er hob die Augen und versuchte einen seiner Schlagbohrerblicke, die ich früher so gefürchtet hatte. Nach einem zähen Moment schien er zu spüren, dass jetzt ein anderer Wind wehte, denn zum ersten Mal, seit ich ihn kannte, senkte er die Augen. Der Chef hatte kapituliert.

Am nächsten Morgen war ich wieder bei der Trak. Wieder hatte man mich an die Schneidepresse gestellt. Nach dem ersten Tag in der Fabrik tat mir alles weh. Am Morgen war ich mit dem Gefühl aus dem Bett gekrochen, auf meinem Rücken – in den schon meine Mitbewohner hinterrücks einen Dolch gestoßen hatten – marschiere eine ganze Abteilung US-Marines.
Beim Betreten der Fabrik hatte ich mit niemandem gesprochen. Die Molisaner hatten mich nach meiner Fußballerkarriere gefragt, aber inzwischen war mir die Lust auf solche Albernheiten vergangen.
»Kniebänder im Arsch«, hatte ich nur gesagt. »Karriere beendet.«
Ich hatte sie mit ihren erstaunten und betroffenen Mienen an den Spinden stehenlassen und war, umhüllt vom Aasgestank, in die Hosen und das T-Shirt mit dem grellen Trak-Logo geschlüpft.
Giulio hatte die Molisaner an die Ritelli, die grüne Linie,

geschickt, wo wir gestern nur Frauen hatten arbeiten sehen. Die durften jetzt unter übertriebenen Freudenbekundungen fast alle an die Automatischen gehen. Ärgerlich reagierte nur die Bionische, die die Pressenstraße mit zu vielen Neulingen leiten musste und dabei riskierte, unter ihr Produktionssoll zu fallen. Nur zu mir sagte Giulio in neutralem Ton: »Geh dahin, wo du gestern warst«, ohne noch etwas hinzuzufügen, ohne römischen, ohne Bergamasker Gruß, ohne gar nichts.

Doch um die Mitte der zweiten Arbeitsstunde sah ich ihn lächelnd ankommen. »Kamerad! Arbeite weiter, während ich mit dir rede, und kein einziger Blick in Georges Richtung!«

Ich nickte ruhig und schnitt meine Teile, ohne einen zusätzlichen Muskel zu rühren.

»Ich rede jetzt Klartext mit dir«, fuhr er fort.

»Okay.«

»Du bist mir sofort aufgefallen. Hast du wahrscheinlich gemerkt. Meiner Meinung nach hast du was drauf, und das nicht nur, weil wir beide an die glühende Flamme glauben, die alles erwärmt und ewig strahlt.«

»Natürlich!«, rief ich aus.

»Was ich dir jetzt sage«, fing er wieder an, »musst du für dich behalten.«

Energisches Nicken. Ich war das Inbild der Neugier.

»George ist zu alt und zu afrikanisch, um noch länger an der Tiefziehpresse zu stehen. Er hat nicht mehr den Schwung von früher.«

»Mir kommt es nicht so vor, als würde er einen Moment lang nachlassen.«

Giulio zeigte auf ein Stück. »Früher hat er davon sechshundert Stück in der Stunde gemacht.«

Ich versuchte, mir das vorzustellen. Schon jetzt konnte man kaum mit ihm mithalten ... Zweihundert Stück mehr in einer Stunde. Verflucht!

»Sechshundert«, wiederholte Giulio. »Rechne dir mal aus, wie stark der Durchschnittsausstoß gesunken ist.«

»Hm.«

»Immer haben wir den anderen beiden Schichten gezeigt, was eine Harke ist. Dann hat George, weiß der Henker warum, etwas getan, was wir niemals erwartet hätten: Er ist in die Gewerkschaft eingetreten. Und dann noch was: Letzten Sommer ist er nach Burundi oder Bikini Faso oder wohin auch immer verreist, aber statt zwei Wochen Ferien zu machen, wie alle anderen, mich eingeschlossen, ist er mit DREI TAGEN VERSPÄTUNG zurückgekommen.«

»Wahnsinn!«

»Probleme mit dem Flugzeug, hat er gesagt. Die Werksleitung war stinksauer, Collura war stinksauer und ich auch. Kannst du dir das vorstellen? Drei Tage Verspätung!«

»Inakzeptabel!«

»Und er hat sogar die Frechheit besessen, beleidigt zu reagieren! Von dem Moment an hat er den stündlichen Ausstoß um zweihundert Stück reduziert.«

Ich wollte einen künstlichen Lacher loslassen, der mir aber im Hals steckenblieb, denn die wachsende Angst schnürte mir die Kehle zu.

»Dann habe ich versucht, ihn zu ersetzen. Aber alle anderen, die ich an seinen Platz gestellt habe, sind auch Gewerkschaftsmitglieder. Alle Leute, denen wir Arbeit geben, sind in dieser beschissenen Cigiell!«

»Diese Tagediebe!«

Er schlug mir so kräftig auf die Schulter, dass ich fast über die Auslegeware gerollt wäre.

»Hier gibt es kein Produktionslimit. Hier können auch tausend Stück in einer Stunde gemacht werden, wenn einer das schafft. An den anderen Maschinen hinter dir müssen sie Schritt halten. Wenn an der Tiefziehpresse tausend gemacht werden, müssen tausend bis ganz hinten an der Auffangstelle gemacht werden. Denn die erste Maschine ist die langsamste von allen, also können die anderen alle mithalten. Ist das klar?«

»Sonnenklar.«

»Schon seit längerem suche ich einen, der nicht politisiert ist oder vielleicht sogar auf der Gegenseite dieser Arschlöcher politisiert. Kannst du mir folgen?«

Scheiße, und ob ich das konnte. Jetzt hörte ich wirklich zu.

»Darum, Kamerad, stelle ich dich in diesen Tagen zu George. Denn du sollst seinen Job haben. Du kommst an die Tiefziehpresse. Und dann lass ich dich einstellen, aber nicht erst mit Lehrvertrag, sondern als FESTANSTELLUNG, wenn du mir die Produktion steigerst.«

Ich zögerte einen Moment. »Aber …«

Er ließ mich nicht ausreden. »Unbefristete Anstellung in meiner Schicht!«

»Aber ich …«

»Ein fester Arbeitsplatz, und du bist noch nicht mal volljährig! Was zum Teufel willst du mehr?«

»Wenn …«

»Und das bedeutet, dass du sofort nach deinem achtzehnten Geburtstag den Führerschein machen und dir ein Auto kaufen kannst; und vor allem kannst du allein wohnen und so viele Weiber durchvögeln, wie du willst, ohne dass dich jemand nervt.«

Das dritte Argument würgte jeden Satz ab, den ich noch hätte sagen wollen.

Er drängte: »Es ist zehn nach neun. In genau zehn Minuten komme ich zurück und will eine definitive Antwort von dir, Kamerad.« Er legte eine Hand auf meinen Arm, wodurch ich gezwungen war, mich umzudrehen und ihm direkt in seine irren Augen zu blicken. Ernst wie ein General zu seinem Untergebenen sagte er: »Ich habe dich ausgewählt. Wenn dir dieser Vorschlag nicht passt, ist die Welt immer noch voller Molisaner. Verstanden?« Und er schickte sich an, wegzugehen.

Ich dachte an den Chef und den Ausdruck eines Verlierers, der ihm gestern Abend im Gesicht gestanden hatte. Und an Virginia.

»Warte!«, sagte ich.

Er drehte sich um.

»Ich brauche nicht drüber nachzudenken.« Ich versuchte, meinem Tonfall ein Höchstmaß an Entschlossenheit zu verleihen. »Ich sage ja.«

Er pfiff nach George. Dann legte er mir eine Hand auf die Schulter. Ich spürte deren ganzes Gewicht. Als der Schwarze zu arbeiten aufhörte, zeigte er auf die Tiefziehpresse. »Bist du sicher?«, fragte er feierlich.

Ich sah ihn an, dann George, der uns, über den Schlund der Maschine gebeugt, mit offenem Mund anstarrte. Weiter hinten sah ich Mario an der Schalttafel hantieren. Über unseren Köpfen setzte sich bedrohlich der Laufkran in Bewegung.

»Ich bin mir sicher«, antwortete ich.

Um fünf Uhr nachmittags war ich schon wieder in meiner Gegend. Auf dem Nachhauseweg überlegte ich, dass ich

die bestmögliche Entscheidung getroffen hatte. Ich war ein bisschen traurig gestimmt, aber Giulios Vorschlag anzunehmen bedeutete, sie alle miteinander am Arsch zu kriegen. Ja, doch!
Plötzlich musste ich lachen. Ich war frei! Noch nicht mal achtzehn, und ich konnte mein eigenes Leben führen, wie und wo ich wollte, weit weg von den Streitereien in meiner Familie. Weiber in Hülle und Fülle, Whiskey, jeden Abend Party, endlos Musik, einen Golf Rally – vielleicht auch ich mit einer Harley unter dem Hintern, warum nicht? Ich hatte das Richtige getan, das Beste!
Die Welt war eine einzige Orgie, ich würde mich hineinwerfen und für immer dabei bleiben.
»Ich verschwinde!«, würde ich beim Reinkommen dem Chef in sein bestürztes Gesicht, Virginia in ihre heuchlerische Visage und der Robbe in ihre verdreckte Schnauze rufen. »ICH VERSCHWINDE!«
Doch bevor ich nach Hause ging, würde ich mir einen kurzen Abstecher in die Bar gönnen, um zu feiern.
Eigentlich hätte ich erst duschen müssen, doch meine Füße trugen mich schon in Richtung Bar. Vielleicht suchten meine Füße Ärger.

Auf dem Platz vor der Bar standen Motorräder mit Namen wie algebraische Gleichungen und Prolo-Autos. Auch das von Chiara. Das Herz begann mir in der Brust zu hämmern, aber ich ging weiter.
An der Tür zur Bar klebte ein Zettel: HEUTE ABEND DARTTURNIER. Durch das Fenster warf ich einen Blick ins Innere. Das Lokal war gerammelt voll. An einer Wand hingen zwei große runde Zielscheiben.
Ich öffnete die Tür und trat ein. Es gab ein nicht mal be-

sonders lautes Klingeln. Doch etwa dreißig Menschen hörten auf, das zu tun, was sie gerade taten, und das Stimmengewirr verstummte schlagartig.
Wie damals in der Schule an dem Tag, an dem ich Schwarzy fertiggemacht hatte, drehten sich die Gesichter aller Anwesenden eines nach dem anderen in meine Richtung. Warum musste ich mich bloß immer in so beschissene Situationen bringen? Dann sah ich sie an einem Ecktisch. Chiara und Tony Champion, nebeneinandersitzend. Sie war hinreißend, aber natürlich auch ein bisschen naiv, weil sie sich immer noch mit diesen Leuten abgab. Um sie herum saß die übliche Clique. Ich sah Federico, den Pusher, und Moderzahn.
Ausgerechnet der unterbrach das Schweigen, indem er mir zurief: »Hallo Näschen!«
Ein allgemeines Gelächter brach los, das ich wie einen Hagel spitzer Nadeln auf der Haut spürte. Alle lachten, außer Chiara und ihrem Tony. Alles schlug sich grölend gegenseitig auf den Rücken.
Ich blieb ruhig, wartete ab, bis sie sich ausgetobt hatten, und sagte dann: »Wenigstens ist meine Nase noch da, im Gegensatz zu deinen Zähnen.«
Er grinste nicht mehr. Chiara beobachtete ihn alarmiert. Jemandem entwischte noch ein Lacher, den er sofort erstickte. Hosenscheißer, alle miteinander, aber das wusste ich ja schon.
Gedemütigt knurrte Moderzahn: »He, Arschloch, pass auf, was …«
»Halt's Maul!«, unterbrach ihn Tony Champion im resoluten Ton des Anführers.
Moderzahn drehte sich zu ihm um.
Mit zusammengepresstem Kiefer schüttelte Tony den Kopf.

Alle hielten den Atem an.
Da klingelte das Glöckchen, und die Tür ging auf. Zwei alte Männer kamen gutgelaunt herein. Einer, dem das Hörgerät an der Ohrmuschel baumelte, fragte mit lauter Stimme: »Was ist, wird hier jetzt Dart gespielt?«
Moderzahn stand auf, ging quer durch den Raum auf mich zu und blieb einen Augenblick stehen, um mir in die Augen zu sehen. Er suchte seinen ruhmreichen Moment an diesem Abend, aber der Ruhm war ein Verräter und gehörte nur harten Kerlen wie mir.
»Wir sehen uns, du und ich«, sagte er.
Ich schnalzte nickend mit der Zunge.
»Du und ich«, wiederholte er. Und ging raus.

»Und wer übernimmt jetzt seinen Platz?«, fragte der Barmann.
Es stellte sich heraus, dass Moderzahn für das Dartturnier eingeschrieben war. Mit seinem frühzeitigen Abtritt von der Bühne waren aus den sechzehn Eingeschriebenen fünfzehn geworden, damit würde ein Achtelfinale ausfallen.
Der Alte mit dem Hörgerät wurde ärgerlich. »So geht das aber nicht!«, brummte er, und seine Kuhaugen verdunkelten sich. »Seit einem Monat warte ich auf das Spiel, Herrgott noch mal!«
»Tja«, machte der Barmann. »Wir könnten einen direkt ins Viertelfinale einsteigen lassen und ...«
»Nee-nee-nee!« Der Alte schüttelte den räudigen Kopf. »Das funktioniert ja nun gar nicht!«
Ich warf einen Blick auf die Tafel mit den Namen der Teilnehmer und las Tonys Namen.
»Ich spiele!«

Stille. Wieder richteten sich alle Blicke auf mich. Und wieder ertönte ein lautes allseitiges Gelächter, in das Chiara diesmal einstimmte. Ich lächelte verächtlich. Sie versuchten, mich zu verletzen, aber es gelang ihnen nicht. Ich war aus Schwermetall.
Sie schüttelte den Kopf, doch in ihrem Blick las ich deutliche Anzeichen für eine Bewunderung, die sich unmöglich verbergen ließ.
»Angenommen!«, brüllte der Alte mit dem kahlen Kopf. Der Barmann fragte nach meinem Namen und schrieb ihn auf die Tafel.

Während ich wartete, bis ich an der Reihe war, setzte ich mich an einen Tisch hinter Chiara, die mit allen Mitteln versuchte, mich zu ignorieren, indem sie zuckersüß mit Tony und anderen Ohrfeigengesichtern in der Umgebung schleimte. Ich entschied, dass sie meine Aufmerksamkeit nicht verdiente, also ließ ich mein mordlüsternes Lächeln ersterben und wandte meinen supersexy Blick dem kleinen Fernseher zu, der neben einem Regal mit einigen lumpigen Pokalen für Skat- oder Würfelturniere oder andere Freizeitvergnügungen für Altersheime an der Wand hing. Auf dem Bildschirm redete und gestikulierte George Bush in ein langes Mikrophon. Der Irak war in Kuwait einmarschiert, wo das Erdöl aus dem Boden schoss wie bei uns die Christdemokraten. Die Amerikaner waren stinksauer und drohten mit Vergeltung. Bush und seinen Leuten passte es nicht, dass ein freies Volk von einem schnauzbärtigen afrikanischen Diktator unterdrückt wurde.
Ich war nicht gerade ein Experte für afrikanische Diktatoren. Soweit ich wusste, war das Einzige, was ein afrikanischer Diktator je richtig gemacht hatte, dass er in den

sechziger Jahren den Boxkampf des Jahrhunderts zwischen Ali und Foreman in seinem Land hatte austragen lassen. Ich glaube nicht, dass Bush sich fürs Boxen interessierte, aber bestimmt interessierte er sich fürs Erdöl der Kuwaiter, das nämlich – keine Ahnung warum – auch ein bisschen ihm gehörte ... Es gab sogar ein Ultimatum. Die Stunden des Schnauzbarts waren gezählt.

Ich gähnte und dachte, dass man sich immer in Schwierigkeiten brachte, wenn man seine Kräfte überschätzte.

Der Barmann rief Tony zum Achtelfinale auf.

»Machst du nicht mit?«, fragte ich Chiara, als sie allein an ihrem Tisch war.

Sie hatte ihre Haare zu einem Pferdeschwanz gebunden und sich die Lippen angemalt. Zu gerne wäre ich mit dem Finger über diese Lippen gefahren.

Achselzuckend sagte sie: »Nein. Die Vorstellung, mich mit einem wie dir zu messen, macht mir zu viel Angst.«

»Haha.«

»Egal. Wie geht's dir?« Sie zeigte auf ihre Nase. »Tut sie noch weh?«

»Sie hat mir *nie* wehgetan.«

Sie lächelte kopfschüttelnd. Ihre Augen waren zwei grüne Murmeln. »Was für ein Macho«, flüsterte sie spöttisch, aber wir sahen uns lange in die Augen. Ich war schon drauf und dran, mich wieder vor ihr aufzublasen, da hörten wir ein deutliches Zischen in der Luft, gefolgt von einem scharfen Knall.

Tony hatte seinen Pfeil geworfen und fast ins Zentrum getroffen. Applaus brandete auf, an dem wir uns beteiligten. »Das übliche Idiotenglück«, flüsterte ich ihr händeklatschend zu.

»Reiner Neid«, erwiderte sie, aber sie lächelte.

»Du hast deinem lieben Tony schnell verziehen.«
»Wieso?«
»Neulich schienst du ziemlich sauer auf ihn zu sein, weil er mich hinterrücks angegriffen hat ...«
»Wir sind seit langem befreundet«, beschied sie mir knapp. »Das hab ich dir schon mal gesagt. Außerdem bist du nicht gestorben, oder?«
»Stimmt.«
»Und wenn ich mich recht erinnere, hat er dich auch nicht hinterrücks angegriffen.«
»Quatsch!«, rief ich aus.
Sie machte eine Handbewegung, als wolle sie mich wegscheuchen.
Trotzdem setzte ich mich neben sie, auf Tonys Platz. Sie schien mich gar nicht wahrzunehmen. Schließlich hatte sie mich abgewiesen, ich stellte keine Gefahr mehr da. Vielleicht. Wer weiß. Dafür nahm ich sie umso genauer wahr: ihr Parfüm, die Biegung ihres Rückens. Wahnsinn, dachte ich. Sein Leben damit verbringen, diesen Rücken zu streicheln ... Das war es, was ich wollte.
»Hast du die Absicht, mich die ganze Zeit anzuglotzen?«, fragte sie, ohne zu mir hinzusehen.
»Ich glotze dich nicht an.«
»Ich hatte den Eindruck ...«
»Falscher Eindruck.« Ich zündete mir eine Zigarette an. Es galt, Terrain zurückzugewinnen. »Außerdem esse ich Tonys aufgewärmte Suppen nicht.«
Sie warf mir einen bösen Blick zu. Er schien zwischen uns durch die Luft zu zischen, aber es war nur der nächste Wurf unseres Champions.
»Oder es liegt an dir«, fuhr ich fort, »du hoffst, dass ich dich anstarre, obwohl ich es gar nicht tue.«

Wieder gab es Applaus.
»Kleiner Junge«, sagte sie traurig, als wäre sie enttäuscht. Und sie klatschte ihrem Helden Beifall.
Ich äffte sie nach, indem ich täppisch die Finger aufeinander schlug.

Kurz darauf kehrte der Held zurück. Natürlich hatte er seinen Gegner soeben tief beschämt. In der Menge umringten ihn seine Arschkriecher, klopften ihm freundschaftlich auf die Schulter und erklärten, er sei der Größte – wie schon seit eh und je sein ganzes beschissenes Leben lang. Das Neonlicht an der Decke fiel auf seine blonden Haare und ließ sie golden schimmern wie die von Robert Redford in *So wie wir waren*. Himmel, war er riesig! Ich dachte an den Schlag, den er mir verpasst hatte, und wie sehr er jeden zugerichtet hätte, der nicht meine Kraft und Widerstandsfähigkeit besaß. Immerhin lebte ich noch, was bedeutete, dass auch ich ganz schön robust war, nicht so stark wie er, aber mit Sicherheit genauso tough. Ach was, tougher als er.
Er erstarrte eine Sekunde lang, als er mich neben Chiara sitzen sah.
Wir sahen uns an. Jeder andere hätte sich in die Hose gemacht und ihn um Entschuldigung gebeten, dass er geboren war. Ich blies Zigarettenrauch in seine Richtung.
Chiara verfolgte die Szene.
»Was macht die Nase?«, fragte auch er, Interesse und fromme Reue heuchelnd, um bei der Feinkosterin anzukommen.
Ich stand auf. »Bei mir heilt alles schnell.« Ich nickte. »Bei mir heilt alles schnell, und ich gehe immer wieder zum Angriff über, Tony.«
Er wollte etwas sagen. Aber ich verließ die beiden.

Das Achtelfinale spielte ich gegen den zahnlosen Alten, den Kumpanen des Tauben. Der Barmann schlug mit einem Löffel an ein Glas, und wir mussten sofort jeder auf eine Zielscheibe werfen. Fünf Würfe, fünf Pfeile, wer mehr Punkte machte, kam weiter. Kinderleicht.
Als wir uns aufstellten, fühlte ich Chiaras und Tonys Blicke auf mich gerichtet. Zusammen mit denen aller anderen Idioten im Raum. Ich verscheuchte jeden überflüssigen Gedanken, doch als der Barmann an das Glas schlug, muss mich etwas abgelenkt haben, denn mein Wurf ging daneben, der Pfeil traf auf die Wand und fiel zu Boden.
»Scheiße!«, rief ich aus.
Wieder erhob sich ein lautes, schadenfrohes Gelächter, das mich fast betäubte.
Der Zahnlose hatte mit einem ästhetisch sehr viel schlechteren Wurf als meinem fünfzig Punkte gemacht.
»Hurra!«, jubelte er seinem tauben Kumpanen zu.
»Kennst du überhaupt die Regeln?«, rief mir Federico, der Pusher, zu. »Du musst die Scheibe treffen, nicht die Wand!«
Ich brachte ihn mit einem Blick zum Schweigen, dann drehte ich mich zu Chiara um. Sie rauchte und alberte mit ihrem Scheißtony herum, der ihr den Aschenbecher hinhielt. Diese Turteltäubchen.
Der Zahnlose jubelte noch immer.
»He, Alterchen«, sagte ich, »das habe ich aus Mitleid gemacht, nur dass du's weißt.« Wieder Gelächter. Ich presste die Lippen zusammen. »Aber jetzt ist der Spaß für dich vorbei!« Ich machte dem Barmann ein Zeichen. »Na los, mach weiter!«
Er schlug gegen sein Glas. Und ich war nicht mehr zu

bremsen. Drei Würfe mit je achtzig und einen mit siebzig Punkten. Der Zahnlose kam nie weiter als bis fünfzig.
Als der Barmann den Punktestand bekanntgab, rief ich sofort mit lauter Stimme, damit man mich an jedem Tisch hörte: »Euch allen sage ich, jetzt ist Schluss mit lustig!« Ich ließ die Pfeile auf der Theke liegen.
Jemand machte höhnisch »Oha!«, ein anderer versuchte zu lachen, aber die meisten hatten begriffen, dass sie es hier mit einem Profi zu tun hatten, einer wie Paul Newman in der ersten Szene von *Haie der Großstadt*.
Ich warf einen bösen Blick auf Chiara und Tony, dann setzte ich mich an einen leeren Tisch und machte die entschlossene, konzentrierte Miene des selbstbewussten Spitzenklassespielers.

Das Viertelfinale musste ich gegen Federico, den Pusher, austragen. Laut redend stellten sich eine Menge Leute hinter uns im Halbkreis auf.
Ich hob einen Arm. »Hört auf mit dem Lärm, ich muss mich konzentrieren!«
Federico sagte: »Der Kleine hat recht, er muss sich konzentrieren!«
Gelächter. Ich suchte Chiaras Blick. Nichts zu machen, sie war ganz vom Champion gefangen.
»Los!«, sagte ich zum Barmann. Ich spürte einen Adrenalinstoß durch meinen ganzen Körper jagen.
Vier Würfe mit achtzig und einen mit neunzig Punkten. Bei den ersten drei Würfen blieb Federico, der Pusher, mir dicht auf den Fersen, dann vergeigte er einen, und ich gewann mit zwanzig Punkten Abstand, zur Überraschung der Menge.

»Zu mehr, als Haschpopel an Minderjährige zu verkaufen, taugst du nicht«, beschied ich meinem geschlagenen Gegner.
Darauf versprach auch er mir eine wenig erfreuliche Erfahrung anlässlich eines Tête-à-Tête zwischen uns beiden in naher Zukunft. Ich grinste. Meine Fresse, die waren ja getränkt mit Neid. Neid und Todesdrohungen, mehr konnten sie nicht.
Der Barmann schrieb meinen Namen unter die Halbfinalisten.
Tony kreuzte meinen Weg – er war an der Reihe –, und wir tauschten einen angedeuteten Gruß aus. Oder eine Warnung. Ich steuerte auf Chiaras Tisch zu, bohrte meine Augen in ihre und begann: »Ich denke …«
»Glaubst du wirklich, mich interessiert, was du denkst?!« Sie sprang auf und schrie mit einer Begeisterung, die sie nicht empfand: »Vorwärts, Tony!« Dann ging sie an mir vorbei, ohne mich eines Blickes zu würdigen, und gesellte sich zu der Meute aus Schwachköpfen, die es nicht erwarten konnten, den Supermann des Hauses anzufeuern. Ich bemerkte, dass Chiara inzwischen einen ganzen Krug Bier getrunken hatte. Sie trank, um mich zu vergessen.
Nachdem Tony gegen seinen erbärmlichen Gegner gewonnen hatte, drängten sich alle um ihn und ergingen sich in Komplimenten und Schleimereien.

Dann schlug das Schicksal zu. Denn im Halbfinale standen ausgerechnet wir beide uns gegenüber. Ich starrte lange auf die Tafel, dann drehte ich mich um, und er war schon in der Wurfposition, die winzigen Pfeile in der mächtigen, gepflegten Pranke. An seiner Seite stand Chiara. Sie war jetzt immer an seiner Seite.

»Sieh mal einer an«, sagte Tony, und sein Lächeln strahlte heller als der Augustabend.
»Tja«, sagte ich. »Jetzt kriegst du wieder Angst, oder?«
Im Hintergrund fing jemand an zu lachen. Chiara sagte: »Diesmal bringe ich dich nicht ins Krankenhaus. Merk dir das.«
Gelächter. Mir kam der Verdacht, dass es vom Band abgespielt wurde wie in den amerikanischen Sitcoms.
Ich spannte den Kiefer an. Fixierte Chiara. Und sie musste meinen intensiven Blick gespürt haben, denn sie senkte die Augen und beschäftigte sich mit dem Anzünden einer Zigarette. Beide wussten wir, dass das, was meiner Nase widerfahren war, nur uns zwei betraf. Tonys Rolle in der ganzen Geschichte war völlig nebensächlich.
»Spielen wir?«, fragte er.
»Lass uns spielen, Champion.«
Ich ließ mir die Pfeile reichen, dann stellte ich mich neben dem Mythos auf. Ringsumher herrschte ein tiefes, erregtes Schweigen.
Löffel ans Glas.
Los!
Knall auf der Scheibe. Applaus, aber nicht für mich: Tony hatte sauber in die Neunzig getroffen. Ich gerade mal eben eine Sechzig.
Komplimente und höhnisches Gelächter flogen hin und her.
»Ruhe!«, schrie ich.
»Steig lieber aus!«, riet mir Federico, der Pusher. Der zahnlose Alte und der Taube – der ins Halbfinale gekommen war –, brabbelten miteinander, ohne sich zu verstehen.
Löffel. Glas. Wurf.

Scheiße! Er achtzig und ich siebzig.
Chiara schüttelte den Kopf, ihre Augen glänzten.
»Du bist vierzig im Rückstand!«, schrie der taube Alte.
»Danke, Einstein«, sagte ich, aber er konnte mich ja sowieso nicht hören.
Tony brachte sich mit ernster Miene in Position. Ich beobachtete ihn. Er hatte etwas zu Perfektes. Und er schien mir nervös.
Wir warfen: ich neunzig und er achtzig.
»JA, SO!«, jubelte ich. »Dreißig im Rückstand!«
Ich zwinkerte Chiara zu, mühsam hielt sie den Schluck Bier im Mund, den sie gerade trinken wollte. Sie war beschwipst, und sie war sexy.
»Na, fängst du an zu schwächeln?«, fragte ich Tony.
Scheinbar ohne aus der Fassung zu geraten, sah er zum Barmann hin. »Mach weiter!«, rief er ihm zu.
Mit Händen zu greifende Spannung.
Tick.
Vierter Wurf. Unsere Pfeile schwirrten gleichzeitig los. Das Ergebnis aber war unterschiedlich: er siebzig, ich neunzig.
»Scheiße«, riefen die Leute. »Näschen hat nur noch zehn Punkte weniger!«
»Wie ist das möglich?«, fragte ich Tony. »Warst du nicht die Nummer eins in jeder Sportart?«
Jetzt lief er rot an. »Darum werde ich jetzt auch gewinnen.«
»Ich wette, deine Hand zittert ...«
Er beachtete mich nicht. Machte sich zum Wurf bereit. Eine Marmorstatue.
»Vorwärts, Tony!«, feuerte Chiara ihn an.
Löffel.

Glas.
Tick.
Bevor ich meinen Wurf kontrollierte, warf ich einen Blick auf seine Scheibe: achtzig. Scheiße. Ein Getöse brach los. Aber wegen der Enttäuschung.
Denn ich hatte meine Scheibe in ihr rundes, schwarzes Herz getroffen: hundert!
Ich fiel auf die Knie, die Arme zum Himmel erhoben. »Gewonnen!«, schrie ich. »GEWONNEN!« Zehn Punkte mehr, nachdem ich so schlecht angefangen hatte. Ich hatte die Kontrolle über mich nicht verloren. Obwohl ich gegen alles und alle gespielt hatte. Mitten im Reich des Königs. Vor seinen Vasallen.
»GEWOOOONNEN!«
Gegen alle Vorhersagen.
Wider alle Erwartung.
Tony ging eilig zu seinem Tisch. Während ich noch die Arme zum Himmel reckte, verfolgte ich aus dem Augenwinkel, wie Chiara auf ihn zuging. Aber das war mir egal.
Ich war der Champion.

Im zweiten Halbfinale traten der taube Alte und einer von Tonys Arschkriechern gegeneinander an, ich versuchte nicht einmal, seinen Namen zu erfahren. Ein paar Würfe schaute ich mir an, bemerkte die Präzision des Alten, die Inbrunst, mit der er bei der Sache war.
»Trotzdem: Kompliment«, sagte Tony zu mir, als ich an ihrem Tisch vorbeiging. Er streckte mir seine Hand entgegen, wie der besiegte Boxer dem ungeheuren Oscar Moya seinen Handschuh reichte. Ich schüttelte sie hochzufrieden. Chiara bekam einen meiner bohrenden Blicke, und zu ihm sagte ich: »Kompliment auch meinerseits. Aber

jetzt habe ich dir gezeigt, dass ich dich bei gleichen Waffen schlagen kann, wann immer ich will.« Und ich zeigte auf meine Nase. Die beiden sahen sich verblüfft an.

Natürlich bekam ich es im Finale mit dem Alten zu tun. Dies war das wichtigste Dartturnier der Geschichte, denn das Gerücht, dass Tony Champion zum ersten Mal in seiner ruhmreichen Karriere geschlagen worden war, musste sich in Windeseile verbreitet haben. Der ganze Ort schien anzurücken, um den Wettkampf mitzuerleben.

Alle waren auf der Seite meines Gegners. Versteht sich: Ein armer, schwerhöriger alter Rentner, der dem jungen Meuchelmörder des Champions gegenüberstand, musste ja zwangsläufig die Sympathie der Mittelmäßigen wecken, und die bilden die Mehrheit der Weltbevölkerung.

Der Zahnlose spornte den Schwerhörigen mit wenigen, nervösen Worten an, etwa wie der schwarze Coach von Apollo Creed. Natürlich war das alles vergeblich, denn der hörte ja keinen Ton, aber er nahm tiefe Atemzüge und nickte fortwährend mit dem kahlen Kopf, so dass ihm sein Hörgerät um die Ohrmuschel hüpfte.

Ich in meiner Ecke hatte weder Anheizer noch Sparringpartner, ich hatte keine Fans und nicht mal Freunde, aber das war mir scheißegal. In mir entstand eine Kraft, die jeden bei bloßer Berührung wie ein Stromstoß hingestreckt hätte.

Chiara war unter den Zuschauern. Tony Champion an ihrer Seite.

Der Barmann brachte die Menge zum Schweigen. Er zog einen kleinen vergoldeten Pokal unter der Theke hervor. Allgemeine Ausrufe der Bewunderung. »Fangen wir an!«, sagte er.

Der taube Alte und ich machten uns zum Wurf bereit. Das Stimmengewirr um uns herum wurde schwächer, bis es ganz erstarb. Ich schielte zu meinem Gegner hinüber. Er war stark angespannt, seine Halsmuskeln zuckten nervös, blaue Adern traten hervor. Aber ich durfte kein Mitleid mit ihm haben.

Man händigte uns die Pfeile aus. Ein Zeichen des Barmanns und los.

Achtzig gegen siebzig für mich!

»Jaaaa!«, brüllte ich.

»Mist«, brummte der Taube. Traurig schob er die Unterlippe vor.

»Das sind die Spielregeln, Großvater«, sagte ich.

»Hm, ja ...«, antwortete er, aber er hatte sicher nicht die Bohne kapiert.

Man sprach ihm Mut zu. Um mich kümmerte sich niemand. Umso besser.

Zweiter Wurf. Ich bemerkte, dass der Alte, da er das Signal nicht hören konnte, erst zum Glas blickte und dann auf seine Zielscheibe. Diese Bewegung war seiner Konzentration garantiert abträglich. Wir warfen.

Wieder achtzig zu siebzig für mich! Ich hatte zwanzig Punkte Vorsprung!

»Ooooh«, machte das Publikum. »Mist«, wiederholte der Alte.

»Wir sind fast so weit.« Ich nickte dem Publikum zu. Missbilligendes Gemurmel. Chiara, mit glänzendem Bierblick, sah nur einen Augenblick lang zu mir hin. Dann flüsterte Tony ihr etwas ins Ohr. Sie hörte zu, hob die Schultern und senkte sie langsam wieder.

Dritter Wurf.

Ich machte neunzig, mein Gegner siebzig.

Es war fast geschafft, ich hob den Arm. Ich hatte nicht einmal gefragt, ob es auch einen Geldpreis gab.
»Mist.« Der Alte betrachtete den Pokal. Er musste ihm unendlich weit entfernt erscheinen. Als er den Kopf schüttelte, rutschte ihm das Hörgerät aufs Ohrläppchen.
»Vorwärts!«, rief ihm der Zahnlose zu. »Gib's ihm!«
Wieder betrachtete der Alte den Pokal. Dann das Ziel. Er seufzte vernehmlich. »Na gut!«, brummte er und riss sich zusammen. Und gerade während er wieder Selbstvertrauen schöpfte, empfand ich plötzlich Mitleid mit ihm. Er hätte mein Großvater sein können. Ich wusste nicht einmal, wie meine Großeltern ausgesehen hatten. Wie war der Vater meines Vaters gewesen? In meinem ganzen Leben hatte ich noch kein Foto von ihm gesehen.
Klingeln.
Ich war ein bisschen schlaff. Warf ohne rechte Überzeugung. Aber wir machten beide siebzig.
»Ich hab's ja gesagt, dass es geschafft ist«, warf ich hin, um meiner Rolle treu zu bleiben.
Zu Hause warteten sie nur darauf, dass ich verschwand. Die Fabrikarbeit war anstrengender als erwartet. Chiara würde sich wahrscheinlich mit Tony zusammentun. Und ich stand da und spielte Dart mit einem tauben Alten. Alles zusammengenommen nicht übel, dachte ich.
»Nicht übel«, sagte ich.
Der Alte stand schon bereit mit seinen Pfeilen in der Hand. Ich musterte ihn: Er war vollkommen konzentriert, dieser Moment schien ihm alles zu bedeuten.
Um mich herum nur neugierige und gelangweilte Typen. Überall Tristesse.
Aber ich konnte jemanden glücklich machen, einmal wenigstens.

Ich drehte mich zu Chiara um. Sie erwiderte meinen Blick ohne große Anteilnahme.
Klingeln.
Ich tat so, als würde ich beim Werfen stolpern. Die Flugbahn meines Pfeils war eine Katastrophe. Wie beim ersten Wurf traf ich nicht einmal auf die Scheibe. Mein Pfeil bohrte sich in die Wand.
Der taube Alte hatte siebzig gemacht. Und als er meine unberührte Scheibe sah, schrie er vor Verwunderung und Freude laut auf. Alle liefen herbei, um ihn zu umarmen.
»Das gilt nicht!«, rief ich. »Ich habe das Gleichgewicht verloren!«
Gute zehn Minuten lang protestierte ich so glaubwürdig wie möglich. »Nein!«, jammerte ich. »Das ist doch nicht möglich, verdammte Scheiße! Ich bin ausgerutscht, ihr habt es alle gesehen. Lasst mich noch einmal werfen.«
»So sind nun mal die Regeln«, gab der Alte zurück, empört über meinen miserablen Sportsgeist, aber mit Freudentränen in den Augen.
»Der Mann hat recht!«, sagten alle.
»Signor Alberto hat gewonnen!«, dekretierte der Barmann.
Federico, der Pusher, lachte mich aus. »Du hast dich selbst in die Scheiße geritten, Näschen.«
»NEIIIN!«, schrie ich. Die Sache begann mir Spaß zu machen. Ich warf mich der Länge nach über die Theke und versuchte, den Pokal zu ergreifen. »NEIIIN!«
Man packte mich und schob mich gewaltsam weg, obwohl ich lebensecht zappelte und schrie, getreu der Methode der Schauspielschule Stanislawski.
»Der ist ja völlig ausgerastet!«, sagte einer.
»DER POKAL GEHÖRT MIIIIR!«
Sie packten mich zu dritt oder viert an den Armen. Nor-

malerweise hätte ich, ohne nach rechts oder links zu schauen, Schädel und Kieferknochen zertrümmert. Aber ich ließ sie gewähren.
Sie schubsten mich aus der Bar.
»DER POKAL GEHÖRT MIIIIR!!!« Irgendwann musste ich fast lachen.
»Blöder Sack«, zischte ein Typ um die vierzig, fett und dumpfbackig. »Wenn Tony sie dir nicht schon zerschlagen hätte, würde ich dir deine Scheißnase liebend gerne einhauen!«
Von draußen sah ich den Alten stolz seine Trophäe hochheben.
Kurz nach sieben Uhr. Eine Bande von Arschlöchern, dachte ich. Und machte mich lächelnd auf den Heimweg.

Ich ging seit zehn Minuten, als ein Auto ankam und neben mir herfuhr. Es war Chiaras Renault.
Ich sah, wie das Fenster auf der Beifahrerseite sich senkte. Chiara beugte sich in meine Richtung.
»He, Näschen!«, sagte sie.
»Was willst du?«, fragte ich, ohne stehenzubleiben.
»Du bist richtig gut darin, dich zum Gespött machen zu lassen.«
Sie gefiel mir, klar, aber jetzt ging sie mir auf den Sack.
»Du gehst mir auf den Sack.«
Sie gab den bissigen Ton auf. »Soll ich dich mitnehmen?«
»Danke, ich bin fast da.«
»Warte.«
Ich blieb stehen. »Was ist los?«
Ich bückte mich, um in das Auto hineinzuschauen. Unsere Gesichter waren nur wenige Zentimeter voneinander entfernt.

»Das war schön, was du getan hast.«
»Was?«
»Du weißt schon.«
»Ich habe keine Ahnung, wovon du redest.«
Sie lächelte seltsam. Sie schien sich zu amüsieren. »Weißt du noch, wie du Tonys Harley umgeworfen hast?«
»Was hat das damit zu tun?«
»Es stimmt nicht, dass dich der ganze Ort gesehen hat.«
»Ach, nein?«
»Es war nur einer.«
»Verrate mir, wer es war, und ich reiß ihm den Arsch auf«, sagte ich sofort.
»Der Alte, den du heute Abend hast gewinnen lassen.«
Ohne das Fenster zu schließen, legte sie den Gang ein und verschwand im warmen Augustabend.

Ich bog in unser Sträßchen ein, und da sah ich den Krankenwagen. Scheiße, was war hier los?
Wahrscheinlich war einer der beiden Mauerbrecher mit der Spitzhacke auf den anderen losgegangen, oder jemand war mit einem Infarkt zusammengebrochen. Aber ich hatte ein böses Gefühl.
Gerade als ich auf den Krankenwagen zulaufen wollte, kam eine Prozession aus dem Hauseingang: ein Pfleger in Uniform mit Funkgerät, das auf seinem Rücken vor sich hin quakte, Meister Kackmütze mit ernstem Gesicht, seine Gehilfen, die beiden Komiker, die einen besorgten Blick wechselten, und dahinter zwei weitere Sanitäter mit einer Trage. Neben ihr ging, über den Liegenden gebeugt, eine von der Angst völlig entstellte Mönchsrobbe.
Der Liegende war der Chef. Ich erstarrte.
Der erste Pfleger sprach in psalmodierendem Ton in sein

Funkgerät: »Wir fahren jetzt los. Männlicher Patient um die vierzig. Wahrscheinlich Leberblutung. In zehn Minuten sind wir da.«

Ich riss mich aus meiner Erstarrung, stieß einen der beiden Mauerbrecher zur Seite und lief auf die Trage zu. Der Chef fasste sich an die rechte Seite. Er gab keinen Laut von sich, aber seine Züge waren schmerzverzerrt, die Augen geschlossen. »He, Chef!«, rief ich und zur Mönchsrobbe: »Was ist los mit ihm?«

»Es geht ihm schlecht«, antwortete sie, ohne mich anzusehen. »Es geht ihm schlecht!«

»Was hat er?« Ich nahm seine freie Hand. »Was hast du, Chef?«

Sie schoben die Trage hinten in den Krankenwagen, wo der mit dem Funkgerät einstieg, gefolgt von der Robbe. Auch ich wollte einsteigen, aber einer der beiden Träger packte mich so hart an der Schulter, dass ich um ein Haar hingefallen wäre. Fast hätte ich mit meinem berühmten rechten Haken reagiert, aber ich unterdrückte den Impuls.

»Was willst du?«

»Nicht mehr als ein Verwandter«, sagte er.

Der andere schloss die Hecktüren. Dann setzte er sich auf den Fahrersitz. Sein Kollege ließ von mir ab und stieg auf der anderen Seite ein.

Bevor er die Tür schließen konnte, stellte ich mich davor. »Dann komme ich mit euch.« Wortlos rutschte er auf den mittleren Sitz. Ich stieg ein, kurbelte das Fenster herunter und rief den Maurern zu: »Passt auf das Haus auf!« Und zum Fahrer: »Los!«

Der legte den ersten Gang ein, und wir fuhren los, über uns das Heulen der Sirene.

Während der etwa zehn Minuten Fahrt drehte ich mich fortwährend nach hinten, um durch das Innenfenster zu beobachten, was dort vor sich ging. Vom Chef kam kein Laut, der Pfleger hantierte mit Infusionsnadeln und Tropf an ihm herum. Die Mönchsrobbe sah aus wie eine Schauspielerin am Sterbebett des Helden in einem schlechten Fünfziger-Jahre-Film. Aber hier gab es keine Helden, nur einen Mittvierziger, der sich im Laufe seines Lebens mehr Bier als Wasser hinter die Binde gekippt hatte und jetzt die Rechnung dafür bekam. Ich konnte diesen Mann nicht gernhaben, ohne zu berücksichtigen, dass er sich selbst nicht besonders gerngehabt hatte, bevor das Virginia-Ereignis ein paar lichte Augenblicke in sein Dasein, das verrottende, abdriftende Boot, gebracht hatte. Vielleicht dachte auch die Mönchsrobbe so.

Mehrmals klopfte ich an die Scheibe. Sie sah mich an, ihre Züge waren von ohnmächtiger Liebe verdüstert. »Beruhig dich, Robbe, verdammt!«, schrie ich. Aber sie schien mich nicht zu hören. Sie weinte. Das Gesicht vom Chef war verdeckt, doch es genügte, die Krämpfe in seinen Armen und Beinen zu sehen, um zu begreifen, dass es schlecht um ihn stand.

Also nahm ich meinen Mut zusammen und fragte die beiden im Fahrerhäuschen: »Kann er sterben?«, und der Ton meiner Stimme verriet mir noch eher als ihnen, wie ich mich fühlte.

Der Typ neben mir hob den Kopf von einem Papier, das er bekritzelte, und sah erst mich, dann seinen Kollegen an. Der schlängelte sich durch den Verkehr und sagte nichts, aber die Sirene, die ihren entsetzlichen Schrei in den Himmel sandte, schien an seiner Stelle zu antworten.

Wenige Augenblicke später erblickte ich das Schild der Notaufnahme. Inzwischen war es mir nur allzu vertraut.

Seit über einer Stunde saßen wir im Wartesaal. Um uns herum etwa zwanzig Menschen, alle mit Gesichtszügen, die vom Warten grässlich entstellt waren. Ich hatte große Lust zu rauchen. Dann sah ich am Ende des Flurs Virginia auftauchen, bei jedem Schritt schlug das Handtäschchen gegen ihre Hüfte, wie um ihr einen Rhythmus vorzugeben. Die Robbe sprang vom Stuhl auf und lief ihr entgegen, und mir kam der Gedanke, wer weiß warum, dass ich sie seit Jahren nicht mehr hatte laufen sehen. Das letzte Mal müssen wir noch Kinder gewesen sein, irgendwann in einer Zeit, die sehr weit hinter uns lag.
An die Seite der Topmanagerin gepresst, die einen Arm um ihre Schultern gelegt hatte, kehrte die Robbe zurück. Erst als Virginia näher kam, bemerkte ich, wie blass sie war. Sie hob die Hand zu einer Art Gruß. Ich musste ihn erwidern, eine anstrengende Geste. Dann nahm sie die Papiere, die man uns am Empfang ausgehändigt hatte, und klopfte an eine Tür. Ein Pfleger öffnete und musterte sie. »Sind Sie die Ehefrau?« Bevor Virginia Zeit hatte, etwas zu antworten, trat er schon zur Seite, um sie hindurch zu lassen.

Die Robbe sagte nichts, blickte sich nicht mal im Raum um. Sie hielt die Hände im Schoß, ihre Augen glänzten, der Mund war zusammengekniffen, und ich stellte mir vor, dass sie betete. Sie war schmuddelig, und sie war klein. Erschrocken. Fast bekam ich Lust, sie zu umarmen, aber natürlich tat ich es nicht. Das passte nicht zu mir. Außerdem war sie wirklich schmuddelig.

Ich ging nach draußen, um im Hof eine Zigarette zu rauchen, und als ich zurückkehrte, stand die Robbe am Münztelefon. Sie umklammerte das Kabel, während sie in den Hörer sprach.
»Mit wem hast du gesprochen?«, fragte ich, als sie sich wieder setzte. Sie antwortete nicht, also konnte es nur Mauro gewesen sein. Ich warf ihr einen strengen Blick zu. Sie fing wieder an, sich in ihrer Qual zu winden, beachtete mich nicht. Erst tat sie mir ein bisschen leid, dann beneidete ich sie. Ich hätte auch gerne jemanden angerufen, ich hätte auch gerne einen Menschen gehabt, der mir zuhörte. Ich überlegte, ob ich Chiara anrufen sollte, fast hörte ich schon ihre Stimme: »Hallo?« »Ich bin's«, würde ich sagen. Und ihr erzählen, was passiert war.
Aber ich fand keinen Trost darin, mir eine solche Szene vorzustellen, wirklich absolut keinen, also gab ich es auf.
»Was genau ist passiert?«, fragte ich stattdessen.
Sie zuckte mit den Achseln. Der Chef war beim Arbeiten zusammengebrochen, mehr nicht. Nichts Außergewöhnliches. Aber für sie schien das eine Tragödie zu sein, denn während sie sprach, fing sie an zu weinen, dicke Tränen rollten ihr über die Wangen.
Diesmal musste ich sie umarmen, und wieder kam mir der Gedanke, wie viel Zeit vergangen war, seit wir uns zum letzten Mal umarmt hatten. Und sie war gar nicht so schmuddelig, wie ich gedacht hatte, sie war nur klein und nicht besonders klug in einer Welt, in der man so stark und schlau sein musste wie ich, um sich erfolgreich durchzuschlagen.
Wir hörten, wie die Tür sich öffnete. Virginia kam heraus und drückte uns an sich. Sofort löste ich mich aus ihrer

Umarmung. Meine Schwester konnte ich gerade noch ertragen, aber die da nicht!
»Sie bringen ihn nach oben zum CT«, erklärte sie uns. »Ich gehe mit ihm, dann gebe ich euch Bescheid.«
»Ja, aber wie geht es ihm?« fragte ich.
»Ich komme so schnell wie möglich zurück.« Sie gab Francesca einen Kuss und ging wieder hinein.

Eine weitere Stunde verging, in der Virginia sich nicht blicken ließ, wohingegen die Anzahl der Verwandten in dem Wartesaal sich verzehnfacht hatte, ebenso das Stimmengewirr und die kollektive Hysterie, die jedoch auf der Stelle erstarben, als ich mich erhob und an die Tür klopfte. Energisch.
In der grimmigen, tiefen Stille, die nun entstanden war, öffnete sich die Tür, und eine Krankenschwester kam heraus, die, nach ihrem Aussehen zu urteilen, eine verkleidete Langzeitpatientin sein konnte oder vielleicht eine, die man nach zwanzig Jahren Krankenhausaufenthalt vom Fleck weg eingestellt hatte.
»Worum geht es?«, fragte sie mich streng.
Ich versuchte es ihr im Guten zu erklären, aber entweder war sie schwachsinnig oder sie tat so, als verstünde sie nichts, denn sie sagte: »Nur ein Verwandter pro Patient, tut mir leid.«
»Aber mein Vater ist da drin!«, schrie ich.
»Ja, aber eure Mutter ist schon reingekommen, also ...«
Sie hatte den Fehler begangen, etwa zwanzig Zentimeter Raum zwischen sich und der Tür zu lassen, also schlüpfte ich unter ihrem Arm hindurch und machte ein paar schnelle Schritte in den Raum hinein. Ich erkannte das Behandlungszimmer, wo man mich erst vor ein paar Aben-

den gefoltert hatte, und riss eine andere Tür auf, ohne zu klopfen, während die Tussi hinter mir irgendetwas Nutzloses kreischte.
In der Ambulanz untersuchte die Marongiu gerade die Schulter eines Mannes, unterstützt von einem Krankenpfleger.
»He, hier kann man nicht so einfach reinkommen!«, rief der Pfleger. »Wo glaubst du ...«
Die Marongiu brachte ihn zum Schweigen und kam auf mich zu. Sie schob mich zur Seite, an eine Wand. »Dein Vater kommt gleich in den Operationssaal«, sagte sie in einem einzigen Atemzug. »Und deine Mutter ...«
»Die ist nicht meine Mutter!«, brüllte ich.
»... hat beschlossen, euch nicht rufen zu lassen.«
»Ist es denn schlimm?«
Sie antwortete nicht.
»Was nun?«, drängte ich. Ein Angstschauer überlief mich, ich war nicht sicher, ob ich die Antwort hören wollte.
Sie legte ihre Hände auf meine Schultern. »Es ist schlimm, sonst hätte man nicht beschlossen, zu operieren. Versuch dich zu beruhigen und geh mit deiner Schwester in den vierten Stock. Aber dort wirst du auch warten müssen.« Sie strich mir über die Haare. »Nur Mut!«
Ohne etwas zu sagen, denn es gab nichts zu sagen, drehte ich ihr den Rücken zu und ging die Mönchsrobbe holen.

Im vierten Stock zeigte man uns einen Wartesaal, den am nächsten liegenden einer, wie mir schien, unendlichen Reihe von Wartesälen, in denen ich mein Leben in letzter Zeit so oft parken musste.
In dem Saal fanden wir Virginia vornübergebeugt sitzend, ihre Stirn berührte schon fast die Knie, die Haare hingen

bis auf den Boden herab. Sie schluchzte leise, zuckte von Zeit zu Zeit zusammen.

»Vì«, murmelte Francesca.

Die Frau hob den Kopf, versuchte, sich zusammenzureißen. Tränen hatten schwarze Autobahnen aus Lidschatten auf ihre Wangen gezeichnet. Sie stand auf. Die Robbe flog in ihre Arme, und innerhalb von Sekunden fing auch sie an, ihre Tränenkanäle zu entleeren.

Ich hätte neben ihnen warten müssen, ohne mich an jemanden klammern zu können. Also schlenderte ich ein wenig auf dem Flur herum.

Der Operationssaal lag am Ende eines langen Flurs wie eine Falltür am Grund einer unheimlichen, hell erleuchteten Schlucht. »OPERATIONSSAAL« stand über der Tür, um jedes Missverständnis auszuschließen. Hinter einem Schreibtisch saß ein Pfleger im gestärkten, weißen Kittel, der mit seinem Stift auf ein Blatt Papier klopfte, während er leise ins Telefon sprach. Ein Helm und ein Overall im Stil von *2001: Odyssee im Weltraum* hätten ihm gut gestanden. Hier wurde jedes Geräusch abgedämpft, alle Flächen glänzten, kein einziger Gegenstand schien nicht an seinem Platz zu stehen. Richtig zum Fürchten, verflucht.

Als ich zu den Frauen zurückkehrte, sagte Virginia gerade: »... ich hab es nicht gewagt, euch rufen zu lassen. Er ist seit etwa zwanzig Minuten dort drin ...«

»Aber was haben sie gesagt?«, fragte ich. »Wie schlimm ist es, darf man das erfahren?«

Sie sah mich an, dann ihren Liebling. Francy strich ihr über die Haare, und gleich darauf rief sie in einem einzigen Atemzug: »Sie sagen, er könnte sterben.« Jetzt, wo dieser Satz heraus war, schien er in ihren Ohren noch entsetzlicher zu klingen als in unseren, denn ihre Züge

runzelten sich sofort wieder zu einer schmerzverzerrten Grimasse, und der nächste Weinkrampf schüttelte sie.
Ich erstarrte auf der Stelle.
Ich versuchte, mir eine Welt ohne ihn vorzustellen.
Der Chef konnte sterben und eine Menge Dinge mit sich nehmen, die mir in diesem Moment unschätzbar wertvoll erschienen.
Er konnte sterben.
»Red keinen Scheiß!«, rief ich und schüttelte mich. Wieder lief ich auf den Flur. Ich suchte das Männerklo und schloss mich darin ein. Ein bisschen nervös wegen des möglichen Feueralarms, zündete ich mir eine Kippe an. Ich blies den Rauch an die Decke und wartete darauf, dass die Sensoren ihn entdeckten.
Aber nichts geschah: nur diese ungerührte Stille und ein Gestank nach Formaldehyd, vermischt mit Urin, während ich die ekelhafteste Zigarette meines Lebens rauchte.

Acht Uhr abends, neun Uhr.
Der helle, erstickend heiße Augusttag war einem finsteren Abend gewichen: Am Himmel, den ich von den Stuhlreihen im Wartesaal aus betrachtete, jagten sich regenschwere, pechschwarze Wolkenmassen. Gegen zehn, gerade als die ersten Blitze die Luft zerrissen, entschied ich, dass ich diese Situation hier nicht länger ertragen konnte. Ich ließ die beiden flüsternden Frauen im Wartesaal zurück und ging in Richtung Schreibtisch, wo der Typ saß.
Er sah mich ankommen und legte das Revolverblatt weg, in dem er gelesen hatte.
»Ja, bitte?«, fragte er, als ich in den Raum eindrang, der seiner Rechtsprechung unterstand.
»Ich möchte gerne wissen«, begann ich mit dem Höchst-

maß an Gelassenheit, das ich aufbringen konnte, »was zum Teufel hinter dieser Tür geschieht.«

Er hob eine Augenbraue und lehnte sich mit verschränkten Armen in seinem Sessel zurück.

»Dort findet eine komplizierte Operation statt«, erklärte er in resolutem Ton. »Das habe ich Ihrer Mutter bereits gesagt.«

»Das ist nicht meine Mutter, Herrgott noch mal!«

»Ich verstehe«, sagte er unbeirrt. »Entschuldigen Sie bitte. Ich habe es der Dame bereits gesagt.«

»Und was muss ich tun, um zu erfahren, wie sich die Dinge entwickeln? Dir den Schreibtisch zertrümmern?«

Jetzt musste er mich für geisteskrank und gefährlich halten, denn er warf einen Blick auf die Papiere, in denen er zuvor gekritzelt hatte. Laut las er den Namen und Nachnamen des Chefs vor. »Doktor Frescotti ist der Chirurg. Er wurde sofort gerufen, als die Ultraschalluntersuchung und das CT auf eine schwere innere Blutung hinwiesen.«

»Das habe ich schon kapiert.«

»Ich werde versuchen, nach drinnen zu telefonieren. Aber Sie gehen in den Wartesaal zurück, denn hier können Sie nicht stehenbleiben.«

»Genau hier bleibe ich aber stehen«, sagte ich liebenswürdig. Ich legte eine Hand auf seinen Schreibtisch und zeigte ihm meine von zahlreichen körperlichen Auseinandersetzungen verwüsteten Nasenflügel – da begriff er, dass ich keiner war, der sich so leicht ergibt. Er schien blass zu werden. Vielleicht sah er schon die uns betreffenden Überschriften in den morgigen Zeitungen vor sich: HORROR IM KRANKENHAUS – PFLEGER VON SCHEINBAR FRIEDFERTIGEM JUNGEN UMGEBRACHT.

Er hob den Hörer und drückte auf eine Taste. »Der Sohn

ist hier«, sagte er, »er möchte etwas erfahren ...« Er hörte eine Weile zu. »In Ordnung«, sagte er und legte auf.
»Und?«, fragte eine Stimme, die nicht mir gehörte. Neben mir waren Vì und die Robbe aus dem Nichts aufgetaucht.
Der Mann erhob sich. Gut zwei Meter lang, breite Schultern, die ich gar nicht bemerkt hatte. »Es wird noch etwa eine halbe Stunde dauern, dann kommt der Chirurg, Doktor Frescotti, um mit Ihnen zu sprechen.«
»Also ...«, fragte meine Schwester mit hauchdünner Stimme, »... lebt er?«
»Ja«, bestätigte der Pfleger, »er lebt, aber es lässt sich noch nicht sagen, in welchem Zustand er ist, darum ist es ratsam, keine voreiligen Schlüsse zu ziehen.«
Ich bekam Lust, ihn zu umarmen. »Danke«, sagte ich. »Tut mir leid, dass ich dich erschreckt habe.«
Er schwieg betroffen.
Ich ging in den Wartesaal zurück und setzte mich zum hundertsten Mal. Der Chef lebte. Ich hatte es ja gewusst! Dieser Mann war zäh wie Leder. Nichts und niemand würde ihn je vom Angesicht der Erde vertreiben. Bärenstark und stahlharte Eier, das waren wir. Fast verdiente er es, mein Vater zu sein. Ich sah es schon vor mir, wie ich ihn verarschen würde, sobald er sich erholt hatte, indem ich wohlwollend mit ihm umging – im Grunde hatte er das verdient, nach diesem ganzen Theater.
Er würde in kurzer Zeit wieder auf die Beine kommen, natürlich auch dank meiner verlässlichen Unterstützung als verständnisvoller, großzügiger Sohn. Alles würde wieder so sein wie früher. Nein, besser sogar. Ich würde mein Elternhaus nicht mehr verlassen, ich würde bei den Modernisierungsarbeiten helfen und Meister Mütze bei der

Überwachung der beiden Arbeitstiere ersetzen. Ach was, ich brauchte gar keine Hilfe. Die Anweisungen des Chefs würden genügen, er vielleicht im Sessel sitzend, wie er mir voller Stolz zuschaute, während ich in den kommenden Tagen unser Nest kaputtschlug und wiederaufbaute und veränderte. Und auch diese Virginia würde ich allmählich tolerieren, immerhin hatte sie bewiesen, dass sie den Chef mochte.

Seht mich an, das bin ich, mit geschulterter Spitzhacke, bereit, Wände einzureißen und Beziehungen wiederaufzubauen ...

Draußen spaltete ein Blitz das Schwarz der Wolken. Ein ohrenbetäubender Donner folgte, und der Himmel kotzte Millionen Regentropfen über der Welt aus.

Er kam aus der Tür wie die Chirurgen im Kino, auf dem Kopf die schweißgetränkte Haube, den Mundschutz noch halb über Nase und Mund. Dampf stieg von seinen sauberen, aber nicht gründlich abgetrockneten Armen auf.

Seine feuchten Hände schüttelten unsere. Beim Sprechen wandte er sich an Virginia: »Ich bin Doktor Frescotti ... Nun, das Lebertrauma hat die inneren Organe in Mitleidenschaft gezogen. Ihr Mann war nicht gerade in der besten körperlichen Verfassung, aber wir haben trotzdem zumindest einen konservativen Eingriff versucht, der in solchen Fällen immer die vorsichtigste Option ist.«

Er machte eine Pause. Ich hatte keine Zeit für seine Scheißpause, darum drängte ich: »Und weiter?«

Er sah mich zum ersten Mal an.

»Der Eingriff darf als gelungen bezeichnet werden«, sagte er endlich. Wir wollten schon in Freudenrufe ausbrechen,

da fügte er hinzu: »Aber in den nächsten Stunden können Komplikationen auftreten.«
Wieder ging ein Eimer voll Eiswasser über mir nieder.
»Und das bedeutet?«, fragte Virginia.
Er räusperte sich, seine professionelle Zurückhaltung war dahin. »Da es sich auf jeden Fall um einen Risikopatienten handelt«, sagte er, »und in Anbetracht des vorhergehenden zirrhotischen Befundes, sind wir gezwungen, sollten die Ultraschallbilder im Lauf der nächsten Tage eine rezidive Hämorrhagie zeigen, ein zweites Mal zu operieren, um eine Leberresektion vorzunehmen.«
»Ich verstehe nichts«, sagte die Robbe.
Da erklärte Doktor Frescotti ohne Umschweife: »Wenn die Leber des Patienten wieder zu bluten anfangen sollte, sind wir gezwungen, einen Großteil zu entfernen, und bei dieser Prozedur gibt es eine hohe Mortalitätsrate.«
»Wie hoch?«, konnte Virginia herausbringen.
Frescotti sah Vì an, dann uns beide. Er schien unsere Schutzimpfungen für ausreichend zu befinden, denn er antwortete: »Sie ist in siebzig Prozent der Fälle tödlich.«
»Aber Ihrer Erfahrung nach ...«, versuchte sie wieder.
Er unterbrach sie: »Siebzig Prozent ist eine Zahl, die meiner Erfahrung als Chirurg leider sehr nahekommt.«
»Aber wird das denn nötig sein ... Ich meine, steht schon fest, dass diese zweite Operation gemacht wird?«, fragte ich mit einiger Mühe.
»Es ist möglich, aber wir können es nicht mit Gewissheit vorhersagen. Körperlich ist er robust, doch die Leber ist in äußerst schlechtem Zustand.« Er beugte sich zu mir. »Uns bleibt nicht mehr zu tun, als zu warten und das Beste zu hoffen.« Er öffnete die Hände und drehte die Handflächen nach oben, eine Geste, die mir wie das Zeichen einer Kapi-

tulation vorkam. »Es war eine langwierige Operation. Warten wir ab und sehen, was kommt.«
Uns wurde nicht erlaubt, ihn zu sehen. Er stand noch unter Narkose, an die Schläuche einer Maschine angeschlossen. Das war alles. Frescotti verließ uns und wurde von den Türen eines Aufzugs verschluckt.
Wir blieben dort stehen, neben uns der Pfleger, der uns eine Weile betrachtete, während er vielleicht nach einer Bemerkung suchte, die sich gleichzeitig beruhigend und klug anhörte.
Keiner sprach.

In der Stille des Wartesaals beobachtete ich Virginia verstohlen. Sie fuhr sich nervös mit den Händen über die Knie, immer wieder vor und zurück. Wahrscheinlich war der Chef ihre letzte Chance, in einer Zweierbeziehung glücklich zu werden. Und möglicherweise überlebte er nicht, entweder jetzt oder nach der zweiten Operation, und würde den Rest ihrer Träume mit sich nehmen. Ich begriff, dass sie ihn liebte.
Francesca ging mehrmals zum Münztelefon. Dieser Mauro verbrachte die Nacht mit Warten auf ihre Anrufe. Ich stellte ihn mir vor, wie er müde, im Schlafanzug auf einem unbequemen Sessel saß, das Telefon anstarrte und sich mit dem Gedanken an die Mönchsrobbe wachhielt. Auch das war, obwohl er immerhin im Sessel saß, ein klarer Liebesbeweis. Ich hatte ihm unrecht getan. Er war ein Schwachkopf voller Leidenschaft.
Jetzt gab es nichts mehr, was ich tun konnte, also wäre ich gerne nach Hause gefahren, um ein paar Stunden auszuruhen und mich dann zur Trak zu begeben. Das Problem war die Fahrt. Busse gab es keine mehr, und Virginia

konnte ich schlecht bitten, mich nach Hause zu bringen.
Nach einer Weile entschied jemand, dass wir zu ihm hineindurften. Ich sah den Pfleger am Telefon reden, dann aufstehen und jene Tür öffnen, der er einen Großteil seiner Lebensenergien widmete.

Vì und Fra brachen in Tränen aus, sobald sie ihn sahen. Hinter der Glasscheibe lag der Chef, von einem Bett fast verschluckt, den Oberkörper etwas aufgerichtet, das Gesicht entspannt, die Augen geschlossen, der Mund hinter einem Beatmungsgerät versteckt. Der Raum war in ein fahles Licht getaucht. Ein intermittierendes, erschöpftes Piepen war das einzige Geräusch, das aus dieser Druckkammer kam.
Eine Krankenschwester in blütenreinem Weiß flatterte um das Bett herum wie ein Schmetterling, drückte Tasten, überprüfte den Infusionstropf, rückte die Decken zurecht, wachte über den Chef, wie sein Leben lang keiner je über ihn gewacht hatte.
Das ist alles sehr ungerecht, dachte ich. Immerhin versuchte dieser Mann gerade, wieder in die Spur zu kommen: Er hatte zu trinken aufgehört, hatte eine Arbeit gefunden und eine Frau, kurzum, er meinte es ernst, verdammte Scheiße.
Der Chef bewegte sich nicht, und viel war von diesen wenigen Minuten Besuch nicht zu erwarten, schien mir. Ich warf einen letzten Blick auf ihn und ging hinaus.
Draußen, direkt vor der Tür mit Schreibtisch, stand, eine abgetragene Nike-Mütze in den Händen, der Bruder vom Chef, Onkel Cosimo.
Die Robbe hatte ihn benachrichtigt. Immer so aufmerk-

sam. Ich hatte nicht mal daran gedacht. Als er mich sah, umarmte er mich, er war immer schon ein liebevoller Mensch gewesen.
Er musste wohl mit dem Pfleger gesprochen haben, denn er sagte sofort: »Na, wenigstens hat er die Operation problemlos überstanden, nicht wahr? Was meinst du?«
Ich nickte. So groß und kräftig mein Vater war, so klein und mager wie ein Skelett war der Onkel.
»Außerdem ist er keiner, der so leicht schlappmacht, stimmt's?«, sagte er stolz und befreite mich aus seiner Umarmung.
Ich sagte ihm das, was er hören wollte, und bestätigte, meiner Meinung nach sei der Chef schon wieder hergestellt.
Onkel Cosimo lächelte schüchtern und wandte sich an den Pfleger: »Wir sind aus hartem Holz, jawohl, das sind wir.«
Der Pfleger nickte willfährig.
Doch der Onkel wollte sich lieber persönlich überzeugen. Er tat einen tiefen Seufzer und ging zu den beiden Frauen.
Ich setzte mich wieder in den Wartesaal.
Später verkündeten Vì und Fra, dass sie im Krankenhaus bleiben würden, und ich bat meinen Onkel, mich nach Hause zu bringen. Ich verabschiedete mich flüchtig von den Frauen und ermahnte sie, mich anzurufen, wenn es Neuigkeiten gebe. Als wir sie verließen, hielten sie sich an den Händen wie zwei kleine Freundinnen.

Am nächsten Morgen saß ich auf einem Fensterplatz im Bus, der mich zur Arbeit brachte. Von Zeit zu Zeit nickte ich ein, um schlagartig wieder aufzuwachen, wenn mein Kopf beim Ruckeln des Busses zu stark ins Schwanken geriet. Plötzlich hörte ich eine Stimme hinter mir. »Oha, der Schlägertyp!«

Ich rieb mir die Augen und drehte mich um. Auf dem Sitz hinter mir saß jemand mit einer Lederjacke, die ich schon einmal gesehen zu haben meinte. »Redest du mit mir?«

Er grinste. »Ich hab dir mal das Leben gerettet.«

»Ach ja? Und wann war das?«

»Ich hab dich von Riccardo Quonni befreit, damals, auf dem Schulhof.«

Jetzt erinnerte ich mich. Es war der aus Schwarzys Clique, der ihn mir an jenem fernen Oktobertag im letzten Jahr aus den Händen gerissen hatte, bevor ich ihn umbrachte.

»Ach ja. Wie geht's dem Arsch?«, fragte ich nur, um etwas zu sagen.

»Er studiert.«

Ich beobachtete eine Blondine, die auf der Suche nach einem freien Platz durch den schmalen Mittelgang des Busses lief. Sie war an der letzten Haltestelle eingestiegen, und ich hoffte, sie würde sich auf den freien Platz neben mir setzen. Ich hätte sie mit wenigen gut platzierten Worten verführen können und dem Idioten hinter mir eine Lektion erteilt. »Tja«, sagte ich, ohne den Blick vom Busen der Blondine abzuwenden, »es ist typisch für diese Arschlöcher, zu glauben, sie hätten irgendeine Chance im Leben.«

»Aber du hast dich von diesem Arschloch fertigmachen lassen.«

Die Tussi ging an mir vorbei, auch an dem Idioten, und setzte sich ganz hinten im Bus in die letzte Reihe. »Quatsch«, sagte ich. »Er ist in der Notaufnahme gelandet, nicht ich. Und dafür hat man mir sogar einen Schulverweis verpasst!«

Der andere lachte höhnisch. »Ja, man hat dich reingelegt!«
»Was soll das heißen?« Warum bloß schickte ich ihn nicht zum Teufel und machte an dieser Stelle Schluss?
»Als Riccardo nach Hause kam und sein Stiefvater sah, dass er sich schon wieder geprügelt hatte, hat er ihn sich endlich einmal vorgeknöpft. Er hat so zugeschlagen, dass Riccardo eine Gehirnerschütterung kriegte …«
»Scheiße, was redest du da?«
»Dann hat Riccardo seinen Stiefvater erpresst. Er hat gesagt, er würde ihn anzeigen, wenn er nicht das und das tut. Und sie haben sich geeinigt. Sie haben dir die Schuld in die Schuhe geschoben, den Direktor angerufen, und du bist von der Schule geflogen.«
»Hör doch auf!« Aber mein Ton war weniger entschieden, als ich mir gewünscht hätte.
Er lachte wieder. »Glaubst du denn wirklich, ein Weichei wie du könnte Riccardo krankenhausreif schlagen? Du hast ihm nicht mal einen Kratzer verpasst, wenn du's genau wissen willst.«
Ich sprang auf und beugte mich zu ihm vor. »Du bist ja so was von bescheuert, wer auch immer du bist.« Ich funkelte ihn böse an. »Das ist erstunken und erlogen, und er hat es erfunden, weil er sich schämte, dass er von mir massakriert worden ist.«
»Hm«, machte er, kein bisschen eingeschüchtert. »Weißt du, was er seinem Stiefvater außerdem abgepresst hat?«
»Nein. Und es interessiert mich einen Scheißdreck.«
»Sturmfreie Bude für zwei Abende. Damit er Elena mitbringen und vögeln kann, du weißt ja, wie er ist …« Er schlug sich auf den Schenkel und lachte wieder laut. »Während du erst den Schulverweis gekriegt hast und

dich dann ganz abgemeldet hast ... Gehörnt und zusammengeschlagen!«

»Das ist nicht wahr!« Jetzt schrie ich. Eine Sekunde lang hob ich die Augen und sah, dass die Blondine mich besorgt beobachtete.

»Alle in der Schule wissen es.«

Ich kam mit meinem bösen Gesicht dicht an seines heran. »Er hat euch alle verarscht«, zischte ich und spuckte ihm ein bisschen ins Gesicht. »Weil er sich in Grund und Boden schämte. Eine andere Wahrheit gibt es nicht. Aber sag ihm ruhig, dass ich bereit bin, ihn wieder zu vermöbeln, und diesmal werde ich mich nicht mit einer Gehirnerschütterung begnügen. Sag ihm das.«

Mit Befriedigung konstatierte ich, dass dieses blöde Grinsen aus seinem Sackgesicht verschwand. Er hatte begriffen, wer in der ganzen Geschichte der harte Kerl war. Ich, einzig und allein und immer ich. Er versuchte, Boden zu gewinnen, indem er noch einmal in Hohngelächter ausbrach, aber es kam sehr unnatürlich heraus.

»Sag Schwarzy, dass Oscar Moya noch immer frei herumläuft.« Und ich stieg an der nächsten Haltestelle aus.

Ich kam mit einer gigantischen Verspätung in der Fabrik an. Die anderen standen alle schon an ihrem Posten, ich erkannte Vincenzo an der Schneidemaschine und seine Landsleute an der grünen Linie. Einer von ihnen machte mir ein Zeichen zur Begrüßung, während ich auf dem Weg zu Giulios Büro war, aber da kam Giulio schon aus der Tür und pflanzte sich vor mir auf, den Zeigefinger ausgestreckt, als wollte er die Luft zwischen uns durchstoßen. Er brüllte los: »Was auch immer dir passiert ist, es ist mir scheißegal! Dies ist das erste und letzte Mal, dass

du zu spät kommst, sonst sage ich alles, was ich dir gestern gesagt habe, heute einem anderen, du gibst Overall und Schuhe zurück und kannst die Trak vergessen!« Sein Gesicht war verzerrt, die Augen klein und böse.
Eine unendliche Müdigkeit überfiel mich. »Entschuldige bitte, Giulio«, sagte ich leise, die bittere Pille schluckend.
»Zum ersten und letzten Mal!«, wiederholte er. Er öffnete ein Schränkchen, reichte mir Handschuhe, Armbinden und ein mit Klebeband verschnürtes Päckchen. Darin war ein Magnet. »Jetzt geh zu George, dem habe ich schon alles erklärt. In einer halben Stunde komme ich kontrollieren, was du anrichtest.« Er gab mir den Magneten. »Sieh zu, dass du schnell lernst, Kamerad, sonst bin ich gezwungen, unsere kleine Abmachung zu vergessen.« Ein eiskalter Blick noch, dann drehte er mir den Rücken zu und ging in sein Büro zurück.
Der Molisaner, der mich vorhin gegrüßt hatte, tat so, als hätte er nichts gehört und nichts gesehen. Scheinheilig fuhr er fort, gedankenversunken die Presse zu bedienen.
George sah mich ankommen, sein Gesichtsausdruck war müde und angespannt, in den Augen lag noch etwas anderes, Resignation angesichts der offensichtlichen Ungerechtigkeit, die ihm widerfahren war. »Hast du alles?«, fragte er mich nur.
»Ja.« Ich zog den Magneten heraus. Er war abgenutzt und hässlicher als der von George. Wahrscheinlich war er aus Ausschussmaterial gemacht – und tatsächlich stellte sich heraus, dass es genauso war.
George presste noch ein Stück, dann ließ er die Schaltknöpfe los. »Glaubst du, dass du irgendwas gewonnen hast, wenn du hierher kommst?«
»Hör mal zu, George«, begann ich und betonte meine

Worte deutlich, damit sie auf sämtlichen Längengraden dieses Planeten verständlich waren. »Ich habe eine Nacht verbracht, wie du sie dir nicht mal vorstellen kannst, versuch also, ruhig zu bleiben, und wir beide kümmern uns nur um unsere Arbeit. Okay?« Gerne hätte ich noch hinzugefügt: »Sonst könnt ihr mich alle mal kreuzweise.« Aber das sagte ich nicht, ich brauchte diese Arbeit zu dringend.

»Spät aufgestanden heute Morgen, was?« Das war Vincenzo, mit einem Grinsen quer über das ganze Gesicht.

George donnerte: »GEH ZURÜCK AN DIE SCHNEIDEPRESSE!«

»He, ich wollte ja nur Guten Tag sagen ...«, protestierte der Molisaner.

»Danke vielmals, jetzt kannst du wieder dahin gehen, wo du hergekommen bist«, sagte ich. »Und bei den Vertraulichkeiten mäßigen wir uns ab jetzt, verstanden?«

Er starrte mich mit offenem Mund an, Enttäuschung im Blick. Kopfschüttelnd schlurfte er an seinen Platz zurück.

»Steck den Magneten rein«, befahl mir George.

Ich zog den Handschuh an, dann streifte ich mir das Riemchen des Magneten über die Hand und ließ ihn vom Handrücken bis zur Handfläche gleiten. Er schien mir sauschwer.

Giulio kam nicht, um mich zu kontrollieren, wie er angedroht hatte. Besser so, denn in dieser ersten Stunde machten wir - machte ich - nur zweihundertzwanzig Stück. Als wir das Papier ausfüllen gingen und George einen Blick auf den Stückzähler warf, schüttelte er den Kopf.

Er musterte mich, ich musterte ihn. Eine Weile sagten wir nichts, dann schrieb er eine Zahl auf das Papier. Er befahl mir, zu unterschreiben. »Das hier ist *deine* Produktion, verstanden?«

Ich unterschrieb, als wäre dieses Scheißpapier ein Blankoscheck.

Vincenzo überprüfte seine Stückzahlen, ich sah ihn lächeln, als wäre das unglaublich lustig. Gerne wäre ich zu ihm gegangen und hätte ihm ein paar Tritte verpasst.

Hinter ihm stand der anonyme Blonde an der dritten Maschine, dahinter der an der Auffangstelle. Nichts Neues also, die üblichen, erschöpften Metallarbeiter im Blaukittel an einem Sommermorgen.

»Bewegung!«, rief George und rüttelte mich wach. »Die nächste Stunde hat schon angefangen, die nächste Produktion auch!«

Kurz darauf erschien Giulio, stellte sich dreißig Sekunden lang hin, um mich beim Pressen zu beobachten, und fragte dann George: »Wie macht sich der Junge?«

»Der ist zu jung für diesen Platz!«

»Beruhig dich. Das ist einer, der schnell lernt.«

»Er ist unfähig, eben hat er nur zweihundertzwanzig Stück gemacht!«

Das nahm Giulio übel auf, ging unser Papier kontrollieren, und ich fing an zu schwitzen wie noch nie in meinem Leben.

»Kamerad!«, brüllte er mich an, als er zurückkam. »Was für einen Scheiß baust du mir hier?«

Ich antwortete nicht, versuchte nur, den Rhythmus zu steigern, allerdings mit miserablen Ergebnissen. »Mach dir keine Sorgen, Giulio, ich schaff das schon.«

»Von wegen!«, rief er. »Du bist weit unter dem Produktionssoll!«

Fahrt doch alle zur Hölle, du, der Afrikaner und die Pro-

duktion! »Ich muss nur noch den Rhythmus rauskriegen ...«
»Und wie lange soll das noch dauern?«
Ich überlegte, was wohl passiert wäre, wenn ich ihn gebeten hätte, mir zu zeigen, wie man das macht. Unfähig, wie er meiner Meinung nach war, würde er wahrscheinlich keine Zeit damit verlieren, mir irgendwas zu zeigen, sondern mich nur auf der Stelle entlassen. Und ich konnte all meine Träume von Unabhängigkeit, Weibern und Ruhm vergessen.
»Gib mir noch drei oder vier Stunden, Giulio!«
»Zwei gebe ich dir, und sieh zu, dass sie genügen!« Dann entfernte er sich mit seinem Watschelgang.
Zwei Stunden noch, und ich würde endlich erfahren, welches Schicksal mir in diesem Scheißloch beschieden war. Nein, ich durfte nicht ausgerechnet kurz vor der Ziellinie zusammenbrechen!
»Siehst du?«, sagte George hämisch.
Ich schob ihn mit dem Arm beiseite. »Weg hier, jetzt zeig ich's euch!«
Er konnte in seinem holprigen Italienisch keinen halben Satz mehr rausbringen.
Ich lud die Maschine, als wäre es eine Pistole. Dann feuerte ich ein-zwei-dreimal hintereinander, ohne einen einzigen Schuss zu verfehlen.

In der zweiten Stunde schaffte ich dreihundertneunzig Stück. Und vierhundertachtzig in der dritten. Ohne an etwas anderes zu denken als das Reinschieben. Ich musste lachen, als ich die Gesichter von George und Vincenzo sah.
Irgendwann kam der Blonde, um sich zu beschweren. »Un-

sere Bänder sind alle voll!«, kreischte er mit einer schrillen, weibischen Stimme.
Ohne innezuhalten, entgegnete ich: »Dann seht zu, dass ihr sie leerkriegt und arbeitet!«
»Du bist ja verrückt! Für wen hältst du dich eigentlich?«
»Es gibt einen neuen Sheriff in der Stadt, falls ihr das noch nicht gemerkt haben solltet!« Ich schrie, berauscht vom Wettkampf, her mit dem Stück, weg damit, her mit dem nächsten, während der Schweiß mir von der Stirn auf das Blech tropfte.
»Scheiße, was ist denn hier ...«, stotterte der Blonde.
Aber George unterbrach ihn. »Geh an deinen Platz, er tut nur seine Pflicht. Tu du das auch!«
Ich wunderte mich über das, was der Schwarze sagte, aber vielleicht waren ihm ja seine glorreichen Zeiten an der Tiefziehpresse wieder eingefallen, als die Arbeit noch Arbeit war und es keine Gewerkschaftsausweise gab, die ihm verwehrten, seine wahre Natur als Herrscher über alle Bleche auszuleben.
»Geh zurück an deinen Platz, Blondchen«, sagte ich, »hier stehen Leute, die sich ihre Brötchen verdienen wollen!«

Giulio kam. Er beobachtete meine Bewegungen, und sie schienen mit dem Bild übereinzustimmen, das er sich von meiner Wenigkeit gemacht hatte. Aus dem Augenwinkel sah ich ihn die Produktionsblätter überprüfen.
George sagte zu ihm: »Er wird besser«, als wäre ich eine Speise, die beim ersten Probiergang als ungenießbar eingestuft worden war und beim zweiten Gnade fand.
Mit einer Grimasse, die ein Lächeln sein sollte, drehte der Bergamaske sich zu mir um.
»Großartig, Kamerad!«

Ich grinste zufrieden. Unterdessen presste ich und hielt den Rhythmus. Es machte mich glücklich, hier zu sein, stark zu sein und das allen beweisen zu können.
»Komm auf sechshundert Stück in der Stunde«, sagte Giulio, »und dann bereite dich auf die Unterschrift unter den Vertrag vor!«
Ein Begeisterungsschauer erfasste mich: Geschafft, es war geschafft!
Er hieb mir auf die Schulter, nickte, als hätte ich etwas gesagt, schlug sich mit der Faust in die Handfläche und verließ uns, fröhlich mit dem Hintern wackelnd.
Als er weg war, sagte George: »Sechshundert in der Stunde? Du Ärmster!« Er verdrehte wie angewidert die Augen. »Du hältst dich für schlau, aber du bist nur in einer Falle gelandet, aus der du nicht mehr rauskommst.«
Der Neid ist eine gefährliche Bestie, sie beißt dich in den Arsch, sooft sie kann. Das war mir jetzt schon seit geraumer Zeit klar.

Als die Sirene zur Mittagspause heulte, defilierten die Arbeiter an der blauen Linie in einer Prozession an mir vorbei. Vincenzo und der Blonde warfen mir hasserfüllte Blicke zu, blieben aber stumm. Der Mann an der Auffangstelle kam auf mich zu und sagte leise: »Jetzt beruhig dich mal wieder, Junge, wir kommen zum Arbeiten hierher, nicht um uns umbringen zu lassen!«
Ich hatte drei kleine Zauberworte vorbereitet, die in solchen Situationen gesagt werden mussten: »SPRICH-MIT-GIULIO«.
Es funktionierte, denn weder der dicke Auffänger noch die anderen sagten etwas. Bis zur Kantine sahen wir uns scheel an, dann trennten wir uns. Vincenzo und die Moli-

saner gierten sicher nicht danach, mich wieder an ihrem Tisch zu haben. Mich zu den Bossen zu setzen, wäre zwar angemessener gewesen, aber doch etwas verfrüht, wie ich zugeben musste. Während ich mein Tablett füllte, entdeckte ich einen halbleeren Tisch weit weg von allen anderen, an den ich mich setzte.

Kurz darauf gesellte sich ein frohlockender Giulio zur Tafel der Bosse und nahm, allen Kollegen in Reichweite auf die Schulter hauend, seinen Platz ein. Dann sah er mich.

»Kamerad!«, rief er, und ringsum wurde es schlagartig still. »Wieso zum Teufel sitzt du da hinten allein?« Alles, was Augen hatte im Saal, starrte mich an und begann, Meinungen auszutauschen, was bei mir in Form eines unheimlichen Getuschels ankam. Und Giulio, auf einen leeren Platz neben sich zeigend, rief: »Komm und setz dich hierhin!«

Es war wie ein Wahlsieg ohne Mandat. Mit all den Blicken, die auf mir lagen, erschien es mir noch immer ein wenig voreilig.

»Bei mir sitzt er ganz gut«, sagte Mario, der in diesem Augenblick sein Tablett neben meinem abstellte. »Stimmt's?«, fragte er mich.

Ein erlöstes Lächeln trat auf mein Gesicht. »Stimmt!«, sagte ich und rief zu Giulio hinüber: »Beim nächsten Mal!«

Während Mario Platz nahm, fing Giulio ein wenig enttäuscht an zu essen und so auch alle anderen.

»Danke, Mario!«, flüsterte ich.

Er zuckte mit den Achseln und sah auf meinen Teller. »Jetzt lass uns essen.«

Aber ich hatte keinen großen Hunger und war ein bisschen nervös.

»Was ist los?«, fragte er, als er es bemerkte. »Probleme?«
Er war fast ein Fremder für mich und hatte schon genug eigene Scherereien, aber seine gutmütige, ehrliche Miene war ein rares Gut hier drinnen. Also erzählte ich ihm von meinem Vater.
Er unterbrach sein mühevolles Essen mit nur einer Hand und wischte sich den Mund mit der Serviette ab. »Verfluchter Mist!«, rief er aus. »Was tust du überhaupt noch hier, mach, dass du zu deinem Vater kommst!«
Ich erzählte ihm von der Abmachung mit Giulio. Er hörte schweigend zu, und es gefiel mir, dass er nicht sofort mit wohlfeilen Schlussfolgerungen kam. Als ich fertig war, lehnte er sich zurück und sah mich prüfend an.
»Die haben dich wirklich ganz schön in die Scheiße geritten«, sagte er schließlich. »Aber früher oder später findet man immer Arbeit. Verlierst du diese, gibt's irgendwo eine andere ...«
Hinter uns lachte Giulio dröhnend und schlug mit der Hand auf den Tisch. Die anderen Arschkriecher lachten mit, wahrscheinlich wussten sie nicht mal, worüber.
Mario beobachtete sie mit leicht angewiderter Miene, dann fragte er: »Gehen wir eine rauchen?«

Zwischen eins und zwei fuhrwerkte ich wie ein Besessener an der Presse, um jeden anderen Gedanken aus dem Kopf zu verbannen. Mit Hilfe von George, der mir den Rhythmus vorgab, schaffte ich fünfhundert Stück.
Mein Siegesrausch wurde gedämpft, als wir die Stückzahl eintragen gingen und ich sah, dass alle Bänder der Linie voll waren. Vincenzo warf mir einen kurzen Blick zu, während er zwischen den Blechen keuchte. Ich wollte hingehen, um ihm zu helfen, aber der strenge Ton von Georges

Stimme hielt mich zurück. »Lass das!«, sagte er. »Du willst doch da stehen, oder?«, und er zeigte auf die Tiefziehpresse. »Wenn du dort arbeiten willst, bist du allein. Wenn du ihnen hilfst oder dich entschuldigst, versuchen sie sofort, weniger Stücke zu machen.«
Offenbar war der Arbeiter an der Tiefziehpresse zur Einsamkeit verdammt. So wie ich George verachtet hatte, so wurde ich jetzt von allen gehasst. Da war nichts zu machen, ich würde an der ersten Presse für immer allein bleiben.
Ich wartete, bis die Bänder sich geleert hatten und alle ihre Stückzahlen eintrugen.
»Los«, sagte George irgendwann. »Fang wieder an!«
Ein letzter Blick zu Vincenzo und ich machte weiter.

Beim Schichtwechsel, als George sich mit einem Schulterschlag von mir verabschiedete und Geheimratsecke mit Pferdeschwanz, in der Hand den Magneten und seine Handschuhe, mit erstaunter Miene auf meinen Platz zukam, war ich unschlüssig, ob ich ihn grüßen sollte.
»Ciao«, sagte er schließlich, da ich den Mund nicht aufkriegte. »Wieso bist du hier?«
»Seit heute arbeite ich an der Tiefziehpresse.«
Er wurde blass. »Und George?«
»George schafft es nicht mehr«, antwortete ich und zündete mir eine Kippe an.

Als auch für mich Schluss war, überprüfte ich, wie viel Stück ich in den letzten zwei Stunden gemacht hatte, ohne auf den Ratschlag dieses Versagers zu hören: fünfhundertfünfzig in der vorletzten und fünfhundertachtzig in der letzten Stunde.

Ich war schon auf dem Weg in den Umkleidecontainer, als Giulio mit meinem Produktionsblatt hinter mir herkam. »Kamerad! Gimme five!«, rief er begeistert und hielt mir seine Handfläche hin.
Ich hatte dieses Gimme five schon immer total schwachsinnig gefunden, aber natürlich schlug ich gegen seine Hand.
»Hey!«, sagte ich.
Er legte mir seine Pranke in den Nacken. »Ich möchte, dass du weißt, dass ich stolz auf dich bin und dass ich dich morgen zu Collura schicke, damit du den unbefristeten Anstellungsvertrag unterschreibst!«
Gerade als er das sagte, marschierten die Molisaner an uns vorbei, Vincenzo voran. Sie grüßten Giulio mit einer förmlichen Korrektheit, dass einem speiübel werden konnte, dann trotteten sie, heftig aufeinander einredend, in Richtung Container.
Giulio beobachtete sie, bis sie von den Türen verschluckt wurden, dann warf er den Kopf zurück und brach in Gelächter aus. »Hast du gesehen, wie der Neid sie auffrisst? Hahaha!«
Aber dann wurde er abrupt wieder ernst und legte die schärfste teutonische Färbung in seinen Bergamasker Akzent: »Wage es ja nicht, auch morgen zu spät zu kommen, sonst fängst du bei null wieder an. Ist das klar?«
Ich setzte meine reuevollste Miene auf. »Ja, Giulio. Und bitte entschuldige noch mal ...«
Wieder ein sehr männlicher Hieb auf die Schulter, dann ein militärischer Gruß mit an die Stirn gelegter Hand, und der Duce der Metallarbeiter entfernte sich, bei jedem Schritt die Hinterbacken aneinanderreibend.
Ich ging zu meinem Spind. Als ich mich umzog, kam Vin-

cenzo in die Umkleide. »Also haben sie dich wirklich eingestellt?«, fragte er mit spöttischem Unterton.

»Ihr habt's gehört, denke ich ... Von der Höhe eures diskreten Wesens herab.«

Vor der Tür hatten sich unterdessen seine Landsleute versammelt.

»Scheiße!«, rief Vincenzo aus. »Wir wollten dich beglückwünschen: zwei Tage, und schon bist du unbefristet angestellt!« Seine Stimme hatte einen hässlichen sarkastischen Ton. Und seine Genossen da draußen waren noch hässlicher.

»Ich danke euch«, sagte ich. »Alles eine Frage des Könnens.«

Sie blickten sich an, und plötzlich brüllte einer: »Willst du uns verarschen?«

Vincenzo sah mich drohend an, machte zwei Schritte auf mich zu und stützte sich mit ausgestrecktem Arm gegen den Spind. Sein pestilenzialischer Mundgeruch wehte mir direkt ins Gesicht. Um uns drängten sich seine Genossen. Hinter mir war der Spind, vor mir eine Gruppe stinksaurer Molisaner. Keine angenehme Situation, aber ich hatte schon schlimmere erlebt.

In solchen Momenten waren Kaltblütigkeit und Muskelkraft gefragt. Beides besaß ich, aber ich wollte ihnen eine Chance geben. Also tat ich, als wollte ich gehen, doch Vincenzos Handfläche prallte gegen meine Brust und stieß mich zurück, so dass ich mit dem Rücken gegen den Spind schlug, der mit einem metallischen Klang antwortete.

Ich hatte keine Wahl, ich musste reagieren.

Mit aller Kraft verpasste ich dem Spind einen verheerenden Tritt, worauf er schwankte, als wäre ein Erdbeben ausgebrochen. »Hört mir mal gut zu!«, brüllte ich. »Für gewisse Arbeiten braucht man Mumm in den Knochen und stahlharte Eier. Ich habe bewiesen, dass ich kein Weichei bin. Also hört auf mit eurem ätzenden Gelaber und lernt, wie man sich in der Welt allein durchschlägt!« Ich machte einen Schritt auf Vincenzo zu, der zurückwich. Was ich mir da zusammenredete und warum, wusste ich selbst nicht. Aber ich machte das grimmigste Gesicht, das mir einfiel, etwa wie James Caan in *Rollerball*. »Glaubt ihr, das hier wär ein Spaß für mich?! Ich musste mich von meinem großen Traum verabschieden, in der Nationalliga zu spielen, verdammte Scheiße, und was kriege ich dafür? Einen beschissenen Fabrikjob! Und Typen wie ihr wagen es sogar, sich zu beklagen, Mann!« Ich haute gegen die Plastikwände. Jetzt war ich James Dean in *Jenseits von Eden*. »Mein einziger großer Traum ...«, sagte ich mit leiserer Stimme, als würde ich zu mir selbst sprechen. Dann blickte ich ihnen einem nach dem anderen direkt in die Augen. »UND ER IST FÜR IMMER DAHIN!«, schrie ich und trat wieder gegen die Spinde. Wegen der Anspannung bei der wütenden Miene tat mir schon der Kiefer weh. »Feiglinge!«, sagte ich zuletzt kopfschüttelnd.

Dann dachte ich an meinen Vater und hörte mit dem Schauspielern auf.

»Entschuldigung«, sagte Vincenzo.

Der Chef halbtot im seelenlosen Licht eines Krankenhauszimmers. Jetzt musste ich wirklich weinen. Die Wahrheit war noch viel schrecklicher als der Scheiß, den ich hier verzapfte.

Ich nahm meinen Rucksack, bahnte mir, ohne um Erlaubnis zu fragen, mit groben Schulterstößen einen Weg durch die Gruppe und verschwand.

Bei jedem Schritt, mit dem ich mich unserem Haus näherte, erdrückte mich das Gefühl einer Niederlage, wie ich es noch nie zuvor empfunden hatte, schlimmer noch als die niederschmetternde Demütigung nach dem Kampf gegen Tony Champion, einschließlich Beulen.
Doch wenigstens gab es im Ort keine Traueranzeigen an den Hauswänden, die den Chef betrafen.
Kaum hatte ich die Tür meines luxuriösen Heimes geöffnet und mir einen Weg zwischen herausgerissenen Fliesen und Bergen von Schutt gebahnt, stürzte ich mich auf das Telefonbuch. Während ich es nervös nach der Nummer des Krankenhauses durchsuchte, hörte ich ein Geräusch aus der Küche. Vielleicht waren es die Mauerspechte. Oder ein beschissener Junkie hatte sich auf der fieberhaften Suche nach Geld oder Wertsachen in mein Haus eingeschlichen. Von beidem würde er keine Spur finden, hier drin gab es nicht mal eine Erinnerung an so was. Ich bewegte mich schnell, das Blut schoss mir heiß durch die Adern. Da sah ich eine Spitzhacke. Eine schlichte, strenge, jetzt aber einladende Spitzhacke lehnte an einer Fensterbank. Nur ein Schritt noch, schon zückte ich sie wie ein Schwert.
Wieder ein Geräusch aus der Küche.
Ich schwang die Hacke. Wer auch immer es sein mag, dachte ich. Ich atmete tief durch, stieß die angelehnte Tür mit einem Tritt auf und stürzte mit dem Kriegsruf der Apachen blindlings in die Küche, entschlossen, auf alles einzuschlagen, was sich bewegte.
»Alàlalalàlalalà!« Mit der Spitzhacke die Luft durchschneidend, entdeckte ich den Umriss einer Gestalt. »Alàlalalàlalalà!« Ich schloss die Augen und hob die Waffe zum tödlichen Säbelhieb.

»OH NEIIIIIN!«
Es war Mauro.
Er hatte die Hände vors Gesicht gelegt. Die Hacke blieb auf halber Höhe stehen, wenige Zentimeter vor seinem nutzlosen, hohlen Schädel. Doch der Idiot brüllte immer weiter: »NEIIIIN!«
»Hör auf«, befahl ich ihm. »Ich bin's … Darf man erfahren, was du in meinem Haus zu suchen hast?«
Sehr langsam nahm er die Hände vom Gesicht.
»Mauro, ich bin's«, wiederholte ich.
Erst jetzt löste er die Augen von der Spitze der mörderischen Hacke, und seine Züge entspannten sich mühevoll, um wieder zu der gewohnten hässlichen Fratze zu werden.
»Oh«, sagte er. Dann schwankte er zum Kühlschrank und lehnte sich mit dem Hintern dagegen. »Oh«, wiederholte er gebückt, die Hände auf den Knien. »Entschuldige. Du hast mich erschreckt.«
Erbärmlicher Hosenscheißer. Aber es hatte Spaß gemacht.
»Was zum Henker tust du hier?«
Er atmete auf, eine Hand auf der Brust. »Deine Schwester hat mich geschickt. Ich sollte … ich soll ihr etwas von hier bringen und ich soll … ich sollte warten, bis du zurückkommst, damit wir zusammen ins Krankenhaus fahren können.«
»Neuigkeiten von meinem Vater?« Jetzt war es mein Herz, das hämmerte.
»Alles … alles stabil wie heute Nacht, soll ich dir von Francesca sagen.«
»Stabil?«
»Ja. Weder schlechter noch …«
»Ich weiß, was stabil bedeutet!«

»Entschuldige.«
Ich bemerkte, dass ich noch immer die Spitzhacke in der Hand hielt. Ich musste lächeln.
»Okay«, sagte ich und lehnte das Werkzeug an die Küchentür. Warum, weiß ich selbst nicht, aber dann fügte ich hinzu: »Danke, Mauro.«
Er lief rot an, wie es seiner schmuddeligen Verliebten gelegentlich passierte. »Keine Ursache«, nuschelte er, während er eine Jeans und ein Hemd der Robbe in einen Rucksack steckte. »Die waren zum Trocknen aufgehängt«, erklärte er aus unerfindlichen Gründen. »Äh ...«, er räusperte sich, »ich sollte auch ihre ... äh, ihre Unterwäsche mitbringen.«
Ich unterdrückte ein herzhaftes Lachen und machte stattdessen ein sehr strenges Gesicht. »Komm mit!« Wir gingen die Treppe hinauf und blieben vor der Zimmertür der auf ihn und für ihn geilen Frau stehen.
»Geh rein!«, befahl ich. »Die unteren Schubladen im Schrank. Da sind ihre *persönlichen* Sachen.«
Er wollte sich schon hineinstürzen, ich hielt ihn zurück.
»Halt!« Er blickte mich fragend an.
»Du steckst deine Finger nur da rein, wo es nötig ist, und holst dir über den Höschen der Nonne keinen runter, verstanden?«
»Aber das würde ich niemals ...«
»Halt den Mund!«, würgte ich ihn ab. »Gelegenheit macht den Mann und so weiter ... Ich geh jetzt duschen. Du behältst das Haus im Auge.«
Er setzte eine grimmige Miene auf, die ihn noch schwachsinniger aussehen ließ. »In Ordnung.«
»Und wenn du die Spitzhacke brauchst, nur zu!« Dann verschwand ich im Bad.

Eine halbe Stunde später war ich angezogen und gekämmt. Ich rauchte eine Zigarette, während ich zuschaute, wie Mauro die Sachen für die Robbe einsammelte. Virginia hatte nicht darum gebeten, ihr etwas mitzubringen. Wahrscheinlich kaufte sie sich jedes Mal einen neuen Büstenhalter, wenn sie einen auszog.

Wir hörten drei Töne einer Hupe auf dem Hof.

»Scheiße, wer kann das sein?« Ich öffnete die Haustür.

Vor dem Gartentor stand ein Renault Super 5 mit laufendem Motor. Dann wurde der Motor abgestellt, und Chiara stieg aus.

Scheiße, immer wieder hatte Chiara diese verheerende Wirkung auf meinen ganzen Körper. Diese Haare, die seidige Strähne über ihren Augen, die ägyptische Nase, die dunkle Haut, wie leicht mit Kakao überstäubt. Und dieser Körper, wenn sie aus ihrem Prolo-Mobil hervorkam, dieses Spiel aus Kurven und perfekten Proportionen, diese Art zu gehen.

Schwarze Jeans und rote Bluse, flache, offene Schuhe.

»Ciao«, sagte sie.

»Ciao.«

Ich stand noch reglos an der Tür, da lugte hinter mir Mauro hervor. »Wer ist das?«, fragte er mich. Er musterte sie. »Das ist die aus dem Minimarkt«, sagte er nach einer Weile.

Er begrüßte sie. Sogar die Bewegung der Finger, mit der sie seinen Gruß nach kurzem Zögern erwiderte, war sexy. Genau so war es, immer wieder machte sie einem das Blut heiß, brachte einen ins Schwitzen. »Das ist das Mädchen aus dem Minimarkt«, wiederholte Mauro beharrlich, als traute er seinen Augen nicht. »Sie arbeitet dort, wo ich einkaufen gehe ...«

»WIR HABEN'S KAPIERT!«, schrie ich. »Das ist nicht Cindy Crawford, jämmerlicher Armleuchter!«
»Entschuldige ...«
Mit dem gleichgültigsten Ausdruck, zu dem ich fähig war, sagte ich: »Sie ist bloß die Feinkosterin aus dem Minimarkt!«
Sie schien nicht auf meine Worte zu achten. Und Mauro stand immer noch neben mir auf der Schwelle.
»Mauro, verdammt, tu mir einen Gefallen, geh wieder rein und pack die Unterhöschen deiner Freundin ein, okay?«
Er zog den Kopf zwischen die Schultern, warf einen letzten Blick auf »das Mädchen aus dem Minimarkt« und ging, ziemlich widerstrebend, wie mir schien, zurück ins Haus.
Ich warf meine Kippe auf den Rasen, schloss die Haustür hinter mir und ging ihr entgegen. »Na?« Mein Ton war schroff. »Was führt dich in diese Gegend?«
»Ich habe das mit deinem Vater erfahren«, sagte sie, und wieder einmal ignorierte sie mein Benehmen. »Ich wollte wissen, wie es dir geht, ob du was brauchst, ich weiß nicht ... ob ich dir helfen kann.«
Ich blieb dreißig Zentimeter vor ihr stehen. Nur das Gartentor trennte uns. Was jeder von uns hinter dem Gitter sah, gefiel uns beiden, glaube ich, und zwar seit langem. Wenigstens mir gefiel es. So sehr, dass es fast schon nicht mehr zum Aushalten war. Aber sie hatte mich erst vor wenigen Tagen zurückgewiesen. Zurückgewiesen. Mich!
»Ich danke dir für deine Aufmerksamkeit«, sagte ich. »Mein Vater scheint noch einmal davonzukommen. Und ich auch.«
»Du siehst müde aus.« Es gefiel mir, dass sie das sagte, dass sie so redete, als wären wir mehr als einfache Be-

kannte, als spielten wir jeder wirklich eine Rolle im Leben des anderen.
»Es war nicht gerade angenehm im Krankenhaus.« Aber ich wollte nicht das Opfer abgeben, das getröstet werden muss. »Außerdem habe ich heute gearbeitet.«
»Was sagen sie im Krankenhaus?«
»Sie sind kryptisch, aber das sind sie ja immer.«
Ihr Blick war abwesend.
»Weißt du überhaupt, was ›kryptisch‹ bedeutet?«
Ihre Augen wurden zu zwei Schlitzen. »Sogar unter solchen Umständen musst du unbedingt das Arschloch spielen, was?«
Ich lächelte kurz, ohne die Zähne zu zeigen, wie Mickey Rourke es immer tut. Ein paar Augenblicke widerstand sie, dann öffneten sich ihre Lippen, und auf der linken Wange erschien ein Grübchen. Wir lachten zusammen. Vielleicht war es das erste gemeinsame Lachen von vielen, die noch kommen würden. Vielleicht würden wir aber auch nie wieder zusammen lachen.
Ihr Blick ging über meinen Kopf hinweg. Ich wandte mich um: Hinter der Gardine beobachtete uns diese Eiterbeule Mauro. Er verschwand sofort vom Fenster.
»Ich hab's ja gesagt, dass du gerne spionierst!«, brüllte ich zu den sich bewegenden Gardinen hinauf.
»Wer ist das denn?«, fragte sie.
»Gefällt er dir?« Sie hielt sich zurück, aber ich lachte höhnisch. »Falls er dir gefällt, er wird gerade verramscht, Lieferung im Preis inbegriffen.«
»Komm schon.« Sie lachte. »Im Ernst: Wer ist das?«
»Das ist der, der meiner Schwester schon seit wer weiß wie langer Zeit sabbernd hinterhersteigt. Kannst du dir das vorstellen?«

»Naja«, sagte sie, »kann ja sein, dass Unwiderstehlichkeit bei euch in der Familie liegt.« Einen Augenblick zu spät erkannte sie, dass sie sich verplappert hatte. »Das heißt«, versuchte sie, sich herauszuwinden, »kann sein, hab ich gesagt.« Dann wandte sie den Blick ab.
Ich gefiel ihr. Das hatte ich ja immer gewusst.
Ich überlegte, was das bedeuten konnte. Noch vor ein paar Tagen hätte ich Purzelbäume auf dem Rasen geschlagen. Doch jetzt empfand ich ein Gefühl der Erschöpfung, das alles andere mit sich riss. Vielleicht hatte sie das auch nur gesagt, um mich aufzumuntern ...
»Warum bist du hergekommen?«, fragte ich in barschem Ton.
Sie runzelte die Stirn. »Was meinst du damit?«
»Wenn du hergekommen bist, um ein bisschen was von deinem Mitgefühl hier in der Gegend abzuladen, dann lass dir gesagt sein, dass du nur Zeit verlierst.«
Sie war tödlich beleidigt. Oder sie war eine abgebrühte Schauspielerin, und ich verstand gar nichts.
»Und das hältst du für ein angemessenes Benehmen?«, schrie sie, nachdem sie mich ein paar Sekunden lang fassungslos angestarrt hatte. »Meinst du wirklich, so was sagt man zu einem Menschen, der sich Sorgen um dich macht?«
»He, wer hat denn gesagt, ich sei dir scheißegal? Dass du jetzt hier aufkreuzt und die Nummer, die du hier abziehst, das halte ich für eine Art Almosen. Immerhin hast du mich neulich entsorgt.«
»Entsorgt?« Sie riss ihre sehr grünen Augen auf. »Entsorgt?« Dann nickte sie mit einem bitteren Lächeln. »Hm, im Grunde hast du wirklich recht. Arschlöcher wie du werden ganz einfach entsorgt!« Sie kehrte zu ihrem Prolo-

Mobil zurück und öffnete die Tür. »Leck mich doch!«, hörte ich sie mehr zu sich selbst als zu mir sagen. »Was war das bloß für eine Scheißidee von mir!« Doch dann drehte sie sich zu mir um und brüllte: »Leck mich doch!« Es kam abgehackt heraus, als wäre ihre Stimme ein kostbarer, hauchdünner Stoff, der jeden Augenblick zerreißen konnte.
Ich wollte etwas sagen, damit ich ihr durch das Tor nachlaufen konnte. Aber ich sagte nichts, und das verfluchte Gartentor war verschlossen.
Sie stieg ins Auto, wendete, ohne mich anzusehen, und gab Gas. Das Silber des Autos verschwand im Nu hinter der Kurve.

»Und du, was hast du zu glotzen, blöder Sack?«, knurrte ich Mauro an, als ich wieder im Haus war.
Er stand mitten im meinem Haus, das aussah, als wäre es bombardiert worden, drei Tüten zu seinen Füßen, das breite Gesicht puterrot.
»Warum ist sie denn so weggegangen?«
»KÜMMER DICH UM DEINEN EIGENEN DRECK UND GEH MIR NICHT AUF DIE EIER!«

Mitten im zehnten nervenzerfetzenden *Tuuut* schmiss ich fluchend den Hörer auf die Gabel. Ich hatte mich an ihren Nachnamen erinnert: Lovergia. Chiara Lovergia. Im Telefonbuch stand er nur einmal, kein weiblicher oder männlicher Vorname daneben. Ich schrieb mir die Adresse auf. Dann blickte ich zu dem politwissenschaftlichen, soziopathischen Reptil auf, das mich noch immer von der Mitte des Raums aus anstarrte.
»Lass uns ins Krankenhaus fahren!«, sagte ich.

Ich nahm zwei der drei Tüten und wartete an der offenen Tür. Er ging mit gesenktem Blick an mir vorbei. Nachdem ich die Haustür abgeschlossen hatte, ging ich hinter ihm her zum Gartentor.

»Wo ist dein Auto?«, fragte ich.

Er zeigte es mir. Es war ein rostfarbener Opel, die Karosserie schmutzig und verbeult, die Kotflügel in einem dunkleren Ton lackiert.

»Was für ein Schandfleck!«

»Es gehört meiner Mutter«, sagte er.

»Das reißt dich mitnichten raus, mein Lieber. Nur dass du's weißt.«

»Entschuldige.«

Wir legten die Tüten auf den Rücksitz. Ich stellte mir vor, dass er in einer leider nur allzu nahen Nacht genau dort die Mönchsrobbe entjungfern würde. Vorausgesetzt, er wusste, wie man das macht.

Wir stiegen ein.

Er ließ den Motor an und legte kratzend den Rückwärtsgang ein.

»Himmelarsch!«, rief ich aus.

»Was ist los?«

»Kannst du diese Schrottkiste überhaupt fahren?«

Er drehte angestrengt das Steuer herum. Es drückte gegen seine Titten aus Fett, die ihm gewachsen waren, kaum dass er sich gesetzt hatte.

»Ich hab den Führerschein seit einem Jahr ...«

»Und was hat das damit zu tun?«

»Dass ich einige Erfahrung besitze.« Prompt lief er wieder rot an. Unterdessen verließen wir mit konstant zehn Stundenkilometern Geschwindigkeit unsere Straße und fuhren in die Auguststille des Örtchens hinein.

Eine Zeitlang schmerzte mich der Gedanke an Chiara, bis ich ihn durch das Bild des Chefs im Krankenhaus ersetzte. Während das Männchen fuhr, als würde es mit schweren Verdauungsstörungen auf dem Klo sitzen, legte ich den Kopf an das verdreckte Fenster und schloss die Augen, um mir eine Dosis gesunden Selbstmitleids zu gönnen.
Sie liebte mich, da war ich mir sicher; mindestens genauso sicher wie ich wusste, dass ich sie liebte. Trotzdem gab es da etwas, wer weiß warum, was nicht aufging, was nicht richtig funktionierte, darum war die ganze Angelegenheit ziemlich frustrierend, oh ja, und ob.

Nach einer gefühlten Ewigkeit kamen wir am Krankenhaus an. Francesca hatte ihrem misslungenen Mannsbild gesagt, dass der Chef auf die Intensivstation verlegt worden sei. Ich wusste nicht genau, was das bedeutete, konnte aber nichts Gutes daran entdecken.
Im Fahrstuhl – die Intensivstation lag im fünften Stock – rückte Mauro sich die Brille zurecht, räusperte sich und fragte mich schließlich: »Alles in Ordnung?«
Ich strafte ihn mit einem bösen Blick, er senkte die Augen. Er tat mir leid, mit diesem verzagten Ausdruck und den Tüten in der Hand. Fast hätte ich etwas gesagt, doch da öffneten sich die Fahrstuhltüren.
Der fünfte Stock unterschied sich kaum vom vierten, nur dass am Ende des Ganges statt des Operationssaals die Krankenzimmer lagen. Auch hier gab es einen Wartesaal und zwischen ihm und den Zimmern wieder einen Schreibtisch, der den Weg versperrte. Hinter dem Schreibtisch blätterte eine Krankenschwester, der die Brille schief auf der Nase saß, in einer Zeitschrift mit einem Foto von zwei wunderschönen Idioten auf dem Titelblatt.

Ich fragte nach dem Chef. Sichtlich verärgert über die Unterbrechung legte sie die Zeitschrift widerstrebend auf den Schreibtisch und konsultierte ebenso angestrengt eine kleine Kartei. Dann zeigte sie hinter sich. »Er liegt da hinten in der Dreiundsechzig.« Sie hatte einen ausgeprägten neapolitanischen Akzent. »Aber jetzt können Sie da nicht rein, es ist schon jemand bei ihm.«
»Ich bin der Sohn.«
»Jeweils nur eine Person«, insistierte sie und griff wieder nach ihrer Zeitschrift.
»Gibt es etwas Neues über seinen Zustand?«
Sie hob die Augen nicht von ihrem Blättchen. »Unverändert.«
»Kann ich nicht kurz mal rein?«
»Jeweils nur eine Person.«
»Wie vorhersehbar ihr alle seid«, sagte ich. Ich ging weg, hinter mir Mauro mit seinen Scheißtüten.
Im Wartezimmer saßen ein Mann und eine Frau, die so aufgeregt miteinander redeten, als planten sie einen Staatsstreich.
Mauro setzte sich. Mir gingen Orte wie dieser im Allgemeinen und das Krankenhaus im Besonderen inzwischen gründlich auf den Sack. Ich fasste an meine Nase. Nur ein leichter Schmerz.
Die Mönchsrobbe kam herein. Sie hielt eine Wasserflasche in der Hand und sah zum Fürchten müde und angespannt aus.
»He!«, rief ich.
Sie sah mich an – ohne große Begeisterung, das muss ich zugeben –, dann wandte sie den Blick in Richtung ihres Auserwählten. Der sprang auf wie von der Tarantel gestochen, so dass die Tüten in alle Richtungen flogen. Die

Robbe machte einen zaghaften Schritt in seine Richtung, dann lief sie auf ihn zu. Er nahm sie in seine Fettarme, sie klammerte sich an ihn und fing an zu weinen. Mauro legte ihr eine Hand in den Nacken und wühlte mit seinen fetten Wurstfingern in ihren Haaren.
Ich wartete darauf, dass diese Szene endete. Aber sie dauerte noch eine ganze Weile an. Inzwischen hatten die Verschwörer aufgehört, Putschpläne zu schmieden, und beobachteten den öffentlichen Austausch von Intimitäten mit offenem Mund. Dann bemerkten sie mich, sahen den Blick, den ich auf sie richtete, und kehrten zu ihrem Staatsstreich zurück.
Mauro und die Robbe lösten sich aus ihrer Umarmung. Die feuchte Flasche aus dem Kühlschrank hatte einen Fleck auf seinem Hemd hinterlassen. »Oh!«, rief die Robbe und versuchte, ihn mit den Fingern zu trocknen, er ließ sie gewähren, dann nahm er ihre Hände in seine. Und auch die beiden begannen, miteinander zu reden.
Ich räusperte mich ziemlich vernehmlich. »Nun?«, fragte ich, zur Robbe gewandt.
»Vielleicht müssen sie ihn noch einmal operieren.«
Mein Magen zog sich zusammen, als müsste er einen Boxhieb abfangen. »Wer hat das gesagt?«
»Doktor Frescotti.« Sie legte die Stirn an die schlaffen Brustmuskeln ihres halben Mannes, der sie wieder umklammerte.
»*In siebzig Prozent der Fälle tödlich …*« So hatte Doktor Frescotti gesagt. Ich ließ mich auf einen Stuhl fallen.

Eine halbe Stunde später informierte uns eine erschütterte Virginia, die trotz allem versuchte, Haltung zu bewahren, dass der Chef in der ganzen Zeit nur sehr wenig

mit ihr gesprochen hatte. Er hatte sie erkannt und nach uns gefragt.
Dann sah Virginia mich an und fügte mit bebender Stimme hinzu: »Er hat mir gesagt, dass er sich jetzt ausruhen möchte, danach will er dich sehen.«
»Was sagen denn die Ärzte?«
Sie verschloss sich die Lippen mit der Faust, aber eine Träne verriet sie. »Sie warten ab, wie diese Nacht verläuft. Wenn die Blutung wieder anfängt, operieren sie ihn morgen Vormittag.«
Ich ballte die Fäuste. »Scheiße ...«
Die Robbe umarmte Vì. Mauro bedachte mich mit väterlichen Blicken. Vielleicht erwartete er, dass auch ich mich in seine Arme warf. Ich ging raus, ich brauchte niemanden. Doch im Flur traf ich auf Onkel Cosimo, diesmal in Begleitung meiner Tante, und, ich weiß nicht wie, plötzlich fand ich mich in seinen Armen wieder.

Kurze Zeit später saß ich wieder im Wartesaal und hörte dem Geschwätz meiner Tante zu, die mit den beiden Verschwörern plauderte, als würde man einander bereits ein Leben lang kennen. Wahrscheinlich erging sie sich in Interpretationen der letzten Folge einer Fernsehserie.
»Na«, hörte ich meinen Onkel sagen, »lasst uns mal nicht zu pessimistisch sein. Es ist ja nicht gesagt, dass er noch einmal operiert werden muss, oder?« Ich hob die Augen von den Fliesen am Fußboden und sah Virginia mit geschwollenen Augen heftig nicken, als versuchte sie, sich selbst zu überzeugen.
Auch ich nickte, so dass meine Nackenwirbel knackten. Es tat höllisch weh.
Eine Viertelstunde später fing es an zu regnen.

Das Warten bestand aus vielen Stunden, die eine nach der anderen vergingen, und aus einem Geschmack von Erde im Mund. Es gab nicht viel zu tun, und niemand wollte irgendwas tun. Mein Onkel sagte, er würde morgen wiederkommen. Aber er bestand darauf, dass wir ihn zu jeder Zeit anrufen sollten, wenn es Neuigkeiten gab. Seiner Frau schien der Regen, der an die Fenster trommelte, mehr Angst zu machen als unsere Situation. Sie gab ein paar höfliche Bemerkungen von sich, wozu sie sich verpflichtet fühlte, seit die Verschwörer gegangen waren. Ich hörte nicht mal, was sie sagte, verabschiedete mich aber mit einem Lächeln von ihr.

Gegen Mitternacht hörten wir jemanden über den Flur schlurfen.

Die neapolitanische Krankenschwester teilte uns mit, der Chef sei aufgewacht. »Er will mit seinem Sohn sprechen«, verkündete sie.

Mit den flehenden Blicken von Virginia und der Robbe im Rücken – als fürchteten sie, allein mein Anblick könnte den Chef auf der Stelle umbringen – erhob ich mich, und gleichzeitig war mir, als würde ich mit einer Kanonenkugel auf dem Magen sitzenbleiben.

»Beruhigt euch«, flüsterte ich den beiden zu. Mauro bekam einen Blick von mir, als wollte ich ihm sagen: »Kümmer dich um die Frauen«, dann folgte ich dem breiten Arsch der Neapolitanerin auf den Flur.

Wir gingen an ihrem Schreibtisch vorbei, ich schielte verstohlen in die anderen Zimmer. »Nichts, was ihn ermüdet, verstanden?«, ermahnte mich die Krankenschwester. Dann trat sie zur Seite, ich schlüpfte durch den Spalt, den die weichen Vorsprünge ihres Körpers frei gelassen hatten, und betrat die Dreiundsechzig.

Der Chef lag unter einem noch hässlicheren Licht als das der letzten Nacht. Dieses war gelblich und gespenstisch und fiel aus einer Neonleuchte, zusammen mit den Lichtreflexen von den Fensterscheiben, die über sein eingefallenes Gesicht jagten.

Neben ihm die Schwester, die mir am Abend zuvor wie ein um sein Bett flatternder Schmetterling erschienen war. Jetzt wirkte sie nicht mehr wie ein Schmetterling, sie war nur noch ein müdes Mädchen. Sie machte ihren Job und konnte es wahrscheinlich nicht erwarten, nach Hause zu gehen. Sie verließ den Raum, ohne ein Wort zu sagen.

Die Augen des Chefs waren halb geschlossen, der Ärmel der Schlafanzugjacke hochgekrempelt, damit die Infusion ihre Arbeit tun konnte. Ich blickte an ihm herunter bis auf die Höhe der Leber, wo ein dicker, weißer Verband alles einfacher und sauberer aussehen ließ.

»Hallo«, sagte er nach einer Weile.

»Hallo, Chef«, sagte ich. »Wie geht's dir?«

»Einigermaßen.«

Er schien um zwanzig Jahre gealtert. Ich stellte mir vor, wie die zweite Operation ihn zurichten würde, und versuchte, den Geschmack nach Erde herunterzuschlucken, der mir immer wieder in die Kehle steigen wollte.

Er bewegte schwach einen Finger und zeigte auf den Stuhl an seinem Bett. »Setz dich.«

Mit dem sorglosesten Gesicht der Welt setzte ich mich auf den Stuhl.

»Deine Frauen sind da draußen, und es geht ihnen gut«, sagte ich.

Er nickte kaum wahrnehmbar.

»Auch Mauro ist da, das ist der, der hinter der Robbe her ist«, fuhr ich fort und schüttelte den Kopf.

Er warf mir einen seiner berühmten Blicke zu, und eine Sekunde lang war ich sicher, alles würde wieder normal werden. Aber der Blick dauerte nicht lange an, und schon wurde die Gegenwart wieder hässlich.
»Jedenfalls ist er ein anständiger Junge«, konzedierte ich zum ersten Mal. »Gott, er raubt einem den letzten Nerv bei allem, was er tut, aber man sieht, dass es ihm ernst ist.«
»Du hast vergessen, ihn einen Bastard zu nennen!«, sagte er, und wir fingen beide an zu lachen. Aber das dauerte auch nicht lange, und plötzlich musste er husten.
Auf dem Tischchen neben dem Bett stand eine Flasche Wasser. Ich goss ihm etwas ein und beugte mich vor, um den Plastikbecher an seine violetten, trockenen Lippen zu führen. Er öffnete sie ein wenig, ich neigte den Becher. Er beobachtete mich, als wäre dies die erste einer Reihe ganz neuer Gesten, die ich von nun an oft ausführen würde. Und die Vorstellung, mich um ihn zu kümmern, missfiel mir durchaus nicht. Ganz und gar nicht.
Ich verscheuchte diesen Gedanken, indem ich mir einredete, er würde bald wieder ganz der alte Chef sein, wie eh und je.
Nachdem er getrunken hatte, sagte er: »Ich glaube nicht, dass diese Operation einfach sein wird.«
»Aber ...«
Er unterbrach mich, indem er die Hand hob. »Ich meine nicht, dass ich sterben werde. Das könnte passieren, aber es ist nicht das, was ich dir sagen will.« Plötzlich verzog sich sein Gesicht vor Schmerzen, unwillkürlich fuhr seine Hand an die verbundene Stelle, und das musste sehr unangenehm für ihn sein, denn mit einem Satz saß er fast senkrecht im Bett.

»Er darf sich da nicht anfassen!« Mit dieser Warnung tauchte die müde Krankenschwester von wer weiß woher plötzlich hinter mir auf. Sie legte die Hand des Chefs zurück auf seine Brust, wischte ihm den Schweiß von der Stirn und brachte auch den schmerzverzerrten Ausdruck zum Verschwinden. »Er darf sich überhaupt nicht bewegen«, sagte sie dann zu uns beiden.

Ich nickte.

Sie rückte die Decken zurecht, überprüfte die Infusionsnadel und verschwand wieder.

»Mach dir keine Sorgen«, sagte ich. »Ich weiß, dass du nicht stirbst.«

Seine Augen wurden feucht, und mein Blick wich zum Fenster aus, das uns von der regnerischen Nacht trennte.

»Deine Arbeit?«, fragte er nach einer Weile mit großer Mühe.

»Läuft bestens.« Ich erzählte ihm, dass ich Tiefzieher an der härtesten Pressenstraße der Trak werden würde. Dann sprach ich von dem Abkommen mit Giulio, sagte, ich würde morgen den Vertrag unterschreiben. Ich schmückte meine Aufgaben etwas aus und beschrieb mit geheuchelter Begeisterung die Arbeitsumgebung.

»Ist es das, was du willst?«

Ich versuchte, überzeugend zu wirken. »Ja, es ist das, was ich will.«

»Ich hatte mir für euch beide etwas Besseres erhofft«, sagte er. Sein Blick verlor sich in der Ferne.

Das tat mir weh, aber ich steckte den Schlag ein – ich war ein geborener Einstecker. »Du sorg nur dafür, dass du wieder auf die Beine kommst, denn um unsere Angelegenheiten kümmern wir uns schon allein.«

»Allein!«, rief er aus. »Ihr seid doch noch Kinder, ihr habt

ja keine Ahnung.« Er zeigte auf mich. »Und du hast noch weniger Ahnung als deine Schwester.«
»Okay«, erwiderte ich. »Kann sein, aber wir haben alle Zeit der Welt, um zu lernen, Chef.«
Ich sah seine traurigen Augen.
»Es ist schon spät«, sagte er, an die Decke starrend. »Und es ist auch noch so früh.« Sein Blick richtete sich auf mich. »Verstehst du?«
Nicht ganz, aber ich bejahte nickend.
Er schloss die Augen. Einen schrecklichen Augenblick lang glaubte ich, er wäre tot. Aber dann hörte und sah ich ihn atmen. Er war nur eingeschlafen.
»Ich gehe«, flüsterte ich der Krankenschwester zu, die direkt vor der Tür an einem Wagen voll sauberer Decken und Laken hantierte.
Ein letzter Blick auf den Chef. Ich empfand ihn als unendlich weit entfernt.

»Ich hatte es mir schlimmer vorgestellt«, sagte ich mit lauter Stimme bei der Rückkehr in den Wartesaal. Die Robbe, Virginia und Mauro sprangen von ihren Stühlen auf. »Er hat Schmerzen, okay. Aber er ist auch einigermaßen heiter.«
Die beiden Frauen – nein, der Chef hatte recht, genau betrachtet, war Francesca ein kleines Mädchen – forschten in meinen Zügen nach irgendeinem Riss in meiner Maske aus Optimismus, doch sie schienen keinen zu bemerken, denn nach einer Weile wurden ihre Blicke weniger ängstlich.
»Der Mann ist zäh wie Leder«, rief ich aus. »Nicht umsonst ist er mein Vater!«
Sie lächelten ein wenig zuversichtlicher.

»Worüber habt ihr denn gesprochen?«, fragte Virginia.
»Naja, Männersachen. Arbeit, Frauen, dieser ganze Kram. Aber wichtig ist, dass ich ihn ruhig und friedlich erlebt habe.«
»Wirklich?«
»Bitte entschuldigt mich jetzt, ich hab seit mindestens drei Stunden keine mehr geraucht.«
Damit verließ ich sie, ging Richtung Aufzug, wandte mich nach rechts und lief die Treppe runter, ohne mich nur einmal umzudrehen.

Den Geschmack dieser Zigarette habe ich nie mehr vergessen, auch die dunkle Ecke vor dem Eingang zum Krankenhaus nicht, in der ich sie rauchte. Ich erinnere mich an die Regentropfen, die klatschend auf die Pfützen fielen, und an die Lichter der Autoscheinwerfer, die das Dunkel der Bundesstraße ganz in der Nähe durchschnitten. Ich erinnere mich an den Geruch dort in der Ecke, vermischt mit anderen, schwächeren Gerüchen – meinem eigenen, den Gerüchen des Rauches, des Regens, dem süßen Duft des Sommers –, und ich erinnere mich an einen Haufen anderer Dinge, die von Zeit zu Zeit in mir aufsteigen wie aus einem Brunnen, Merkmale und Bruchstücke von mir und von dem, der ich damals, in dem Moment, war.

Ich ging wieder nach oben, blieb aber nur noch kurze Zeit. Mauro musste nach Hause fahren, also fragte ich die Mädchen – inzwischen wirkten beide wie Mädchen –, was sie in dieser Nacht tun wollten. Keine wollte die andere allein lassen, dagegen konnte man schlecht protestieren: Sie leisteten sich Gesellschaft, sie machten sich gegenseitig Hoffnung.

»Ich muss morgen früh arbeiten gehen«, sagte ich. Aber es war schon morgen früh. »Wie werdet ihr mich benachrichtigen, wenn sie ihn in den Operationssaal bringen? Was ich nicht glaube«, präzisierte ich sofort, um sie zu beruhigen.

»Kannst du dir nicht freinehmen?«, fragte Francesca.

Wahrscheinlich hätte es genügt, Giulio alles genau zu erklären. Er hätte sicher Verständnis gehabt und sich obendrein wie ein Arsch gefühlt, weil er mich am Morgen davor so mies behandelt hatte. Aber ich hatte keine Lust dazu. Ich wollte diese Arbeit, und ich wollte, dass der Chef gesund wurde: Bei der zweiten Sache war ich völlig machtlos, und ich glaube, ich wäre durchgedreht, wenn ich hier drin gewartet hätte. Aber die erste Sache hatte ich selbst in der Hand.

»Du kannst mich anrufen, wenn es so weit ist«, sagte Mauro zur Robbe. »Ich bin zu Hause, und er kann ja bei mir anrufen, um zu erfahren, ob euer Vater operiert wird oder nicht.«

So blöd war es gar nicht, das Männchen.

Ich küsste sie. Wirklich, sie waren zwei erschrockene, kleine Mädchen. Mauro verzog sich einen Augenblick lang mit der Robbe. Vì und ich blieben zurück und sahen uns an. Ich hätte natürlich etwas sagen können, aber dann dachte ich, dass es eine Frage des Charakters war, und seinen Charakter ändert man nicht mit Entschuldigungen. Also starrte ich auf meine Schuhe.

Da spürte ich plötzlich eine Hand, die mein Gesicht streichelte. Die Berührung tat mir gut und machte mir gleichzeitig Angst, als trüge die Zärtlichkeit den Schmerz in sich und umgekehrt.

Ich zwang mich dazu, die Augen zu heben, und wir lächelten uns an, ohne ein Wort zu sagen.

Es regnete noch immer, während Mauro seine Schrottkarre durch die Straßen lenkte – wenn man das überhaupt so nennen konnte. Mehrmals musste ich ihm fast das Steuer aus den Händen reißen, um zu verhindern, dass wir an irgendeiner Hauswand zerschellten. Vermutlich hatte er bei der ganzen Knutscherei mit der Robbe einen Ständer gekriegt und hatte sich jetzt nicht mehr unter Kontrolle.

Ich schrieb mir seine Telefonnummer auf und sagte, ich würde ihn in jeder Arbeitspause anrufen.

Es schien ihn sehr zu befriedigen, dass er sich nützlich machen konnte. Schwer zu sagen, ob er weniger bescheuert war, als ich gedacht hatte, oder ob ich in diesem Moment einfach nur etwas mehr Nachsicht mit meinen Mitmenschen hatte, weil ich traurig war und das Alleinsein fürchtete.

Ich weiß selbst nicht, wie mir dieser Einfall kam, aber als wir in den Ort hineinfuhren, sagte ich, ohne lange nachzudenken: »Bring mich nicht nach Hause.«

Er sah mich entsetzt an. »Wo willst du denn hin?« Was stellte er sich vor, glaubte er, ich wollte mit ihm schlafen?

Ich sagte ihm die Adresse von Chiara.

Darauf bremste das Arschloch so scharf, dass ich mir am Armaturenbrett fast ein zweites Mal die Nase eingeschlagen hätte.

»BIST DU VÖLLIG ÜBERGESCHNAPPT?«, schrie ich. »Was fällt dir ein, Blödmann?«

»Du kannst um diese Uhrzeit nicht bei einem Mädchen zu Hause klingeln!«, sagte er im Ton eines biblischen Gleichnisses, den er sich bestimmt jeden Sonntag in seiner Bank kniend anhören musste. »Das ist kein gutes Be-

nehmen, außerdem werden ihre Eltern wahrscheinlich wütend oder schlimmer, sie kriegen einen Schreck.«
Warum taten alle mir gegenüber bloß immer so ungeheuer erwachsen? Sogar ein Versager, Hosenscheißer und Jammerlappen wie der hier glaubte, er könne sich herausnehmen, mir Lebensregeln beizubringen.
»Hör zu«, sagte ich, bevor mir endgültig der Geduldsfaden riss. »Du kannst mich auch gerne hier rauswerfen, da du diese Kiste schon mal zum Stehen gebracht hast. Ja, eigentlich ...«, und ich öffnete die Tür.
»Warte!«, rief er und zog sie zu, bevor ich aussteigen konnte. »Wohin willst du denn bei diesem Regen?« Er legte den Kopf auf das Steuer und seufzte. Wahnsinn! Für ihn ging es offenbar sowohl um ein moralisches als auch um ein religiöses Problem. »Bist du wirklich sicher?«, fragte er mich.
»Verfluchte Scheiße!«, schrie ich. »Ich habe dich dabei erwischt, wie du von der Straße aus heimlich den Arsch meiner Schwester angegafft hast, und du unterstellst mir hier wer weiß was?«
Ich hatte ins Schwarze getroffen. Mit einem Ausdruck maßlosen Entsetzens sah er den unwürdigen Moment seiner jüngsten Vergangenheit wieder vor sich. Er ließ die Bremse los, legte den Gang ein und beschleunigte.
»Bist du dir wenigstens sicher, dass sie sich für dich interessiert?«
»Wieso?«, gab ich zurück. »Warst du dir sicher?«
»Nein«, räumte er schließlich ein. »Das nicht.«
»Gut, dann setzen wir diesen absurden Dialog jetzt auch nicht länger fort.«
Wahrscheinlich hatte er nicht ganz unrecht, zugegeben. Aber daran dachte ich erst, als wir vor Chiaras Haus an-

kamen, einem unscheinbaren Mietshaus mit vier Stockwerken. Mir kamen Zweifel, ob ich nicht zu schnell und unüberlegt handelte.
»Wir sind da«, sagte Mauro, als hätte ich nicht gemerkt, dass er angehalten hatte.
Ich legte eine Hand auf den Türgriff. Der Regen floss in Strömen über das Autofenster, diese Regennacht war wenig einladend, was auch immer man vorhatte. Und Chiara mitsamt ihrer Familie um drei Uhr morgens zu wecken war wirklich ein saumäßig schlechter Plan.
»Steigst du nicht aus?«
»Einen Moment.«
Aber ich stieg sofort aus. Ich sagte, dass ich ihn anrufen würde, wie vereinbart. Er nickte und warf durch das halb geöffnete Fenster einen Blick auf das Haus, als erwarte er, dort irgendwas zu sehen.
»Fährst du jetzt oder nicht?«, fragte ich entnervt.
Er lächelte, kurbelte das Fenster wieder hoch, und die Schrottkarre entfernte sich in der Dunkelheit, um sofort vom Regen verschluckt zu werden. Eine Sekunde lang war ich versucht, ihm hinterherzulaufen und mich nach Hause bringen zu lassen. Aber dann dachte ich, dass er mich ausgelacht hätte, und mich durfte niemand auslachen, nicht mal irrtümlicherweise.
Ich hob den Kopf und kniff die Augen zusammen. Schon jetzt war ich völlig durchnässt. Wer weiß, auf welchem Stockwerk die Lovergia wohnten. Ich ging zum Klingelbrett: Da waren sie, vierter Stock rechts. Ich machte ein paar Schritte rückwärts, trat unter dem kleinen Vordach hervor und stand wieder im Platzregen. Noch einmal schaute ich am Haus hoch. Kein einziges Licht. Ich war verrückt, ich musste von hier verschwinden.

Aber ich ging wieder zu den Klingeln und drückte einmal ganz kurz auf den Knopf. Als ich den Finger von dem erleuchteten Knopf nahm, bekam ich keine Luft mehr. Scheiße, was habe ich getan? dachte ich. Ich bin wirklich ein Vollidiot! Gerade wollte ich abhauen, als eine metallische Stimme, eine Stimme, auf der die ganze Müdigkeit der Welt zu lasten schien, »Wer ist da?« fragte.
Ich hatte immer noch Zeit, mich zu verdrücken.
»Wer ist da?«
Ich konnte nicht erkennen, ob es Chiara war, aber es war auf jeden Fall eine Frauenstimme. Allerdings konnte es jede andere sein: die Mutter, die Schwester, die Haushaltshilfe ...
»Wer ist denn da?« Das war schon fast ein Schrei, und er kam zweifellos von Chiara.
Ich atmete tief durch und sagte: »Ich bin's.«
War ich es?
Eine Zeitlang hörte ich gar nichts. Sekunden wie Jahre. Ich alterte vor ihrer Haustür.
»Was willst du um diese Zeit?«
»Ich wollte dich nicht wecken, entschuldige bitte.«
Wieder eine Pause. »Du hast mich nicht geweckt. Was ist los? Ist etwas passiert ... deinem Vater?«
Diesmal blieb ich stumm. Ja, meinem Vater war etwas passiert, aber irgendwie war auch gar nichts passiert. Ich war es. Mir war etwas passiert.
»Hallo«, machte sie mit einem metallischen Zischen.
»Nein«, antwortete ich. »Nichts ist passiert.« Dann: »Ich habe sie alle aufgeweckt ... oder?«
»Wen alle?«
»Deine Familie.«
»Du wusstest nicht, dass ich allein lebe?«

Der Regen fiel schräg und prasselte mir hart gegen die Jacke, als wollte er meine Aufmerksamkeit erregen.
Die Gegensprechanlage zischte wieder. »Warum bist du hergekommen?«
»Es regnet«, sagte ich. »Ich weiß es nicht.« Doch ich wusste, warum: Ich fühlte mich einsam, ich hatte Angst.
»Komm rauf.« Mit einem Ruck öffnete sich die Tür. Ich trat ein und machte ein paar langsame Schritte im schwachen Licht des Eingangs. Oben im Treppenhaus hörte ich eine Tür aufgehen. Einen Fahrstuhl gab es nicht, ich begann, die Treppen hinaufzusteigen. Sehr langsam. Ich brauchte eine Ewigkeit.
Auf dem Treppenabsatz des vierten Stocks angekommen, sah ich die Tür auf der rechten Seite halb offenstehen. Ich klopfte leise. Und sie machte die Tür auf.
Sie trug ein weißes T-Shirt und die Hose eines Trainingsanzugs, die sie angezogen haben musste, während ich die Treppe heraufkam. Die ungekämmten Haare fielen ihr über die Augen.
»Nun?«, fragte sie, den Kopf zur Seite geneigt.
Sie war barfuß, und ihre Gestalt schirmte das Licht im Flur ihrer Wohnung ab. Ich trat ein wenig zur Seite, so dass die Neonleuchte auf der Treppe ihr Gesicht beleuchtete: Ohne Schminke traten ihre Züge klarer und schöner hervor. Sie hatten etwas Sauberes und Warmes.
»Also ...«, sagte ich.
Sie betrachtete mich, dann sagte sie: »Zieh dir die Schuhe aus und lass sie auf der Fußmatte stehen. Und komm noch nicht rein. Ich bringe dir ein Handtuch.« Sie wollte in die Wohnung gehen, dann drehte sie sich wieder um. »Zieh dir auch die Socken aus, sonst machst du mir den Fußboden dreckig.«

Ich gehorchte und hoffte, dass meine Füße nicht stanken. Als ich meine Socken zusammengerollt in die Schuhe steckte, kam sie mit einem Handtuch und einem Paar Holzschuhen zurück, die sie vor mich hinstellte. »Probier mal, ob du die anziehen kannst.« Sie reichte mir das Handtuch. Meine Fersen ragten aus den Holzschuhen heraus. Schon beim ersten Schritt stürzte ich fast auf sie.

»He!«, rief sie lächelnd. »Komm rein.« Sie schloss die Tür, und während ich ihr mit schwankenden Schritten folgte, starrte ich auf ihren Hintern. Es gab zwei Zimmer und das Bad, außerdem eine Art Abstellkammer. Sie setzte sich in dem Raum, der als Küche, Ess- und Wohnzimmer diente, aufs Sofa.

»Du bist noch nasser, als ich dachte.«

Der Fernseher lief, man sah ein Standbild von Rob Lowe. Rob Lowe trug lange Haare, einen Ohrring mit Anhänger und ein elegantes Jackett über Jeans und T-Shirt. Er blickte starr in meine Richtung.

»Was ist das für ein Film?«, fragte ich, nur um etwas zu sagen.

»Keine Ahnung, jemand hat mir die Videokassette geliehen.«

Ich fuhr mir mit dem Handtuch über Gesicht und Arme.

»Und dein Vater?«, wollte sie wissen.

»Vielleicht operieren sie ihn in ein paar Stunden noch einmal.«

»Hast du ihn gesehen?«

Ich schlug die Augen nieder. »Ja.«

Dann blieb ich stumm und reglos stehen, wie Rob Lowe auf dem Bildschirm.

Irgendwann stand sie auf, als hätte sie endlich entschieden, was sie mit mir machen sollte. Sie ging in ihr Schlafzimmer, ich hörte sie eine Schublade aufmachen, dann Schranktüren, und in ihren Sachen kramen. Ich folgte ihr bis zur Tür des Schlafzimmers und warf einen verstohlenen Blick auf ihr noch ordentliches Bett. Es stimmte, dass ich sie nicht geweckt hatte.

Sie kehrte mit einem Paar kurzer Hosen und einem ziemlich großen, alten Pulli zurück. »Ich habe nur das hier«. Sie zeigte auf das Badezimmer. Ich blickte auf meine Füße: Überall hinterließ ich nasse Flecke.

»Entschuldige bitte«, sagte ich und schlüpfte ins Badezimmer. Kaum hatte ich die Tür hinter mir geschlossen, war mir, als könnte ich nach einem langen Atemstillstand wieder Luft holen. Im Spiegel sah ich ein blasses, müdes Gesicht, kein bisschen attraktiv, obwohl ich das gehofft hatte.

Ich zog mich aus. Nach einiger Überlegung beschloss ich, die nasse Unterhose anzubehalten. Das Risiko, eine ungebremste Erektion zu kriegen, wenn ich vor ihr stand, konnte ich wirklich nicht eingehen.

Die Shorts waren mir zu eng, der Pulli auch, wie schon die Holzschuhe. Ich wusch mir das Gesicht und schlug mir ein paar Mal auf die Wangen, danach schien mir, als kehrte etwas Farbe zurück. Mit diesen eng anliegenden Sachen sah ich sogar gar nicht übel aus. Meine Muskeln schienen die Kleider zu sprengen, auch der weiter unten. Vor allem der.

Ein letztes Lächeln im Spiegel, dann kam ich wieder raus. Chiara hatte den Film weiterlaufen lassen. Rob Lowe saß an einem schicken Tisch, neben sich eine Blondine mit Mausgesicht, die wohl seine Geliebte war.

Als sie mich sah, stoppte sie das Video, riss die Augen auf und fing an zu lachen. Ich versuchte, mit ihr zu lachen –

um Sportsgeist zu demonstrieren –, aber es kam nur eine Art Röcheln heraus.
Sie lachte, bis ihr die Tränen kamen: »Die Shorts stehen dir gut!«
»Haha«, machte ich. »Soll ich sie ausziehen?«
Sie lachte noch lauter. Ich schlurfte zum Sofa und setzte mich mit beleidigter Miene. Aber es war schön, sie lachen zu sehen.
Noch immer kichernd, legte sie eine Hand auf meinen Arm. »Entschuldige bitte.« Aber sie konnte nicht aufhören.
»Was machst du eigentlich um diese Zeit noch?«, fragte ich, als das letzte Kichern endlich erstarb.
»Hab ich dir schon gesagt, ich gucke den Film.«
Ich roch den Duft nach Seife auf ihrer Haut.
»Seit wann wohnst du schon allein?«
»Seit acht Monaten. Vorher habe ich ein Jahr lang mit einem Mann zusammengewohnt.«
»Und was ist aus ihm geworden?«
Sie zuckte die Achseln. »Er ist zurück zu seinen Eltern.«
»Tut mir leid.«
»Mir nicht. Möchtest du was trinken?«
»Alkohol?«, fragte ich.
»Okay. Fangen wir mit einem stillen Wasser an?«
Wir lächelten.
»Einverstanden.«
Sie stand auf, und ich bemühte mich vergeblich, ihr nicht wieder auf den Hintern zu starren.
Sie kam mit zwei Gläsern Wasser zurück, ich nahm eins.
»Auf dein Wohl.«
Sie verzichtete auf den blöden Kommentar, dass es Unglück bringt, sich mit Wasser zuzuprosten.

Wir tranken. Ich schüttelte mich und suchte auf der Höhe der Hosentaschen nach meinen Zigaretten, aber natürlich gab es weder Taschen noch Zigaretten. Sie nahm ihr Päckchen vom Tisch und zog zwei heraus.

»Du hast mir noch nicht gesagt, warum du hergekommen bist«, sagte sie nach dem ersten Zug.

»Naja.« Ich tat gleichgültig. »Bei mir zu Hause ist niemand, und die Tussi, die ich sonst treffe, schlief schon.«

Lächelnd blies sie Rauch aus den Nasenlöchern. Ihre Augen sahen müde aus. »Darum hast du mir die große Ehre gemacht, mir einen Besuch abzustatten ...«

»Genau.«

Der Regen hörte nicht auf, ich hörte ihn nervöser als vorher an das Fenster klopfen. »Es tut mir leid, was ich heute Abend vor meinem Haus gesagt habe.«

»Warum hast du es dann gesagt?«

»Ich weiß nicht ... Ich mache blöde Sachen, die ich fast sofort bereue.«

Sie rauchte weiter, ohne etwas zu sagen.

»Warum schläfst du nicht?«

»Ich hatte schon immer Probleme mit Schlaflosigkeit.« Sie sagte es, als würde sie wer weiß was für eine Schuld eingestehen.

»Das ganze Leben lang?«

»Das ganze Leben lang. Aber wenn ich einschlafe, schnarche ich.«

»Echt?«

»Ja.«

Ich versuchte, sie mir schnarchend vorzustellen. »Hat dein Typ dich darum verlassen?«

Sie unterdrückte ein Lachen. »Es ist unglaublich«, sagte sie, die Augen zur Decke gedreht.

»Was?«
»Hast du wirklich absolut keine Ahnung, was Diskretion bedeutet?«
»Das war doch nur ein Witz ...«
»Man kann nicht über alles Witze machen.«
Wahrscheinlich hatte sie recht. »Entschuldige.«
»Und man kann auch nicht immer hinterher um Entschuldigung bitten.«
»Entschuldigung.«
Sie stieß Rauch aus einem Mundwinkel aus und schloss die Augen halb. Sie blieben immer sehr grün, egal bei welchem Licht. »Und wie läuft es in der Fabrik? Hast du heute gearbeitet?«, fragte sie, um das Thema zu wechseln.
Ich erzählte ihr von meinen ersten Tagen bei der Trak. Auch von dem Abkommen mit Giulio.
Sie hörte mir zu, dann drückte sie sehr langsam ihre Zigarette im Aschenbecher aus. »Du hast dich reinlegen lassen.«
So wollte ich das nicht sehen, und es passte mir nicht, dass andere es so sahen.
»Ich habe nicht vor, mir diese Gelegenheit entgehen zu lassen.«
Sie musterte mich einen Augenblick lang. »Wichtig ist, dass du davon überzeugt bist. Bist du es?«
»Klar!« Ich hätte ihr gern gesagt, dass mir trotzdem etwas fehlte. Ein bisschen Ruhe, genau. Ich fühlte mich so müde ... Ich sah auf die Uhr. Zwanzig vor vier. Es war später als spät.
Chiara lehnte sich auf dem Sofa zurück. »Du wirst mal ein anständiger Junge werden.«
»Was hat das damit zu tun?«
»Einer mit einer guten Arbeit, einer kleinen Wohnung,

einem Auto. Und die Mädchen werden anfangen, dir nachzulaufen.« Mir schien, als würde sie glauben, was sie da sagte.

»Und woher willst du wissen, dass sie es nicht schon jetzt tun?«

»Vielleicht ja, vielleicht nein.« Ihre Stimme klang müde, als würde sie gleich einschlafen. Tatsächlich gähnte sie und machte es sich auf dem Sofa bequem. Der Kopf leicht geneigt, die Arme an die Seiten gelegt. Sie war so wehrlos und sexy.

»Mädchen interessieren mich sowieso nicht«, warf ich hin.

»Ach ja, stimmt«, sagte sie, sich ein wenig aufraffend. »Du willst ja nur reife Frauen.«

»Nein«, verbesserte ich sie. »Nur dich.«

»Hör auf!«, rief sie in scharfem Ton. Sie wollte aufstehen, ich hielt sie zurück, indem ich ihre Hand drückte. »Lass mich los!«, schrie sie. Dann, verzweifelt: »Was willst du, was willst du denn bloß?«

»Nur dich«, wiederholte ich. Es kam geflüstert heraus.

Ich ließ ihre Hand los, aber sie nutzte es nicht, um zu fliehen oder die Nachbarn zu Hilfe zu rufen. Sie blieb, wo sie war. »Schlag dir das aus dem Kopf«, sagte sie.

»Du selbst hast zugegeben, dass ich dir gefalle.«

»Hör doch auf …«

»Okay.« Und jetzt lehnte ich mich auf dem Sofa zurück.

Eine Zeitlang gab es nur den Regen draußen, Rob Lowe im Fernsehen, vielleicht einen Selbstmörder auf dem Dach, sonst nichts.

»Ich habe gerade eine wichtige Beziehung hinter mir«, sagte sie endlich.

»Das ist acht Monate her.«

»Na und? Gerade darum war sie wichtig!«
»Du hast bloß Angst.«
»Wovor?«
»Dich fallenzulassen. Mit mir.« Ich wusste nicht, woher ich den Mut nahm, solche Sachen zu sagen, aber ich konnte nicht mehr zurück. »Du sagst, dass du in mir einen kleinen Jungen siehst, aber ich bin nur zwei Jahre jünger als du. Du sagst, ich sei verantwortungslos, aber ich habe eine Arbeit und Pläne. Du sagst, ich hätte einen miesen Charakter, aber ich habe mein ganzes Leben vor mir, um mich zu bessern.« Ich stand auf. »Darum denke ich, dass du nur Angst hast. Und wenn du Angst hast, liegt das Problem bei dir, darin, wie du bist, nicht wie ich bin.«
»Du redest nur Scheiß.« Aber ihre Stimme war unsicher. »Du baust dir Luftschlösser, damit die Welt so aussieht, wie du sie gerne hättest.«
Sie folgte mir ins Badezimmer, wo ich meine nassen Sachen einsammelte. Ohne zu überlegen, was ich tat, zog ich die Shorts und den Pulli aus. Einen Augenblick lang stand ich in Unterhosen da, dann griff ich nach meinen Jeans.
»In Wirklichkeit wollt ihr alle nicht erwachsen werden!«, schrie sie.
»Mit wem redest du?« Ich schubste sie. »Nur ich bin hier, mit wem zum Teufel redest du?« Ich war wütend. »Ich will nicht erwachsen werden, sagst du? Und du, bist du erwachsen? Weil du allein wohnst, weil du arbeitest? Weil du schon wählen gegangen bist?«
Jetzt gab sie mir einen Stoß. »Ja, auch darum! VOR ALLEM DARUM!«, schrie sie. »ICH KÄMPFE SCHON SEIT LANGEM MIT ALLER KRAFT, UM MIR EIN LEBEN AUFZUBAUEN!«

»OKAY«, brüllte ich noch lauter, »DANN GIB AUCH MIR DIE CHANCE, DAMIT ANZUFANGEN, ODER?« Mein angespanntes Gesicht war einen Zentimeter von ihrem entfernt.

Sie stieß mich so heftig weg, dass ich ausrutschte und mit dem Arsch voran in die kleine Badewanne fiel. Ich hatte mich gerade noch rechtzeitig zur linken Seite neigen können, um nicht mit dem Kopf gegen die Wand zu prallen. Als ich versuchte, meine Schulter zu bewegen, tat sie höllisch weh.

»Scheiße!«

Sie beugte sich über mich. »Entschuldige, das wollte ich wirklich nicht ... hast du dir wehgetan?«, fragte sie erschrocken. Ich versuchte, aufzustehen, aber meine Schulter schmerzte zu sehr.

»Mann, tut das weh!«

»Oh Gott!«

Meine Beine baumelten zur Hälfte über dem Rand der Wanne. Die nackten Füße zwischen uns.

Sie richtete sich auf, als wollte sie die Situation überschauen. Nachdenklich betrachtete sie mich, wie ich eingeklemmt in der Wanne saß, und schien etwas sagen zu wollen.

Doch dann fing sie an zu lachen.

»Was ist los mit dir?«

Sie hörte nicht auf.

Ich blickte an mir herunter. Ich hatte nur eine Unterhose an, meine Schulter war verrenkt, ich saß in einer Badewanne, die Beine in der Luft, und das alles um vier Uhr morgens.

Plötzlich fing auch ich an zu lachen.

So ging das eine ganze Weile, unser Gelächter hallte zwischen den Badezimmerfliesen. Es war alles so jämmerlich und so einfach! Und sie war so schön.

Sie half mir aus der Wanne. Je mehr mir die Schulter wehtat, desto mehr fluchte ich und lachten wir. Wir hörten nicht auf, bis die Nachbarn gegen die Wände hauten.

Noch immer leise kichernd, untersuchte sie meine Schulter. Ich versuchte, den Arm zu drehen. Es tat weh, aber ich schien mir nichts gebrochen zu haben. Mit zusammengebissenen Zähnen versuchte ich, meinen Oberkörper hin- und herzudrehen, und plötzlich standen wir so dicht voreinander, dass unsere Nasen sich fast berührten.

Wir sahen uns einen Augenblick lang an. Dann küsste ich sie. Einmal, zweimal. Sie umarmte mich. Dreimal. Ich drückte sie an mich. Viermal. Ich strich mit der Hand über ihren Rücken. Fünfmal. Dann hörte ich auf zu zählen.

Wir wichen zurück, bis zum Eingang, bis zum Schlafzimmer.

Sie löschte das Licht mit dem Ellenbogen.

Ich hatte Angst vor ihr, aber ich wünschte mir nichts anderes als sie.

»Ich habe noch nicht ...«, versuchte ich zu sagen.

»Ich weiß.«

Wir ließen uns aufs Bett fallen.

Die Laken waren kühl.

Wir nicht.

Gerne hätte ich erzählt, dass der Gesang der Vögel mich weckte, aber so war es nicht. Seit das passiert war, was passiert war, hatte ich kein Auge zugemacht. Wir lagen nebeneinander, und sie war eingeschlafen. Ich spürte, dass ein unbekanntes Gefühl meinen Körper in Brand setzte.

Ich hatte mit Chiara geschlafen. Wir hatten miteinander

geschlafen. Nur einmal, okay, und es hatte nicht besonders lang gedauert, zugegeben. Aber es war passiert, hier, im heißen Herz der Finsternis. Mit der Frau, die ich vom ersten Augenblick an geliebt hatte.

Ich war wach geblieben, um ihr Profil zu betrachten, das im dunklen Zimmer kaum zu erkennen war. Und um all meinen Sinnen jene Minuten, alle geflüsterten Worte und Seufzer einzuprägen, die von unseren Lippen gekommen waren.

Um sechs machte ich ein bisschen Lärm, damit sie aufwachte. Das Licht fiel durch die heruntergelassenen Rollläden. Anscheinend hatte es aufgehört zu regnen.

Als Chiara die Augen aufschlug, blickte sie in meine. Eine Sekunde lang schien sie nicht zu begreifen, was passiert war. Dann fiel es ihr wieder ein: »Oh Gott«, rief sie aus.

»Ciao«, sagte ich. Sie sah noch immer müde aus.

»Oh Gott!«, wiederholte sie.

Ich stand auf. Sie war nackt, ich schaute auf ihre Beine, den Nabel. Sie deckte sich mit dem Laken zu.

»Du kannst jetzt verzweifeln und den ganzen Tag ›Oh Gott!‹ ausrufen, aber das ändert doch nichts. Und ich muss arbeiten gehen.«

Sie setzte sich im Bett auf. »Arbeiten?«

»Erinnerst du dich nicht? Fabrik, viele Bleche pressen, Geld verdienen, essen. Dieser ganze Kram.«

»Aber ...«

»Ja, ich weiß. Mein Vater liegt im Krankenhaus, und es ist passiert ... diese Sache zwischen uns ist passiert. Aber zur Arbeit gehe ich trotzdem. Erstens weil ich muss und zweitens, um ein bisschen ... um Abstand von der ganzen Situation zu bekommen.«

Sie stand auf und ließ zu, dass das Laken ihr vom Körper

fiel. Während sie ihre Hose suchte, starrte ich zum tausendsten Mal auf ihren Hintern. Ich bekam Lust, sie wieder aufs Bett zu werfen.
»Und im Übrigen ...«
Diesmal unterbrach sie mich. »Wir reden später. Jetzt brauchen wir als Erstes einen Kaffee.«
Sie fuhr mit der Hand durch meine Haare. So hätte ich für immer stehenbleiben können, unter ihren Fingern. Sie küsste mich flüchtig auf die Lippen.

Zehn stumme Minuten später saßen wir auf dem Sofa und rauchten.
Ich überlegte, wie der Chef die Nacht verbracht haben mochte, und suchte mit Blicken nach dem Telefon.
»Es wird alles gutgehen«, sagte Chiara, als hätte sie meine Gedanken gelesen.
»Ich weiß.« Aber ich kann nicht sehr überzeugt gewirkt haben.
»Wann machst du Schluss?«, fragte sie.
»Halb fünf.«
»Ich bin um sieben fertig. Dann komme ich zu dir ins Krankenhaus.« Es klang nicht wie eine Frage. Sie fuhr fort: »Es gäbe viel zu sagen. Zum Beispiel, was du jetzt von mir erwartest, und was ich jetzt von dir erwarte ...«
»Wir reden heute Abend darüber«, sagte ich. Sie verstummte.
Ich stand auf und umarmte sie. So blieben wir eine Weile stehen.

Um zehn vor sieben kam ich bei der Trak an. Noch war ich nicht müde. Bei dieser enormen Anspannung und mit all den Gedanken, die mir durch den Kopf gingen, würde

Müdigkeit das geringste Problem sein. Ich ging in die Fabrik und ließ die wichtigen Dinge draußen zurück, in einem Morgen, der nach dem langen Regen feucht war und glänzte.
Eilig zog ich mich um und lief zu Giulio, bei dem ich um zwei Minuten vor sieben ankam.
»Schon wieder verspätet!«, sagte er.
»Tut mir leid.« Ich nahm die Handschuhe in Empfang, die er mir hinhielt. »Wenn du mich gehen lässt, kann ich noch rechtzeitig mit dem Pressen anfangen.«
Er sah mich streng an. »Heute musst du sechshundert pro Stunde machen, Kamerad.«
»Ich weiß.«
Im Weggehen warf ich einen Blick auf die Automatischen. Ganz hinten, versteckt hinter zwei Molisanern, war George. Er hob eine Hand zum Gruß. Ich blickte zur ersten Maschine in unserer Linie hinüber: Niemand stand an der Schalttafel, sie wartete nur auf mich. Ich erwiderte Georges Begrüßung mit einem Lächeln und ging an meinen Platz.

An der Schneidemaschine stand Vincenzo. Ich deutete einen Gruß an. Er schien sich zu freuen, dass ich ihn begrüßte. Wahrscheinlich hatte er Schuldgefühle wegen der Auseinandersetzung gestern, die mir jetzt Jahre entfernt schien.
Am Zuschnitt stand rauchend der Blonde.
Weiter hinten erkannte ich den Fettwanst an der Auffangstelle.
Die Sirene heulte. Giulio behielt mich im Auge wie ein Wachtposten, er stand noch immer reglos an derselben Stelle, an der ich ihn vor ein paar Minuten angetroffen hatte.

Magnet, Blech. Lichtreflexe überall.
Als ich an Chiara dachte, überfiel mich ein Glücksgefühl, das mich aufputschte wie eine Droge. Doch gleich darauf fiel mir der Chef ein, und es war, als würde ein Hebel alles in mir ausschalten.
Ein paar Sekunden lang schien alles stehenzubleiben.
Wild entschlossen, alle und alles zu vergessen, drückte ich wütend auf die Knöpfe, und die Maschine senkte sich, um das erste Stück zu pressen.

Ein Stück, das nächste, noch eins. Ohne die Augen ein einziges Mal von der Presse zu heben, außer gelegentlichen raschen Blicken auf Vincenzos Band. Ohne die Arbeit je zu unterbrechen. Ich wollte, dass alles perfekt funktionierte. Denn ich dachte mir, wenn diese Geschichte mit der Fabrik erwartungsgemäß liefe, wäre das ein guter Anfang, damit auch der Rest wieder in Ordnung kommen und alles seinen Sinn haben würde. Der Chef würde sich prächtig erholen. Chiara würde mich für reif genug halten, um die gemeinsam verbrachten Stunden zum Anfang einer Geschichte zu machen, die ihr wichtig war.
Um acht musste ich anhalten. Ich überprüfte die Stückzahl. Sechshundertzweiunddreißig Stück! Sogar mehr, als ich musste. Ich packte das großartig.
Ich schrieb die Zahl auf das Blatt und kehrte an meinen Posten zurück. Blitzschnell erledigte ich die letzten Stücke aus dem Paket. Dann rief ich in Richtung Gabelstaplerfahrer. Der ewig Schlechtgelaunte kam angefahren.
»Du bist schon durch mit dem Paket?«, fragte er grimmig, während er manövrierte und die Palette herauszog.
»Probleme?«, fragte ich und steckte mir eine an.

Er stellte mir die nächste Palette an dieselbe Stelle, wo die erste gestanden hatte. »Probleme? Ich?« Er zuckte die Achseln. »Hauptsache, du bist zufrieden!« Dann fuhr er weg.
Vincenzo kam, um mir zu helfen. Er nahm die Schere und ließ die Packbänder aufschnellen. »Wie geht's?«
»Keine Sorge, ich hab dir verziehen, dir und den anderen«, antwortete ich von oben herab. »Aber nur dieses eine Mal.«
Er lachte kopfschüttelnd. Versuchte, einen freundlichen Ton anzuschlagen, als er sagte: »Könntest du nicht wenigstens ein kleines bisschen langsamer machen?«
»Sprich mit Giulio.« Ich wich ihm vorsichtig aus, zog das erste Stück des neuen Pakets mit dem Magneten hoch und schob es in die Presse. Vincenzo blieb neben mir stehen, sah mich bestürzt an.
»Hör mal, so kann man wirklich nicht arbeiten.«
Aber ich hatte noch immer Schmerzen in der Schulter und zu viele Gedanken im Kopf. »Sprich mit Giulio.«
»Hauptsache, du bist zufrieden«, sagte auch er schließlich. Und ging zurück an seinen Platz hinter der Schneidepresse.

Ich beschoss sie regelrecht mit Blechen, ohne einen Augenblick innezuhalten. Um halb neun war ich schon mit sechsundzwanzig Stück über dem Produktionssoll. Bei diesem Rhythmus und wenn niemand mich nervte, würde ich den Firmenrekord aufstellen. Doch pünktlich wie die Kälte im Dezember tauchte um zwanzig vor neun der Blonde auf.
»Bist du komplett durchgeknallt?«, kreischte er mit seiner Kastratenstimme, auf den Stückzähler zeigend.

»Sprich mit Giulio.«
»Nein, nein, ich rede mit dir, du Arschloch!«
Ich warf einen Blick auf sein Band. Es war natürlich randvoll. »Nein, nein«, äffte ich ihn nach. »Du sprichst mit Giulio.«
Er gab mir einen Stoß.
»Hände weg, Dreckskerl!«, fauchte ich.
Er gab mir noch einen. »Ich hab gesagt, du sollst langsamer machen!«
»Und ich habe gesagt, dass ich nicht derjenige bin, an den du dich wenden solltest. Und halt deine Flossen im Zaum!«
Ich sah ihn die Fäuste ballen, sein Gesicht war aschfahl.
»Keine Handgreiflichkeiten!«, donnerte eine Stimme. Es war Vincenzo, der urplötzlich neben mir stand. »Ich schaffe es«, sagte er zu dem Blonden, »und du schaffst es auch, wenn du willst.«
»Ihr seid doch beide gehirnamputiert!«, schrie der.
»Geh an deinen Platz zurück«, sagte Vincenzo ruhig.
»Und zwar sofort!«, drohte ich.
Der Kastrat riss die Augen auf. An seiner Stirn pulsierte eine Ader. Er schien kurz vor einem Nervenzusammenbruch. Plötzlich drehte er sich um und trat mit aller Kraft gegen eine Palette. »Auuuu!«, schrie er auf.
Vincenzo und ich fingen an zu lachen, während der Blonde sich humpelnd entfernte.
»Danke«, sagte ich.
Vincenzo zuckte mit den Schultern. »Auch für mich bist du zu schnell«, sagte er. »Aber es ist schon klar, dass du genauso bist wie gewisse andere Leute hier drin, und darum ist sowieso alles zwecklos ...«
Bevor ich etwas erwidern konnte, ließ er mich stehen.

Ich war wie George, wie der Typ mit dem Pferdeschwanz, wie die »bionische Frau«.
Ich war der von der ersten Maschine.
Ich war allein.

Um Punkt neun schrieb ich sechshundertelf Stück auf das Blatt. Die anderen waren fix und fertig, das sah ich. Es tat mir leid, aber ich konnte nicht anders.
Ich sah Giulio ankommen. »Nun, Kamerad?« Er schob mich ohne Federlesens beiseite und überprüfte die Produktion. Auf seinem Gesicht erschien das gewohnte scheußliche Grinsen.
Ich empfand nichts von dem, was ich hätte empfinden müssen. »Zufrieden?«, fragte ich.
Bei seinem Schulterschlag knickten mir die Knie ein. »Heiliger stinkender Affenarsch! Jetzt geh ich deinen Vertrag bei Collura holen, dann kannst du ihn sofort unterschreiben!« Er nahm mein Gesicht zwischen seine Hände und kniff mich in die Wangen. »Du bist für diese Arbeit geboren!« Ich fürchtete schon, er würde mich umarmen, aber zum Glück hielt er sich zurück.
Während ich mit großer Mühe ein Lächeln aufsetzte, sah er auf die Uhr. »Fang an zu pressen, ich bin gleich wieder da!«
Ich sah ihn auf die Abteilung mit den Büros zugehen, von wo aus ich erst vor wenigen Tagen die Werkshalle betreten hatte, als ich, auf ein besseres Leben hoffend, hinter Collura herlief. Jetzt war dieses Leben in unmittelbare Reichweite gerückt.
Ich wandte mich um: Vincenzo, der Blonde, der Fettwanst und die anderen hatten die Szene mit angesehen. Auch die Molisaner an den Automatischen hatten alles be-

obachtet. Ein großer Teil der Arbeiter und Arbeiterinnen an der Ritelli-Linie ebenfalls. Und allen war dieselbe Verachtung ins Gesicht geschrieben.
Ich legte mir den Magneten in die Handfläche und machte mich wieder ans Pressen.

Giulio war noch nicht zurückgekehrt, als der Joker gegen neun Uhr zwanzig kam, um mich zu ersetzen. Ich reichte ihm den Magneten.
»Was für einen Scheiß baust du hier?«, wollte er wissen.
»Was geht dich das an?« Ich zog mir die Handschuhe aus, meine Finger waren völlig steif.
Auf allen Bändern der blauen Linie türmten sich die Bleche.
»Es geht mich was an!«, sagte er. Aber er erklärte nicht, warum.
Ich ging auf die Toiletten zu, bog dann aber in Richtung Münztelefon ab. Ich grub Münzen aus meiner Tasche und suchte nach dem Zettel mit Mauros Telefonnummer. Ich wählte.
Er antwortete beim zweiten Läuten.
»Ich bin's, wie geht es ihm?«, fragte ich hastig.
»Endlich!«, rief er aus. »Deine Schwester hat mich vor zwanzig Minuten angerufen. Sie sagt, dass man ihn in den Operationssaal gebracht hat.«
Ich lauschte eine Weile auf das Echo seiner Worte, auch dann noch, als er etwas anderes hinzufügte.
»Ich hab nicht gehört«, murmelte ich.
»Es gab ... er hat heute Morgen wieder eine Blutung gehabt, darum haben sie beschlossen, zu operieren.«
Siebzig Prozent ...
Ich umklammerte den Hörer.

»Bist du noch da?«, fragte Mauro nach ein paar Sekunden.
»Ja.«
»Willst du ... ich weiß nicht, soll ich kommen und dich abholen, damit wir zusammen hinfahren können?«
Wieder ließ ich Zeit vergehen. Oder es war die Zeit, die über mich hinwegging.
»Hallo?«
»Ich arbeite weiter, nach Schichtende komme ich sofort zu euch«, sagte ich in einem Atemzug und hängte auf, ohne seine Antwort abzuwarten. Beide Hände an die Wand gestützt, stand ich da und atmete langsam.
Dann ging ich wie ein Roboter in die Waschräume und drehte einen Wasserhahn auf. Ich spritzte mir kaltes Wasser ins Gesicht.
Er wurde aufgeschnitten, vielleicht war er schon tot. Der Chef. Mein Vater.
Hinter einer Klotür stieg Haschgeruch auf. Da dröhnte sich jemand ein bisschen zu, um den Vormittag durchzustehen. Fast kriegte ich Lust, anzuklopfen und um einen Zug zu bitten. Dann dachte ich, dass mir das einen Scheißdreck helfen würde. Dass nichts helfen würde, niemals.
Draußen zündete ich mir eine Fluppe an.
Ich rauchte sie langsam. Nach der Hälfte warf ich sie weg und ging zur Tiefziehpresse zurück. Ich spürte, dass die Blicke aller Menschen in dieser Halle auf mich gerichtet waren.

Während ich an meinen Platz ging, kam ein Gabelstapler, der größer war als die anderen, durch das Haupttor in die Halle hereingefahren.

Der Joker übergab mir den Magneten und sagte etwas, auf das ich nicht achtete.

Jetzt wurde das Tor wieder geschlossen. Ich sah, wie das Rechteck aus Licht langsam schmaler wurde, während die Rolltüren sich knarrend senkten.

Bevor ich die Handschuhe anzog, betrachtete ich meine Hände und dachte daran, wie ich gestern Nacht Chiaras Haut gestreichelt hatte. Entschieden der schönste Platz, wo meine Hände sich je aufgehalten hatten, seit sie meine Hände waren.

Einen Augenblick lang fand ich zu dem Gefühl der weichen Dunkelheit in ihrem Schlafzimmer zurück.

Und dann dachte ich an Doktor Frescotti, an seinen müden Gesichtsausdruck bei dem einzigen Mal, als wir uns gesehen hatten. Auch an seine Hände dachte ich, an das, was sie in diesem Moment im Körper meines Vaters taten.

Die Rolltüren waren jetzt zur Hälfte heruntergelassen.

Dann ging es noch einmal um Hände und Finger, Finger, die nicht mehr da waren und nie mehr zurückkommen würden: die von Mario, der aus wer weiß welcher Ecke aufgetaucht war und jetzt auf mich zukam.

»Wie geht's?«, fragte er. »Man hat mir erzählt, dass du hier ein Riesenschlamassel angerichtet hast. Mehr als sechshundert Stück in einer Stunde.« Er schüttelte den Kopf. Er war enttäuscht.

»Ich brauche diese Arbeit.«

Er nickte. »Natürlich ... Aber musst du das wirklich so machen? Vielleicht gibt es eine bessere Methode.«

»Ich hab einen Haufen Sorgen, Mario.« Auf einmal verspürte ich große Lust zu weinen, aber ich nahm mich zusammen.

»Eben«, sagte er. »Wer zwingt dich zu so was?«

Ich hob die Augen und sah Giulio mit Papieren in der Hand auf mich zukommen.
»Wer zwingt mich dazu?«, murmelte ich.
Giulio war nur noch dreißig Schritte entfernt.
Ich legte den Magneten auf ein Blech. Zog mir die Handschuhe aus und blickte wieder zum Tor. Ein Meter noch, dann würde das Sonnenlicht verschwinden.
Weniger als ein Meter.
»Danke«, sagte ich zu Mario.
»Wofür?«
Ich wich ein, zwei Schritte zurück.
Vielleicht begriff er noch eher als ich, was ich gleich tun würde, denn er lächelte. »Hey«, machte er.
»Hey«, gab ich zurück.
»Also ...«, begann Giulio, mit den Papieren wedelnd. Ich drehte ihm den Rücken zu und machte die ersten Schritte in Richtung Tor. Ein halber Meter noch, und es würde sich ganz schließen.
Ich beschleunigte ein wenig, dann immer mehr.
Ich fing an zu laufen.
Hinter mir brüllte Giulio etwas.
Ich warf mich seitlich zu Boden wie bei einer Fußballgrätsche, rollte ein paarmal um mich selbst und kam mit knapper Not noch unter dem Tor hindurch. Dann hörte ich, wie es sich rasselnd hinter mir schloss.
Aber ich war draußen, und die Sonne strahlte in mein zum Himmel gewandtes Gesicht.
Der Tag duftete herrlich. Ich stand auf und lief weiter, in Richtung Eingangstor.
Wenige Augenblicke später verließ ich das Gelände der Trak.

Der Pförtner kam aus seinem überhitzten Container. Er war in vollem Ornat, Schweißflecken unter den Achselhöhlen.
»Was ist los?«, rief er besorgt, als ich an ihm vorbeiflitzte.
Einen Moment lang stand er wie angewurzelt da, dann begann er, hinter mir herzulaufen, wer weiß warum.
Mit einer Hand hielt er seine Mütze fest, das Halfter der Pistole tanzte ihm auf dem Oberschenkel. »Was soll das?«
Er holte mich ein. Entweder war er jünger, als es schien, oder ich war nicht mehr der Carl Lewis von einst.
»Sag mir, was zum Teufel hier vor sich geht!«
Ich antwortete nicht. Lief weiter.
»Und?«
Wir liefen im gleichen Rhythmus. »Wohin willst du?!«
Jetzt kamen seine Worte nur noch abgehackt.
Autos fuhren keine, auf der ganzen Länge der Straße schien es nur uns beide, unseren Atem und unsere Schatten auf dem heißen Asphalt zu geben.
»Was soll das ...«, versuchte er noch zu sagen. Ich war schon einen Meter vor ihm. »Wohin läufst du bloß?«, konnte er zum letzten Mal krächzen.
Ich brachte noch ein paar Meter Abstand zwischen uns, es wurden mehr, dann lief ich weiter, ohne an ihn zu denken.
Ich lief, bis meine Lungen schmerzten. Auf einmal bekam ich Angst, bückte mich keuchend, fast ging ich auf dem glühenden Asphalt in die Knie. Erst in diesem Augenblick wurde mir klar, dass ich meinen Job hingeschmissen hatte. Und umkehren konnte ich nicht. Wahrscheinlich würde Chiara, wenn ich es ihr erzählte, wieder mit dieser Leier anfangen, dass ich ein unreifer Junge sei, sie würde sich schämen wegen dem, was zwischen uns passiert war,

und die Geschichte abwürgen, bevor sie richtig angefangen hatte. Vielleicht auch nicht. Vielleicht würde sie mich verstehen. Vielleicht würde es mir bei ihr gelingen, die Dinge wieder geradezubiegen.

Doch ich muss zugeben, dass sie in diesem Moment gar nicht meine Hauptsorge war. Ich musste zu meinem Vater.

Ich musste laufen.

Mit einer wirklich bewundernswerten, aber völlig unbegründeten Kraftanstrengung gelang es dem Pförtner, mich einzuholen. Knallend schlugen die Sohlen seiner flachen Bullenschuhe auf die an den Straßenrand gemalte weiße Linie.

»Ich kann nicht mehr«, keuchte er.

Er hielt sich noch etwa zehn Meter an meiner Seite. Dann fiel ihm die Mütze aus der Hand. Noch sah man die Umrisse der Fabrik zu unserer Rechten.

Ich hörte ihn hinter mir röcheln. »Ich bleibe jetzt hier stehen, verstanden? Ich bleib hier ...«

»Ich nicht.«

Danksagungen

Ohne die Arroganz von Kaplani wäre dieser Roman niemals geschrieben worden.
Ohne die Ermutigung von Seia Montanelli wäre die Arbeit daran nie wieder aufgenommen worden.
Ohne die Liebe von Carlottina wäre er nie beendet worden.
Ohne das Lob von Giuseppe Genna wäre er niemals veröffentlicht worden.
Ohne die Eingriffe meines Lektors Cristian Soddu wäre er nicht so, wie er ist.
Wenn er euch gefallen hat, ist das also auch das Verdienst dieser Leute. Und wenn nicht, wisst ihr jetzt, über wen ihr euch ärgern könnt.

Oliver Uschmann

Nicht weit vom Stamm

Roman, 608 Seiten (ab 14), Gulliver TB 74425

Eigentlich ist Sven kein Loser. Er ist nicht doof. Aber faul. Doch plötzlich ist da ein Erpresser, der Svens Schwester bedroht und 500.000.– Euro fordert. Um das Geld aufzutreiben, hat Sven eine geniale Idee, aber dafür müsste er seinen Lebensstil komplett umkrempeln: auf Alkohol verzichten. Duschen. Sich die falschen Kumpels vom Leib halten. Eine saubere Hose anziehen. Und sich vor allem das ver#*&?! Fluchen abgewöhnen …

Gabi Kreslehner

Und der Himmel rot

Roman, 144 Seiten (ab 14), Gulliver TB 74381
Kinder- und Jugendliteraturpreis des Landes Steiermark
Nominiert für den Deutschen Jugendliteraturpreis
und den Österreichischen Jugendbuchpreis
Ebenfalls als E-Book erhältlich (74290)

Darm, Oliver ist 17. Sein Leben ist verpfuscht, verrutscht. Kein Wunder, wenn man Darm heißt. Sein Name ist gewissermaßen Prophezeiung. Aber Jana bringt das Eis zum Schmelzen. Und irgendwann, als Darm mit Jana auf dem Hügel sitzt und der Himmel rot wird, beginnt er zu erzählen ... Ein phänomenaler Roman, so bitter und schön wie das Leben selbst.

GULLIVER www.gulliver-welten.de
Beltz & Gelberg, Postfach 10 01 54, 69441 Weinheim